NO CODICIARÁS

FRANCISCO TAMARIT

Para mis suegros Trini y Rafael, *in memoriam*

Introducción

El primer síntoma de supervivencia o muerte que tiene un animal salvaje lo da la alarma que se crea en su cerebro cuando su estómago está vacío, es entonces cuando sabe que tiene que salir a cazar para comer y saciar esa necesidad. Aunque muchos no lo hayamos conocido, en la guerra y posguerra civil española, una gran mayoría de los hombres y mujeres sintieron lo que esas bestias: la necesidad de sobrevivir que en muchos casos nos hizo ser peor que animales, es entonces cuando el raciocinio justifica lo que en otras circunstancias no se podría justificar.

El cerebro desarrolla toda su capacidad e inventiva para poder llegar vivo a un nuevo día y, para ello, el ser humano hará lo imposible para que él o su familia puedan, al menos, subsistir. En tales momentos ¿quién decide lo que es justo o no?

Quitado de casos extremos, hoy en día, cuando llegamos a casa con la alarma en nuestras tripas, simplemente tenemos que abrir la nevera o la despensa y tranquilamente, comemos algo para hacer desaparecer esos demonios que nos estaban molestando. Es tal la rutina, que su relación con la muerte ha quedado en desuso por nuestro cerebro.

Las circunstancias de cada uno son distintas de cualquier otro, en el tiempo, sociedad o país; cuántas veces hemos oído aquello de "si hubieras nacido en mi época" o "qué suerte tenemos de haber nacido en España".

A partir de 1936 y hasta bien avanzada la década de los 50, se justificó lo injustificable, como suele ocurrir en la guerra y sus consecuencias. Esa necesidad de supervivencia implica saber dónde está el límite de la codicia y la violencia que implicó cruzar esa línea. La religión lo explica muy bien en su décimo mandamiento.

Las personas más fuertes y duras fueron aquellas que por encima de todo, supieron subsistir y ayudar desinteresadamente a su prójimo, sin distinguir ideologías. Los demás fueron peor que las bestias.

«No codiciarás la casa de tu prójimo, ni a su mujer, ni a su siervo ni a su esclava, ni su buey ni su asno, ni nada que le pertenezca a tu prójimo»

Éxodo 20:1-18

El relato que vais a leer a continuación es fruto de la inventiva, por lo que no hay que atribuir a ninguna persona real, viva o que haya podido existir, cualquier acción, circunstancia o diálogo presente en esta trama. Tanto los lugares, como los personajes que se citan en esta novela, están inspirados en algunos sucesos que me han narrado o he oído cómo los narraban, he usado esos datos para construir personajes y una historia totalmente ficticia, basada en una fantasía recreada con libertad.

PECADO CONSUMADO

Su barrio era lo suficientemente periférico como para encontrar cualquier mercancía, y cuanto más prohibida más abundante. Hacía años que se había degradado, buscar un camello que le proporcionara lo que necesitaba no fue tan difícil. Él no era precisamente un elogio de virtudes, y con dinero en mano todo se conseguía. Le pidió qué si no podía ser pura, que le diera la más dañina, y varios gramos, como para diez personas. Y el camello no tuvo ningún reparo en venderle la peor bazofia, todo era cuestión de dinero. Entre otras cosas era lo normal, lo que él suministraba en pequeñas dosis colocaba y te mataba poco a poco, pero aquello, todo junto, –le paraba la patata a cualquiera– le dijo. La guardó en su casa, sabía que tarde o temprano la usaría en la vena del brazo, que golpeó y ejecutó a su novia.

Toda su vida había sido un cúmulo de desgracias, errores y fallos provocados unas veces por circunstancias ajenas y otras propias. Pero ellos se habían complementado, se iban a ayudar a ser mejores, pero a veces la vida no piensa igual. Ahora, que ya no le hacía falta la suerte, al menos ya no la buscaba, ahora la vida le devolvía parte de su muerte, parecía que los astros se alineaban por una vez a su favor. Aquel 11 de julio acababa de oscurecer, por la calle no se veía un alma, el tráfico era prácticamente inexistente, tenía vía libre y sin embargo condujo hacia ninguna parte. Solo cuando paró el motor se dio cuenta de que había llegado al sitio donde todo empezó, donde todo iba a acabar, ahora se iba a cerrar el círculo.

El fuerte sonido de un televisor, los gritos de la gente a lo lejos, amortiguados, y la tenue luz que salía de las ventanas abiertas, contrastaban con la oscuridad del exterior. Cuando abrió el maletero del coche, el cuerpo todavía estaba caliente, la inyección con aquella sobredosis de heroína, ya había hecho efecto. Al principio vio el miedo en sus ojos, el sudor en la cara, la taquicardia y los temblores, hasta que perdió el conocimiento, unas convulsiones en el cuerpo pusieron fin a su vida. Se preguntaba si ese sería el mismo descampado donde acabaron con sus ilusiones, donde murió el amor.

Aunque sabía que podría haber sido él el que estuviera en aquel maletero, lo cierto era que por una vez en su vida esta le sonreía. Sacó el cuerpo inerte, lo depositó en el suelo y miró desconfiado por si alguien lo hubiera descubierto, porque en aquel momento un griterío unánime salió de las casas más cercanas: ¡GOOOL!

Fue entonces cuando recordó que era domingo, que se jugaba la final del Mundial de Futbol, en la que España era finalista, su apatía con todo lo que le pudiera distraer de aquello que estaba realizando era indiscutible, sabía que no era muy listo, y que hasta ahora todo le había salido a pedir de boca, pero todo se podía torcer por cualquier pequeño despiste.

Cuando al fin dio por terminado el trabajo, cogió la mochila que acompañaba al cadáver en el maletero, volvió a mirar a su alrededor, se quitó los guantes de vinilo, se los guardó en el bolsillo y emprendió la vuelta a casa. La gente empezaba a salir de sus casas y chabolas, eufóricos todos, como si de ello hubiera dependido su vida, unos gritando "¡España!¡España!". Los jóvenes con bufandas con los colores de la bandera española, las aireaban a modo de banderas, todos corrían de un lado a otro, unos a sus coches, otros a buscar la parada de autobús. Desde la Cañada para ir al centro de Madrid, solo había una línea, que solo pasaba los lunes, miércoles y viernes, así que anduvo varios kilómetros, rodeado de aquellos muchachos, hasta la parada de un barrio menos marginado, donde otra clase de miedo no tuviera que ver con las drogas, los clanes y los yonquis. Un grupo lo rodeó en la misma parada, que a grito pelado ensalzaban a los jugadores de la selección, unos a Casillas, otros a Iniesta, los nombres se entrecruzaban en su oído. Uno de ellos hizo sonar una vuvuzela, que hizo animar todavía más aquel encuentro espontáneo de unos vecinos que, seguramente, no se saludarían siquiera por la calle en cualquier otra circunstancia. Mientras tanto él iba a lo suyo, sujetaba fuertemente la mochila que contenía la misma cantidad de dinero que tenía en su casa.

Unas lágrimas rodaron por sus mejillas al recordarla. Intuyó cómo se debió de sentir, que miedo pasaría cuando le inyectaron la sobredosis y la heroína navegó por sus venas, hasta su corazón, con qué impotencia afrontó su último suspiro, cuánto lloró y suplicó por aquella vida. El sentimiento le hizo convulsionar sentado en el autobús.

–Ha sido emocionante, desahóguese, que por eso no se es menos hombre–, le dijo aquel viejo, con acento andaluz y de raza gitana, que le animaba como si de un buen padre se tratara.

Le agradeció el gesto con una triste sonrisa, a la vez que asentía con la cabeza.

Ahora tenía que volver a su piso, recoger su dinero y buscar una pensión hasta que le repararan la cerradura y el marco de la puerta. Esta vez la puerta sería de esas blindadas, la mejor, pensó.

LAS MUJERES

Rocío, con veintiocho años, siempre había oído la misma historia de la boca de su madre y de su abuela. Le hacía gracia que generación tras generación la casualidad hubiera permitido, al menos desde su bisabuela, que la voz cantante siempre hubiera recaído sobre las hijas, y que como penitencia en cada una de ellas se hubiera perdido en la siguiente el apellido paterno de cada una, a través de los años. ¿Le pasaría a ella lo mismo con su novio Rodrigo? Últimamente lo notaba distante.

Acababa de dejar sobre su buró, la otra manía común que unía todas estas generaciones, escribir un diario, que acababa convirtiéndose en una adicción durante toda su vida. Si no pasaba nada relevante ese día no se anotaba nada, y si todo era monótono, al final de la semana Rocío escribía un pequeño recopilatorio intranscendente.

Tenía un diario por cada año, aunque no hubiera llenado todas las hojas. Cuando este acababa le pegaba en el lomo una etiqueta con el año. Iba por el diario 16. Empezó como todas siguiendo una norma que nadie se atrevía a atribuirse, por el año en que tuvo su primera menstruación. Así empezó la anciana Purificación, Puri para todo el mundo. Así siguió su madre Remedios, Reme para el resto de los mortales. Y ahí estaba ella haciendo honor a la tradición, aunque ella era mucho más ordenada que sus antecesoras a la hora de clasificar los diarios. La bisabuela Fuensanta era analfabeta, pero lo transcribió la abuela Puri. Otra característica de las mujeres de esta rama de la familia era el color de sus ojos, todas los tenían claros, no podría decirse que eran azules, ni verdes, más bien una mezcla que resultaba algo parecido a tonos grises, solo ojos claros. Pero Rocío los tenía realmente bonitos, le daban luz a su cara.

Cerró el mueble después de anotar sobre la visita a la casa de la vieja mujer, a la que casi todos los días acudía después del trabajo en la cooperativa, y por la poca distancia que unía las casas de ambas.

Trabajaba de administrativa y se sabía apreciada y respetada por los cooperativistas por la agilidad que se daba, a la hora de la liquidación de los kilos de aceituna que pesaban y le correspondía a cada uno, y por la honestidad que reflejaba en sus albaranes y facturas.

Su pueblo había crecido en los últimos años, sobre todo por su población jornalera, para la recogida de la aceituna, la mayoría temporeros del Magreb; eso significó que un porcentaje elevado de ellos se estableciera en aquella comarca jienense.

Ahora le apetecía sentarse a descansar y ver un rato la tele, pero no hacía más que pensar en lo que le había contado Amina, la mujer de uno de esos temporeros que se quedaron a vivir y que cuidaba de la desvalida anciana, turnándose con su hija Falak, día y noche. El Alzheimer de Puri iba cada vez a peor, en estos últimos meses había entrado en esa fase en la que unas veces conocía y otras no a la persona que la estaba cuidando o visitando.

Amina la cogió a parte, y le dijo que la señora Puri la confundió con ella, le llamaba Rocío y le contaba cosas de su madre, pero lo que la alteró fue que le acusara, una hora después, de haberle robado los diarios de su madre.

–Yo, señorita Rocío, le juro por Dios que no he robado nada.

–No se preocupe Amina, ya sabe que esta enfermedad le hace decir tonterías, los únicos diarios que conozco están en su habitación.

–Es que ella insiste mucho en que hay otros diarios, los de su tía Santi, y es cuando yo me preocupo Rocío, porque me llama Amina y no me confunde contigo, parece que, en esos momentos, estuviera totalmente lúcida. Yo tampoco le di importancia, pero no es la primera vez que insiste en ello –repitió– de hecho, me dijo que no los encontraba, y cuando le dije que estaban en su habitación me contestó que esos no, que no recordaba dónde escondió los otros.

Cuando Rocío le contó a su abuela con las palabras y la retórica adecuadas, lo que Amina le había dicho, buscó en sus ojos el estado en el que se encontraba la vieja mujer, y si este le permitiría entablar alguna conversación.

Como siempre o de un tiempo a esta parte Purificación se le quedó mirando con una leve sonrisa, como si de otro idioma se tratara, y se refugió en su estado mental que era como una pantalla en negro, donde no se apreciaba ningún sentido, y lo peor de todo ningún sentimiento hasta la próxima revelación. Desconocía cuál era el mecanismo que accionaba el interruptor que daba luz a esa pantalla, cuando la memoria volvía a despertar.

Rocío echaba de menos a Rodrigo, le extrañaba que por aquel pequeño malentendido se hubiera alejado tanto de ella, en lo sentimental como físicamente, dado que se había ido a Valencia y ya hacía días que no sabía nada de él, cuando precisamente era de esas personas, con la que siempre podía contar, el amigo y amante perfecto, del que ahora no podía recibir su consejo ni su ayuda. Sentía su ausencia como si le faltara parte de su cuerpo. Le hubiera gustado que le hubiera insuflado ánimo y apoyo con el Alzheimer de su abuela. ¿Acaso había surgido otro problema del que ella no era consciente?

LOS DIARIOS DE LA ABUELA

Rocío y su madre se turnaban para ir a ver a su abuela. Aquel domingo había acicalado a su *abu*, como la llamaba de forma cariñosa, para ir a dar un paseo por los alrededores de la casa, en alguna ocasión en que las dos se olvidaban de esa enfermedad tan cruel, llegaban hasta el paseo donde estaba el Ayuntamiento y que era el centro neurálgico del pueblo. Pero aquel día ningún esfuerzo fue suficiente para hacer salir a Puri de su ensimismamiento, no hubo manera de hacerla andar, estaba otra vez en negro, como llamaba su nieta a aquel estado tan obtuso. Por fin pudo sentarla en aquella silla de enea al sol que cálidamente caía sobre el patio trasero de la casa. El día tan bueno que te estás perdiendo, pensó Rocío.

Se agenció otra silla para ella, y puso sobre el regazo de la vieja mujer una caja de zapatos llena de fotos en blanco y negro, que tanto le gustaba revisar una y otra vez. Por su parte ella cogió uno de aquellos diarios y empezó a leer en voz alta la consabida historia de la familia, esperando reavivar la quebrada memoria y la razón a su abuela.

Fuensanta.

Por aquel entonces, era demasiado joven para despreciar el amor y demasiado adulta para su edad.

Pese a sus veintidós años llevaba media vida sirviendo, antes para unos señores y ahora al frente del negocio, del que sus padres hubieran estado orgullosos de verla, el hostal de la Estación, como su nombre indicaba, la de autobuses, en Úbeda.

Allí fue donde conoció al hombre que cambiaría su vida. El amor que Cupido le mandó y por el que la vida le dobló el alma y amargó su existencia.

«Hoy lo he conocido, se llama José, es tan guapo, tan hombre.»

La relación siguió con visitas esporádicas, pues él era de otro pueblo y sus obligaciones, una de ellas era atender su negocio, no le permitían estar con ella todo lo que Fuensanta hubiera deseado.

El amor fue creciendo y el galanteo entre la pareja pasó a la necesidad del cariño y la consumación del mismo.

Sin descuidar el hostal, ni el cuidado de su hermano pequeño Pedro, que la ayudaba en lo que podía y el que la enseñó a escribir su nombre Fuensanta.

—Mira hermana, ahí pone tu nombre. A ver si lo puedes copiar, al menos que puedas firmar.

Como en todos los negocios siempre hay un momento de descanso, es cuando ella aprovechaba para intentar dibujar aquel galimatías de rayajos donde su hermano decía que ponía su nombre. Se aferraba al lápiz, así lo mostraban sus gestos faciales como si de un clavo ardiendo se tratara. Una y otra vez Pedro le decía que era ilegible. Viendo el desespero que su hermana tenía, cambió de estrategia, y escribió su apócope, Santi.—Mira, hermana, ahí también pone tu nombre.

—Esto es otra cosa, Pedro—. Y se aplicó al ver la sencillez de aquellas letras, agarró el lápiz con fuerza, sacó la lengua por un lado de la boca y, al tercer intento, su hermano ya le dio el visto bueno. Él, al menos, había asistido al colegio, cosa que sus padres no le permitieron a ella.

Fuensanta se guardó aquella hoja, y como era muy desconfiada, con el primer cliente que ella sabía que tenía un poco de luces confirmó que allí ponía Santi. A ella le valió.

Se quedó mirando a su hermano y este, con un gesto leve de cabeza y levantando las cejas, le pidió su aprobación, que recibió de la sonrisa de su hermana.

Pasaron las semanas, y fue entonces cuando sucedió la tragedia; Pedro se la encontró llorando.

—¿Qué te pasa, chiquilla?—le preguntó su hermano, que nunca le había visto llorar.

—Me he enterado de que mi novio José—y al decir esto se le entrecortó la voz.— está casado y con hijos.

A su hermano solo le vino a la boca un "Hijo de la gran puta"— ¿Cómo te has enterado?

Rocío miró a su abuela y vio cómo iba saliendo del letargo, la leve sonrisa que se le dibujaba en los labios la delataba. Parecía que ahora sí se fijaba más en las fotografías de la caja y les prestaba atención.

Siguió leyendo.

–Mujer, no te dejes llevar, que tú eres muy impetuosa, mándalo a la mierda y que le den por culo.

–No, Pedro, no es tan fácil.

–¡Ea! ¿Pues qué le vas a hacer? –dijo más como una frase hecha que como una pregunta.

Sin embargo, las lágrimas aumentaron entre sollozos y convulsiones.

–Es que… estoy preñada y no sé qué va a ser de mí.

OJALÁ DESPERTARAS

Su abuela había vuelto, estaba despierta, el interruptor de la luz estaba conectado, y Rocío se sentía feliz porque Puri era ella misma, la que le contaba recuerdos de tiempos lejanos.

Allí estaba con la foto de su prima Josefa en la mano.

−Esta es mi prima, y su madre Fuensanta era mi tía.

−Claro, *abu*, porque tu madre murió cuando eras chica, y tu padre al trabajar no te pudo criar, y lo hizo su hermana Fuensanta.

−¡Ah no, no! −Replicó con ese genio que da la vejez a todos los mayores. −Mi padre no fue un buen hombre, nos abandonó a mi hermano y a mí, no fue un buen padre. −Repitió como si de una cantinela se tratara. −Mi madre sí era buena, y luego la fui olvidando, su cara se me borró de la memoria, como cuando miras tu reflejo en el agua del río.

−Recuerdo que me contaste, que la perdiste cuando tenías seis años.

−Si hija, eso es cierto, pero nada más. Ese diario no cuenta todas las verdades−. A Rocío se le encogió el alma, parecía que se iba a ir al lado oscuro, como ella lo llamaba, haciendo referencia a *La guerra de las galaxias*. Era triste que ese relámpago de conciencia hubiera durado tan poco tiempo. Pero

Purificación seguía rebuscando entre las fotos de la caja y sacó una en la que aparecía un señor muy repeinado, al que se le atribuía ser el padre de su prima Josefa, nombre que le puso su madre en memoria de su padre que se llamaba José.

Con la foto en la mano, le contó a su nieta que ese hombre tenía ya tres hijos de su matrimonio, tenía una niña y dos varones. Que vivía en Beas y que tenía su propio negocio, un molino de harina y también la panadería del pueblo y un montón de olivas, en definitiva, un hombre con posibles y bien mirado en el pueblo.

−Para que lo sepas, mi prima Josefa tenía hermanos que nunca quiso conocer.

−Pero, *abu*, los diarios dicen que ese señor se ahorcó por amor, porque la bisabuela no quiso que le montara un pisito en Úbeda.

−Al fondo del patio había una porqueriza −soltó sin ton ni son la anciana.

Esta vez, como si hubiera tocado un resorte que no debía, Puri se fue apagando y poco a poco giró la cabeza, como si la cosa no fuera con ella y esta vez sí volvió a su refugio del Alzheimer.

Falak, que acababa de llegar para sustituir a su madre, se encargó de ayudar a Rocío a dar la comida a la abuela y acostarla para la siesta, mientras Amina se había ido a atender su hogar. Las dos jóvenes comieron de lo que su madre había preparado por la mañana. Aunque la marroquí era unos años más joven, estaba completamente adaptada a la vida española. Sus padres no eran muy rigurosos con su religión, no le obligaron a llevar el hiyab o pañuelo islámico, una vez que tuvo su primer periodo. Entre las dos recogieron la mesa y Falak pidió permiso para fumar.

–Sí, claro. ¿Tus padres te dejan?

–No –dijo con una sonrisa pícara–, pero saben que fumo. No es por la religión, ni por machismo árabe o por obediencia hacia ellos, es simplemente porque se preocupan por mi salud.

–Cambiando de tema, una cosa que me contó mi madre sobre Puri y que te puede ayudar, en esto de que recupere la conciencia. Verás, a veces mi madre se pone la radio para hacer las tareas, y se ha fijado en que cuando pone Radio Ole, y ponen canciones antiguas en español y del estilo que gustan a los mayores, dice que le ve mover los labios como si siguiera la letra, ¿tú crees que le pueden curar las canciones?

–No, curarle no, pero puede ser una ayuda más para sacarla del pozo, aunque sea por un rato, e intentar que eso lo alargue más–. Le contó a su amiga que en una novela leyó que una joven, para hacer recordar a su conocida, le llevaba comida de su país, y así la recuperaba mientras disfrutaba de la comida, aquellos sabores le traían recuerdos, era el camino que le dirigía al interruptor de la conciencia. Deberíamos usar todo lo que pueda ayudar a retrasar todo lo posible la enfermedad, y no abandonarla como a un vegetal.

—Pero es muy duro qué, en ocasiones, cada vez más frecuentes, no reconozca a la familia. El otro día me contó mi madre que vino el médico a verla y lo confundió con su hermano. Es muy triste —dijo dando la última calada al cigarrillo antes de aplastarlo dentro del cenicero.

—Es que es verdad que tuvo un hermano, que se fue a hacer el servicio militar a Mallorca y después tras volver y estar unos meses vagando sin oficio ni beneficio, volvió a la isla, porque un amigo le informó de que había encontrado trabajo para él, y quitado de unas primeras cartas ya no supo nada más, en realidad no sabemos siquiera, si está vivo.

Pusieron la televisión con el volumen bajito para no molestar a la vieja mujer. Falak se quedó dormida al instante, posiblemente la noche del sábado la habría acabado en la discoteca o de fiesta con su grupo de amigos. Se acercaban las fiestas patronales del pueblo, y eso animaba a que ya hubiera ambiente por las calles y se alargara por la noche.

Repasó con la vista la casa, los muebles funcionales pero antiguos. Por la ventana se divisaba el patio con su higuera, que en verano proporcionaba una magnifica sombra, y en invierno, al perder las hojas, dejaba pasar el sol. Dos habitaciones daban hacia ese lado, una más a una calle lateral, y el resto de las dependencias, cocina y aseo quedaban por la parte delantera.

Así, pasó a pensar en las mujeres que formaban aquella saga. En su madre Remedios, casada con aquel maravilloso hombre, al que tanto quería. En su abuela Puri, ahora desplazada en su mundo y reciente viuda de ese abuelo que había pasado sin pena ni gloria, según el evangelio de los diarios, pero eso ya lo diría el tiempo y la historia. Luego llegábamos a Fuensanta, su bisabuela, que no era tal, dado que era la hermana de su bisabuelo, pero que al fin y a la postre fue la que crio desde los seis años, a su abuela Purificación y a su hermano, así que ese era su árbol genealógico, plagado de mujeres con carácter y una historia llena de caídas y vueltas a levantar. Se quedó pensando y faltaba Josefa, la hija que Fuensanta tuvo de soltera. En aquella época, debió de ser duro pasar desapercibida en el pueblo o en cualquier ciudad por grande que fuera, aquello, en la España nacionalcatólica y rancia de entonces era pecado mortal. ¿Por qué parecía que aquella mujer, nacida en pecado mortal, unos años mayor que su abuela y a la que no llegó a conocer, era tan intranscendente? Era la única prima hermana de mi abuela.

Con el respirar suave y cadencioso de Falak y la quietud y silencio de un domingo a la hora de la siesta, Rocío se fue durmiendo con el runrún de los diarios y la historia de la familia, pero había algo que no cuadraba.

Al despertar, Rocío buscó en internet información desde primeros del siglo XX. Quería saber más de la época, si era verdad que los diarios narraban una realidad o una fantasía. Algo recordaba del instituto, pero intuía que la realidad iba a ser más dura de lo que recordaba. Se informó en varias fuentes y distintos historiadores de la crónica del siglo anterior, de antes y después de la guerra en su provincia.

Antes de estallar la Guerra Civil, y dado que la República cargaba con unas arcas diezmadas por repetidas guerras en Cuba y África, de un pasado no muy lejano, de una economía prácticamente agrícola, controlada por latifundios dirigidos por terratenientes y burgueses, donde la Iglesia, acomodada en el poder que le había otorgado durante tantos años la monarquía, dejaba de lado a los más necesitados, en la que los países europeos empezaron a padecer el efecto de la crisis estadounidense del 29, que llegó a Europa unos años después, y que, para resolver sus propias crisis, optaron por no importar nuestros productos agrícolas, que por otro lado era uno de los ingresos más importantes de nuestra economía. Donde la inestabilidad política que empezaba con el nazismo de Alemania y el fascismo de Italia, con una política de miedo provocada por los poderes fácticos hacia un comunismo incipiente y agresivo, marcado por la reciente y sangrienta Revolución rusa, la Segunda República no pudo cumplir sus promesas de reparto de tierras. Tan solo unos doce mil agricultores de

Extremadura consiguieron tierras. Gastándose lo poco que tenía en la expropiación de las tierras, el gobierno republicano.

Aquel ambiente propició el desencanto de la clase agraria, más pobre que las ratas, que trabajaba de sol a sol, prácticamente por un salario irrisorio que solo le servía para subsistir. Así pues, y amparados por un malestar cada vez más creciente, en algunos pueblos de España se declararon autosuficientes, y en otros, ya organizados, tomaron a la fuerza cortijos e iglesias. Fue entonces cuando se desató el caos.

Todo aquel ambiente violento llegó a tierras de Jaén, que reunía todos los ingredientes, para que en aquella provincia se alzaran los más desvalidos contra sus señoritos y sus amos. En aquella España dividida por la economía, donde no había una amplia clase media que sirviera de pegamento entre el trabajador con la clase más pudiente, se produjo el alzamiento rebelde de los militares. Una lucha fratricida entre las dos Españas, la obrera, republicana y pobre, harta de pasar hambre, contra la de los militares, burgueses detrás de una falsa moral, y una iglesia anclada en el pasado, beneficiada por la monarquía y alejada de la realidad de un pueblo mísero.

Aquella revolución llegó al pueblo. Fuensanta, a quién dotes de diplomacia no le faltaban, se llevó bien con aquellos que tomaron el pueblo, tomaron el santuario y sembraron el miedo entre la clase más pudiente del municipio. Algunos lograron huir a casa de familiares de otros pueblos, pero toda aquella comarca estaba en las mismas, cuarteles de la guardia civil tomados. Ahora los que andaban con el mosquetón al hombro eran igual o quizás peor, incluso eran más ignorantes.

Santi ayudó a esconder a personas que eran buscadas por aquellos anarquistas, se incautó de objetos que subastaban de las casas que habían expropiado, para luego, una vez el avance del frente nacional, al ir ocupando la provincia y expulsando de los pueblos a aquella horda de pecadores, devolver las pertenencias a sus legítimos dueños, así se labró una reputación, que le supuso el respeto de toda una parte del pueblo. Pero eso no fue todo, también ayudó a escapar a republicanos buscados por el fascismo. Ya ni ella ni su hija estuvieron mal miradas. Se ganó el respeto y la admiración de todo el pueblo.

Aquello era lo que describía a grandes rasgos aquel diario. Efectivamente, aquello no le cuadraba a Rocío después de repasar un poco de historia. Una que, en realidad, pese no haberla padecido, sí que los más mayores llegaron a hablar de lo mal que estaban las cosas para todos, mucho más para una mujer que nació en una familia humilde, que fue madre soltera, que vivía en un pequeño pueblo rural, con una hija a su cargo, y que era considerada por buena parte de la moral de los feligreses una cualquiera.

Quién podría haber sobrevivido a una sociedad tan dominada por la religión, donde hasta las gentes más avanzadas del pueblo, en aquella época, pensaban que la mujer tenía menos derechos que un gusano de seda. Las mujeres que se encontraban en esas circunstancias no podían aspirar a nada más que a la prostitución, o a ser mantenidas por los que las habían mancillado, si eran unos hombres medio decentes y con posibles. ¿Cómo pudo prosperar? Esa era la pregunta clave. Solo una guerra podía dar un vuelco a esa situación, solo un gobierno que promulgara la igualdad de género, pese a la reticencia de muchos de sus miembros. Solo así, podría haber sobrevivido decentemente, pero nunca haber ascendido en la sociedad de aquella época.

Rocío pensó que tuvo que haber otros elementos que se le escapaban a su entender. Aquel pecado no lo admitía la Iglesia, por tener una hija nacida fuera del matrimonio, ni una sociedad con el prejuicio de considerarla ya una mujer marcada, irresponsable e inmoral, poco menos que una prostituta. Por primera vez, dudó de la veracidad de aquellos diarios que pintaban a aquella mujer como una mártir, una heroína que ya quisiera más de una santa para su currículum milagroso.

EL GRAN DESPERTAR

El día elegido fue la fiesta mayor del pueblo, el 8 de septiembre. Las campanas repiqueteaban. La caja de fotos, encima de la mesa, y varios cd de cantantes como Concha Piquer, Juanito Valderrama y Luis Mariano entre otros, andaban toda la mañana sonando por la casa. Hoy comerían con música, la comida la preparó Remedios: ajo harina, una de esas comidas típicas de la tierra; un guiso potente, con níscalos, patatas y su punto de picante, aunque estaba suave por la delicada abuela. Toda la familia reunida. Fue uno de esos momentos que Rocío disfrutaba, al ver que todos estaban ayudando para que su antecesora regresara. Cuando se sentaron a la mesa, Puri ya estaba bastante espabilada, había cantado con su hija Reme varias canciones y estaba bastante centrada en el día que vivía; había dado besos a todo el mundo incluso, al padre de Rocío. Mercedes, la mujer de Antonio, el que trabajó en la farmacia y era su vecina, pasó a verla. Era una comida familiar y de fiesta; los pestiños después de los postres fueron la puntilla para retener la memoria de aquella vieja mujer entre nosotros. Las risas y los recuerdos de los avatares de su vida iban de boca en boca, anécdotas y personajes que pasaron en otros tiempos. Y el colofón lo pusieron los roscos del baño, que sacaron a la hora de la merienda; aquellos dulces se deshacían en la anciana y mellada boca. El buen tiempo que acompañó aquel día, le hizo creer a Rocío que se había producido un milagro, que aquella recuperación era una buena señal. ¿Sería posible que se hubiera tocado el interruptor adecuado en su mente?, ¿existiría alguna posibilidad de curación?

Mientras Purificación iba despacio al lavabo acompañada de Rocío, y como si de un secreto se tratara, bajó la voz "los diarios que hay que destruir están en la casa que fue de la chacha" que era como Puri llamaba a su tía Fuensanta. "No tiene que leerlos nadie, los escribió Josefa a espaldas de su madre, yo los leí, pero me pilló y tuve que cerrar la boca. Busca las llaves, que estarán por aquí en el armario o la cómoda".

La nieta pensó que quizá toda aquella insistencia, y dado que la vio tan centrada, tuviera algo de verdad.

Antes de que sus padres se fueran, Rocío quiso comentar a su madre lo que la vieja mujer le dijo de la pocilga. Aquello se le había quedado en la mente sin saber por qué, como si de una pesadilla se tratara.

—No, aquí en este patio nunca hemos criado ningún cerdo.—a punto estaba de irse, sin darle más importancia cuando recordó.—pero en casa de Fuensanta—que así la llamaba su madre algunas veces a su tía abuela— sí hubo una porqueriza, la abuela si la conoció; en aquel entonces se criaban cerdos, y en invierno se hacía la matanza, y con todo ello se aprovisionaban para todo el año, se guardaba el embutido, que bien se secaba o se ponía en la orza.

Al fin, el día se fue apagando y los padres de Rocío se fueron a su casa, mientras que ella se quedaba hasta que llegara Amina, que había tenido día libre. Otra vez a solas con la anciana, le habló que no hiciera caso de lo que dijera la gente.

—Hay que destruir los diarios de Josefa, eso no debe salir a la luz, se lo ha dicho la chacha, pero ella los esconde, yo se lo digo, y ella no me hace caso, parece que quiere castigar a su madre de alguna manera. Ves a su casa y búscalos, lo que hay ahí escrito nos puede poner en un apuro a todos. Vigílala y entra cuando se vaya al mercado.

—Pero, *abu*, tu prima Josefa ya no está, se murió hace años, ya no quedan vecinos de aquella época. ¿Quién se va acordar de la bis*abu*ela?

La cara que puso Purificación fue todo un poema, se dio cuenta de que los años habían pasado, y el tiempo, que todo lo cubre y a la vez lo pudre, era su vida y a la vez su enfermedad. Se acostó con aquellos ojos acuosos que suelen tener todos los ancianos, con esa piel que por puro desgaste está llena de manchas y se ha quedado fina como el papel de fumar. Agarró la mano de su nieta desde las sábanas que la envolvían y le pidió un beso antes de entregarse a los brazos de Morfeo. Tan solo con la luz de la lamparilla de la mesita de noche, Rocío se quedó haciéndole compañía, como si de un niño con miedo a la oscuridad se tratara.

Había algunas incógnitas que nuevamente se preguntaba y que no sabía dónde encontrar las respuestas. ¿Por qué le parecía a ella que era una historia tan perfectamente bien acabada? En aquella época, ni las clases más humildes perdonaban a una madre soltera, ni los curas admitirían en su congregación a una pecadora como ella, nacida de la más pobre de las castas posibles. Aquellos diarios estaban llenos de luz y color, donde todo iba cuadrando para que a aquella mujer llamada Fuensanta pareciera una heroína. Sin embargo, la sensación que a ella le daba era que tendría que haber sido una etapa oscura, llena de vergüenza y pudor; no veía ni el gris en aquella situación por ningún lado.

¿Sería verdad que aquel hombre se suicidó por amor? Al ser rechazado por Santi, lo encontraron ahorcado de un árbol, a las afueras de su pueblo.

¿O sería aquel hombre el que rechazara a Fuensanta y no al revés? Un hombre casado y con hijos, católico y con posibles, ¿sería capaz de colgarse?

¿Cómo era posible qué hubiera burlado a los dos bandos? Por un lado, ayudó a los simpatizantes del alzamiento, cuando irrumpieron los anarquistas, y por otro ayudó a los vencidos cuando llegaron los nacionales.

¿Qué superpoderes poseyó aquella mujer, que nadie de la familia había heredado?

LOS DIARIOS MALDITOS

Purificación iba empeorando cada día, unas veces confundía a todo con el que entablaba alguna conversación, y en otras se ponía a gritarle y blasfemar, confundiendo a las personas y la época. Tan pronto llamaba Miguel al padre de Rocío que se llamaba Francisco, como gritaba a su hija Remedios, diciéndole que le devolviera todas las joyas que le estaba robando.

Así, después de unos días, la anciana se estabilizó, y Rocío decidió buscar las llaves de la casa de Josefa y buscar los diarios, si no los encontraba, cotillearía un poco por la casa.

La orografía del pueblo permitía que en algunos puntos las cuestas fueran bastante pronunciadas. Por lo general, en las casas de esas calles seguían viviendo aquellas familias humildes, que, a lo largo de los años, habían mejorado su economía y a la vez reformado aquellos hogares. En otras calles más céntricas, el desnivel se superaba con escalones o rampas menos pronunciadas. La casa donde se dirigía estaba casi en el centro neurálgico del municipio, cerca del mercado, de la plaza y de una de las dos iglesias.

Se quedó parada delante del portal y, aunque aquel edificio ya lo conocía, repasó con la mirada la fachada rectilínea de las tres plantas de altura, simple, sin ningún galardón; podría decirse que era austera.

Le salió al encuentro una anciana vestida de negro, con el pelo canoso, pero de peluquería, lo que le daba tonalidades azules. Tenía tantas arrugas en la cara que posiblemente las firmara el sol y el frío trabajando en los olivos, con aspecto de haberse anclado en el siglo pasado, y que no le asombraría si dijera que tenía cien años. Tras ella salió su hija, que ya tenía otro aspecto, más de este siglo.

—¿Tú eres de la rubia?–así era conocida su abuela en el pueblo, evidentemente por el color de su pelo cuando era joven.

—Madre, no sea pesada –cortó la hija–. Deje a la muchacha tranquila.

—No se preocupe, sí soy de la rubia.

—Pues dale recuerdos de su vecina Ginesa.

—De su parte, pero está muy malita y ya pierde la cabeza, a veces no reconoce a nadie. Y ahora voy a darle una vuelta a la casa.

—La familia de tu abuela no era buena gente. Puri lo pasó muy mal de chica.

—¡Calle madre!; no le hagas caso, que ya chochea –quiso excusarla su hija–. Madre que eran otros tiempos.

—Y otras personas –quiso añadir la anciana mujer.

Pero la mirada de aquella anciana no trasmitía ningún signo de demencia senil. Se despidieron y las dos mujeres se fueron cuchicheando acera arriba.

Extrañada por el comentario de la anciana, Rocío entró en la casa. La penumbra se disipó al correr las cortinas y abrir las ventanas, para que el sol de la mañana de aquel sábado luciera y aireara la casa. Las motas de polvo que flotaban en los rayos de sol eran provocadas por el andar de sus zapatos. Un primer vistazo de muebles y cajones, puertas y estantes, le hizo pensar que posiblemente fuera todo un mal entendido de la mente de su abuela. No vio nada en ninguno de los tres pisos. Se sentó en un sofá, sacó el móvil y repasó el WhatsApp y el Facebook; allí estuvo entretenida unos minutos. Quiso repasar en la pantalla alguna posible llamada o mensaje de Rodrigo, pero la vida se había empeñado en complicarle cada vez más su existencia sentimental. Volvió a dar otra vuelta por la casa, con más detenimiento, y se entretuvo en abrir cajones y armarios por donde iba inspeccionando. En la planta baja, entró en la habitación que debió de ser de Fuensanta. En una de las paredes, la fotografía del busto del hombre que fue el padre de Josefa. Lo reconoció por la foto que le había enseñado su abu. Esta era una copia de aquella pero más grande. La oscuridad de la estancia, con unos muebles aún más lúgubres y aquel señor mirándola desde el otro mundo, le causó sensación; solo le faltaba que se le saliera el fantasma de aquella mujer, pidiéndole explicaciones de qué hacía allí. Salió en busca de aire y un poco de serenidad al patio trasero, y de nuevo la inmensa higuera y en un lado una pocilga en ruinas le confirmaron que su abuela no mentía. Entró de nuevo. Siguió por la primera planta y en el altillo de un armario vio una maleta, acercó una silla y la alcanzó alzándose de puntillas sobre esta. Se tambaleó en el aire, y a punto estuvo de perder el equilibrio, cuando tiró hacia ella la maleta, pues pesaba lo suyo. Cuando al fin la puso sobre el suelo, después del susto del desequilibrio, respiró tranquila. Aquella vivienda emanaba una energía negativa, y lo cierto era que estar allí sola le daba miedo. Estaba deseando salir y volver a su casa, ya volvería en otro momento. Aun así, se entretuvo en abrir la maleta y ¡bingo! Debajo de unas blusas y faldas encontró los diarios, desordenados y sin fechas, y se quedó extrañada. Tras un rato pasando hojas. Se dio cuenta de que no respetaba las normas de un diario por año, aquí estaba todo seguido. Se daba cuenta que en algunos párrafos no estaba puesta la fecha, en otros la letra se volvía inclinada, escrita con desconcierto, como cuando uno escribe llorando, con rabia o muy deprisa. Había hojas sueltas dentro de uno de aquellos diarios. Y había un montón de cartas y más hojas sueltas, en una carpeta de cartón. Por último, otro cuaderno distinto que no sabía si era o no otro diario. El desconcierto total vino cuando en la misma maleta encontró aquella caja negra forrada de terciopelo del tamaño de una carpeta. Al abrirla se sorprendió de lo que había dentro; lo cerró todo y buscó algún bolso o macuto donde poner aquellos diarios y no acarrear con aquella maleta tan aparatosa. Dejó las blusas dentro de la maleta, que no se molestó en volver a subirla donde estaba, y cargó los libros en un bolso de viaje que encontró. Dudó de si llevarse también la caja, no era algo que ella hubiera venido a buscar, pero algo misterioso la empujó a cogerla. Estaba deseando salir de allí, la casa se le caía encima, era una sensación de miedo lo que estaba sintiendo, un ahogo constante que casi le impedía respirar; allí sola, casi sin luz al bajar de nuevo las persianas, con la sensación de que las paredes se le iban cerrando a cada paso que daba. Solo cuando salió a la calle y cerró la puerta tras de sí sintió que los pulmones se le volvían a llenar de aire. Ahora era el sol sofocante del mediodía el que le devolvía la calma y el sosiego de aquel verano, que ya estaba a punto de terminar. No echó de menos la frescura de la sombría casa, que invitaba a quedarse en aquel cobijo, como los cantos de sirena en el viaje de Ulises atraían a los marinos hasta que se estrellaran contra las costas. O quizá aquellas paredes estaban defendiendo los secretos que aquellos diarios guardaban.

AÑO 1915. DIARIO 1

Rocío se puso manos a la obra, su empeño era ordenar de alguna forma y con paciencia todo aquel material de manera que se pudiera consultar en cualquier momento. Así que fue clasificándolo a medida que lo leía. Pensó en el desasosiego que sintió en el interior de la casa, pero lo achacó al nerviosismo que le produjo la búsqueda.

***

Fuensanta era apenas una adolescente cuando iba a casa de los señores a cuidar de los gemelos, que eran los más pequeños de los otros cuatro hijos que tenía la familia.

Recordaba la bofetada que hacía unos días le dio su madre cuando le bajó la regla, para que se acordara de que ya se podía quedar preñada.

Fuensanta era consciente que su familia era pobre, pero mucho más que otros vecinos con los que se codeaba de la misma calle, lo había visto en casa de otros vecinos, apenas menos pobres que ella, y la diferencia era abismal; sentía un poco de vergüenza por ser tan pobre. También lo veía en la casa donde iba a servir; allí se vivía con lujo, bajo su opinión. Cualquier cosa que pudiera recoger para su casa, cualquier minucia, comida, ropa, siquiera un vaso, plato o cubierto; si lo hubieran tenido que comprar no se lo hubieran permitido. Así veía ella el lujo comparando las dos casas. Volver a su casa después de cuidar a aquellos mocosos le suponía un suplicio. En invierno se estaba caliente, comía en la cocina con las demás mujeres del servicio, y esa comida era su sueldo. Solo cuando era la fiesta del pueblo o en navidad le darían unos céntimos como un extra.

Desde que tenía uso de razón, recordaba cómo ella y su familia eran tratados como si pertenecieran a una casta inferior; eran los más humildes de todo el pueblo, y eso lo llevaba ella clavadito en el corazón; eran tratados con desprecio por la mayoría de la gente y por los que estaban simplemente medio escalón por encima de ellos; solo se equiparaban en la nula educación. Eran el consuelo de otros pobres ver que aún había alguien que estaba peor que ellos.

Definitivamente, seguía pensando si habría alguna familia del pueblo que fuera más pobre que ellos, esto, al menos, hubiera sido su propio consuelo; ver que otros estaban peor; pero no, Dios los eligió a ellos.

El trabajo de su padre consistía en seguir siendo analfabeto como su madre, llegar a casa muchas veces borracho, llorar abrazado al regazo de su mujer, maldiciendo lo miserables y pobres que eran, y así, sin mostrar jamás un atisbo de violencia, dormirse. De vez en cuando, ayudaba a algún conocido o vecino en las tareas del campo, principalmente olivos, o arreglar algún camino o bancal, deteriorado por la lluvia, por lo que cobraba un misero dinero. Tenía que remendarse la ropa tantas veces que ya ni para hilo tenía su madre. En invierno se acostaban vestidos, y la manta con la que se tapaba con sus hermanos, en la única cama que había, a parte del camastro donde dormían sus padres, tenía demasiados agujeros. Aceptaban cualquier ropa de los vecinos por muy deteriorada que estuviera, pues siempre estaba mejor conservada que la que ellos poseían. La luz no existía llegado el atardecer, y los inviernos eran tan duros como la pobreza de su hogar. Tenía un hermano dos años mayor que ella, otro seis más joven, y dos hermanitos más entre medias, que habían fallecido de bebés, quizá Dios se los llevó, dado que no había con que mantenerlos, eso pensaba Santi. Las noches eran eternas, durmiendo juntos en una misma cama, oyendo la tos crónica de sus padres al otro lado de la pared y con aquel frio que se pegaba a la almohada como hielo, solo el aliento de sus hermanos le daban algo de calor.

El recelo de algunos vecinos, al ver que Fuensanta había encontrado un sitio caliente para comer y pasar el invierno, despertó la maldad entre ellos; se burlaban de ella por pura envidia, de cómo vestía o de cómo poco a poco se iba refinando.

–Mírala, se cree que es una marquesa.

–Si de pobre no saldrás nunca, baja esos humos señoritinga.

—Quédate en casa a ayudar a tu madre, ¡muerta de hambre!

Y todo esto lo acompañaban con esas risas falsas y llenas de veneno.

Santi intentaba no escuchar aquellas palabras llenas de odio, aunque sentía cómo su cara enrojecía de rabia; agachaba la cabeza y seguía hacia delante, intentando que aquellos improperios no le hirieran su corazón, sin embargo, su memoria no las podría olvidar.

Cuando llegaba a la casa donde servía, se cambiaba la ropa con la cara llena de lágrimas y se ponía una más decente, que era de la hija de la señora y que ya había desechado, y esa le duraba hasta que la señora le daba otra; entonces se podía quedar la anterior. Esa ropa estaba bien cuidada, se la daban porque la niña de la casa crecía o ya estaba algo desgastada, aunque para Fuensanta era como si fuera recién comprada. Alguna vez, la cocinera, si había sobrado algo de comida, y conocedora de la familia de la niña, le arreglaba un hatico con pan y sobras de comida, o le envolvía en papel de periódico chorizos o matanza, que eran devueltos a medio comer en los platos, y aquel día cenaba en la pequeña casa con sus padres.

Día a día, intentaba pasar desapercibida por la calle, donde sus vecinos la humillaban. Pensaba en cómo era posible que aquellas gentes tan humildes, que todos los domingos acudían a misa, comulgaban y se compungían dándose golpes en el pecho, fueran capaces de ser tan malvadas con ella y su familia.

Parecía que aguardaran a que ella pasara, de manera que incluso sin molestarse en salir, desde la ventana, la seguían recriminando que pudiera ser como ellos, ese medio escalón por encima de su extrema pobreza.

Sus padres eran pobres y muy simples, pero eran buenas personas, no pegaban a los hijos, por eso le extrañó tanto el bofetón que le dio su madre; la explicación, tan vaga, la llevaba ella rumiando todo el camino, ¿cómo era posible que por tener la regla se pudiera quedar preñada?, y si era eso verdad, ¿cómo podía evitarlo?, pensaba mientras llegaba a la entrada trasera de la casa, por donde entraba el servicio. Su inocencia y a la vez su curiosidad le hizo preguntar.

—Petra, ¿por qué me puedo quedar embarazada solo por tener la regla? —le preguntó a la cocinera, que era la que le preparaba las sobras.

Una risotada, escandalosa a aquella hora de la mañana, alertó a las demás mujeres del servicio.

¿Qué ocurrencia habría tenido esta vez, Fuensanta?

—Qué espabilada estás, Santi, pero qué inocente eres a la vez. ¿Es qué no te lo ha explicado tu madre? Para quedarte preñada, necesitas..., cómo te lo diría yo, para que tú lo entendieras —y miró a las demás, que se habían acercado y habían formado un corro alrededor de la niña, con la sonrisa instalada también en sus ojos–. Necesitas follar con un hombre –y de nuevo, ahora todas juntas, rompieron a reír.

Mientras, Santi seguía con aquella cara de inocencia.

–¿Nunca has visto a tu padre, encima de tu madre en la cama?

–Si.

–¡Ea! Pues eso es follar –sentenció Petra, que con la risa de todo el corro dio por terminada la duda de la niña.

Poco a poco, fue entendiendo el cómo y el porqué de la condición de la mujer en la vida; se le desarrollaron los pechos, se le estilizó la figura, aunque se quedó prácticamente igual de alta tras la llegada del primer periodo; la falta de una buena y regular alimentación hizo el resto para no crecer más.

Los señores de la casa donde servía eran los más ricos del pueblo. El nuevo negocio que se había revalorizado era el aceite de oliva; había invertido en comprar más tierras y donde no había sustituyó la cosecha primitiva por olivos. Además, si la cosecha venía mermada por la climatología, el empleo de temporeros era mucho menor, así, aunque las ganancias fueran menores, los gastos también disminuían. Siempre eran los más débiles los que tenían que padecer la falta de ingresos de los señoritos.

Un día oyó la conversación entre su señor y el médico de la familia. Este último explicaba como aquellas tierras y aquellas gentes llevaban padeciendo miserias y enfermedades desde un siglo atrás, cómo la falta de alcantarillado provocaba que las aguas contaminadas se juntaran con las sanas de los pozos, lo que produjo varias epidemias de cólera, y que esto, junto con la falta de higiene, provocaba muchas muertes por toda la provincia.

Fuensanta fue creciendo a medida que los dueños de la casa aumentaban su poderío económico y social; aprendía rápido, y como los niños ya no necesitaban tantos cuidados ella fue aprendiendo modales y tareas en la cocina. Se estaba formando para en el futuro, ser como Petra, que era, después de la señora, la responsable y la que mandaba en todo el servicio.

El señor de la casa seguía atentamente las noticias en los diarios, muchas veces le leía en voz alta a su mujer los sucesos y las novedades de España. Pasado un tiempo y en una de esas veces, Santi andaba cuidando a los gemelos en el cuarto que utilizaban para sus juegos, y desde allí oyó como le contaba.
 –La huelga general ha pasado, con distintos grados de participación, solo en las grandes capitales, y no en toda España–parecía que se congratulaba–. Fíjate

que solo ha afectado a la parte más industrializada, aunque, eso sí, ha durado casi una semana. Aquí, en Jaén hemos tenido que dar la nota, ha sido uno de los sitios donde más seguimiento ha tenido. ¿Puedes creer que han surgido brotes de violencia por parte de los huelguistas, que ha habido heridos y detenidos? La verdad Cristina, ¿no sé qué quieren conseguir con esas huelgas? ¿Arruinar a España?

Santi, que tenía al señor de la casa por un hombre culto y educado, se sorprendía de algunas afirmaciones, que entre otras cosas no entendía.

¿Cómo era posible que España se arruinara? Para eso tendría que quedarse tan pobre como su familia, y eso no podía ser, si había gente como su señor.

ROCIO Y FALAK

Ahora que había descubierto los diarios, que ella renombró como "malditos", no sabía cómo actuaría la familia. ¿Tan prohibidos podrían llegar a ser aquellos escritos? Y la caja de terciopelo negro, aquello era todo un misterio. Después del primer vistazo tendría que investigar todo lo que vio, pero primero debía seguir leyendo.

Rocío se había comprado una casita en el pueblo, no lejos de la de su madre, ni de la de su abuela, y entre las tres formaban un triángulo que en un plano sería casi equilátero; desde cualquier casa se llegaba al mismo tiempo a cualquiera de las otras dos. Con sus pequeños ahorros, redujo la hipoteca, de manera que su sueldo le daba, siempre que este no fallara, para pagarla y mantenerse, aunque siempre tenía la ayuda de sus padres, sobre todo en la manutención. Cuando su madre no le llevaba una fiambrera con la comida, se la llevaba también con la cena, o le llevaba parte de la compra del mercado municipal o del super.

Tan ensimismada estaba en sus quehaceres que no se percató de las señas que le hacía desde la ventana Falak, para que le abriera la puerta, hasta que esta dio unos golpecitos en el cristal.

Las dos jóvenes se llevaban bien, en ocasiones, después de ver a su antecesora, se iban a tomar unas cervezas, y aunque en el pueblo los bares no eran escasos que digamos, siempre solían ir a los mismos, que eran donde consideraban que las tapas estaban más buenas.

Se arregló y se juntaron a dar una vuelta, charlar de sus ligues y pelar a algún conocido. Entre cerveza y cerveza Falak le contó que le gustaba un chico llamado Diego, pero no sabía si él tenía el mismo sentimiento por ella.

—Bueno, eso lo tendrás que ir viendo tú, que tal te trata, me refiero en la pandilla, cuando salís de botellón o de fiesta.

—Me trata bien, pero no veo que tenga ningún detalle que no tenga con cualquier otra del grupo.

—Pero ¿cómo te trata? Me refiero si tú notas que te mira más, con esa carilla que ponen cuando están atolondrados por una.

—A veces me llama morita, pero de forma cariñosa, como si fuese su hermana pequeña.

—Sabes —le informó Rocío, como si de una consejera del amor se tratara—, cuando los hombres o los chicos personalizan a las mujeres, cuando utilizan nombres como: *cuqui, palomita, chati o cari*, que, por cierto, personalmente no me acaban de gustar, puede que sea el principio de ser alguien especial para él, *morita*.

Y al decir esto, las dos se rieron a carcajada limpia.

Falak tenía unos ojos grandes y negros, era muy guapa y para su edad tenía la cabeza muy bien amueblada. Su sonrisa culminaba la belleza de su rostro aderezado con un cabello negro y rizado. Era igual de alta que Rocío y, aunque vestía ropa bastante holgada, se le intuía una figura ágil y bonita.

−¿Y tú como vas con Rodrigo? Hace tiempo que no os veo juntos.

−Tienes razón, yo aquí dándome de maestra y resulta que no sé ni llevar mi vida, como Alá manda.

Y otra vez la intimidad pasó a ser una sonrisa y acabó siendo una risa, entre cigarrillos y sorbos de cerveza.

−Una cosa que me tiene intrigada, Falak, y cambiando de tercio, es como llevan tus padres lo de que salgas de botellón o de fiesta, lo digo por lo de beber alcohol.

−Ah, por eso no se preocupan, tú no ves la cero-cero que estoy tomando, pues de fiesta lo mismo, mi refresco y nada más. Mis padres, si sospecharan que bebo alcohol, no me dejarían salir de casa. Pero te voy a contar un secreto, lo he probado y, sinceramente, prefiero hacer caso a mis padres, ya tuve bastante con una vez. La suerte fue que me pilló solo mi madre, quién después de echarme una buena bronca me advirtió de que no lo permitiría una segunda vez. Fue muy desagradable, me encontraba tan mal al día siguiente y durante la borrachera que no me divertí, fue la peor noche de fiesta que pasé, además creo que vomité encima de los pies de Diego.

Ya de vuelta a casa Rocío iba pensando en Rodrigo, a quien ella empezó a llamarle cariñosamente Rodri, como casi todo el mundo hacía. Por su parte él le llamaba a ella Ro, y eso lo hacía poca gente con su nombre. Al final se acabaron llamando entre ellos Ro, el uno al otro. Había pasado bastante tiempo y no sabía de él; era el amor de su vida, pero no entendía cómo, por una tontería que apenas recordaba, habían llegado a separarse; lo único que recordaba era que fue al poco de venir de cubrir los Goya en Madrid. Acaso era que no estaban hechos el uno para el otro. Quería no dudar, ella sabía de sus sentimientos, pero quien sabe lo que él tenía en su cabeza. Por una hermana de Rodri, sabía que estaba en Valencia, de visita en casa de unos familiares.

Ya había pasado suficiente tiempo, separada de él por una tontería, así que cuando regresara dejaría las cosas claras, no estaba dispuesta a perderlo de nuevo. Lo que sí era cierto es que últimamente estaba bastante raro, sobre todo desde que vino de Madrid; cada vez se iba más a menudo a Valencia o de viaje de trabajo, según decía estaba promocionándose en la cadena y conociendo a los verdaderos líderes de los que quería aprender. A ella todo eso le parecía extraño, porque luego no le contaba nada de esos viajes; además la familia de Valencia era muy lejana, unos primos hermanos de sus padres, ya mayores, ¿estaría diciéndole la verdad?

Así que mientras se hacía con él, intentaría seguir leyendo aquellos diarios, que empezaba a comprender que eran fruto de estar contados en tercera persona.

Lo mejor sería leerlos cronológicamente, aunque había otros elementos que complementaban lo que se narraba en aquellos diarios, cartas, notas y algunas fotos antiguas entremezcladas entre sus hojas. Pasó varios días, por falta de tiempo, clasificándolos por fechas; luego se entretuvo en revisar lo que contenía la caja negra: para ella era tan desconcertante que solo quería seguir leyendo para ver si encontraba alguna explicación de aquel contenido.

AÑO 1918, DIARIO 2

Santi había crecido en aquella casa, tanto en cordura como en saber estar, era inteligente, y la señora se había fijado en ella, Ahora era ya una señorita, en realidad y pese a su juventud, toda una mujer.

Se estaba organizando una fiesta para el cumpleaños de su hija, la más pequeña, que apenas era unos meses mayor que ella. En la cocina se preparaban unos manjares exquisitos. Los invitados no eran del pueblo, eso estaba claro, su acento y su forma a la hora de hablar denotaba una educación superior, estaban por encima de lo normal. Según había oído hablar a las criadas que entraban y salían con aquellas bandejas, eran políticos venidos de Madrid –"Son gente de mucho postín", decían entre plato y plato–.

Durante todos estos años, se estaba librando en toda Europa la Gran Guerra. Por las noticias que oía contar a la gente y a los que ella creía, por ser más cultos y tener más información, los muertos se contaban por millones; muchas naciones luchaban unas contra otras, naciones de las que ella nunca había oído hablar. Un día, limpiando el cuarto de los gemelos, a los que les había cogido un cariño especial, se fijó en aquel pergamino extendido en la pared, les preguntó qué era aquello que allí estaba pintado.

–Es el mapa de Europa, y esto de aquí es España –le explicó el más dulce de los dos niños, mientras el otro le canturreaba nombres de otras naciones.

Fuensanta se sintió impresionada, cómo aquellos dos niños, a los que tanto quería, eran tan listos; claro, que ella misma los llevaba y recogía del colegio de monjas al que iban. Eso era lo que ella quería para su hermano; siempre que pudiera intentaría que este estuviera el máximo tiempo en la escuela.

Como las desgracias nunca vienen solas, una guerra era la desgracia más grande que podía haber. Esta era una frase que le había oído decir al señor, con el razonamiento de que nada podía ser peor que las personas se mataran entre ellas. Pero un día, mientras estaba sirviendo un vino a los señores, antes de comer, don Alonso, periódico en mano, le explicaba a su mujer que había una epidemia que estaba asolando toda Europa.

–Lo malo, Cristina –que así se llamaba su mujer–, es qué ya hay casos en España. Según la prensa hasta nuestro rey esta contagiado.

–Solo le faltaba eso a la corona, que muriera de una epidemia.

–Bueno, mujer, la epidemia no te mata, te mata la gripe, que es como un resfriado, pero a lo bruto. Parece ser que ataca a todo el mundo –quiso matizar su marido.

Lo que vino unos meses después, ya terminada la Gran Guerra, fue una catástrofe. Aquella gripe se extendió por todo el mundo. En España afectó a todo el país. Don Alonso, periódico en mano, informaba a su esposa de las noticias y, de paso, lo que no oía una lo oía otra, para luego, en la cocina, que era el puesto de mando, contárselo unas a otras. Las muertes empezaban a ser muy preocupantes, y aunque prácticamente ningún país llevaba un control de la enfermedad, aquí, en España, la prensa y el Gobierno, fueron los más transparentes a la hora de llevar un seguimiento de la pandemia. Se informaba de los casos diariamente, se llevaba un control por edades, y lo cierto era que la población más dañada era entre los jóvenes sanos, de entre veinte y cuarenta años.

Y la enfermedad llegó a aquella casa. Don Alonso contrajo la gripe. Ninguno de los médicos que le visitaron, llegados incluso de la capital de la provincia, pudo curar aquella infección respiratoria, y falleció un 12 de septiembre. Aquello trajo la ruina a aquella casa y, en consecuencia, a todo el pueblo. La epidemia empezó a hacer estragos en toda la comarca; los jóvenes iban contrayéndola, mientras que los niños y ancianos solo fallecían si presentaban un cuadro clínico de otras enfermedades previas. Doña Cristina, los gemelos y sus otros hijos sobrevivieron, pero familiares directos de la familia fallecieron también a causa de aquella gripe; una de las sirvientas y un mozo de cuadra también sucumbieron a la enfermedad.

Un día de aquellos, tan aciagos como cualquier otro, Fuensanta llegó tarde a su casa y se encontró a sus padres y a su hermano mayor acostados. Les costaba respirar y parecía que hubieran envejecido de repente. En cualquier caso, la enfermedad en su hermano era más evidente. Como no había dinero para médicos, llamó a la vecina, aquella que de vez en cuando se apiadaba de ellos y les daba algo de ropa vieja, pero ella no sabía qué podía hacer.

–Calienta agua, ponles paños en la frente y en el pecho; si tienes salvia u hojas de eucalipto, hazles cataplasmas, y reza hija mía, reza un rosario, que Dios aprieta, pero no ahoga.

Fuensanta pensaba en aquella frase mientras iba y venía por la casa, dando órdenes a su hermano Pedro, el más pequeño, para que la ayudara a cuidar de sus padres. "Dios aprieta, pero no ahoga", se repetía. Pero según la frase Dios era un ser benevolente y debemos mostrarnos agradecidos por no ahogarnos. No obstante, desde su parco entender, debería ser al revés: "Dios no ahoga, pero aprieta". De este modo Dios se quedaba desmitificado, no era un ente tan bueno; era más bien un Dios malvado que no te ahogaba, pero que tampoco te dejaba respirar; era simplemente un sádico.

Hizo lo que pudo con la ayuda de Pedro, su hermano pequeño. Pasó la noche en vela, y al amanecer falleció su madre. La lloró lo justo para que se la llevaran con el cura de la parroquia más cercana, que era a la que ella, como buena católica, iba todos los domingos para la misa. Su padre estaba muy agotado de toser y su respiración era lenta y pesada, y apenas se daba cuenta de lo que pasaba a su alrededor. Su hermano mayor, era el fantasma de lo que había sido. Aquella maldita enfermedad se estaba cebando con aquella familia. Dos días más tarde falleció el hermano, y al siguiente, el padre, que ya no pudo aguantar y perdió la batalla. La fosa común donde se quedaron enterrados los tres miembros de aquella familia permaneció abierta. Hubo más casos en el pueblo, y la gente humilde, que vivía al día para poder llegar al siguiente, era incapaz de guardar dinero para tener un entierro decente. Bastante con quedar en el recuerdo de los que sobrevivieron en aquel valle de lágrimas.

Pasado un tiempo, la señora de la casa no quiso saber nada de lo que pasaba en el pueblo. Se fue volviendo poco a poco huraña; los días los pasaba preguntando a unos y a otros lo que se tenía que hacer, no tenía el don de tratar a sus sirvientes, y quiso reemplazar a su marido en los trabajos que él realizaba. Al final delegó en su capataz, el mismo al que su marido le confiaba todos los trabajos y tratos con los jornaleros.

Los gemelos echaban de menos a su padre, que era el pegamento de aquella familia. Ahora Fuensanta estaba a merced de aquella mujer, y sin embargo no podía dejar a su hermano sin protección.

Mediaba el año 1920 de aquella pandemia, que empezaron denunciando sobre nuestros muertos los periódicos españoles, años atrás, sobre las muertes en plena Gran Guerra, y que causaba bajas tan grandes en ambos lados que ningún otro país quiso reconocer, ni hacer estudios ni controles, ya que en pleno litigio hubiera sido un signo de debilidad reconocer que su gente moría por un virus; aquello hubiera diezmado la moral tanto en el frente como en la retaguardia. Sin embargo, poco a poco se fue diluyendo como un azucarillo en el agua, y aquella enfermedad desapareció como había venido.

En aquella casa no faltaba de nada, pero poco a poco, la señora iba vendiendo parte del patrimonio del hogar, las bestias y aperos del campo, siempre con la mediación de Rafael, el capataz. La merma del poder adquisitivo de la familia no era todavía tan grande para preocupar a nadie, pero no se podía adivinar el tiempo que duraría la bonanza; luego estaban la cosecha, que siempre, mucho o poco, daba beneficio, y la cantidad de tierras que poseía la familia, hasta un pequeño cortijo con su huerta daría también sus frutos.

Con esta tesitura se dirigió a la señora con los mejores modales que supo dibujar. Fuensanta había elegido aquel momento porque los gemelos estaban delante, y pensaba que ellos le ablandarían el corazón a aquella mujer que no parecía la misma. Eran su escudo, y tantas veces había oído decir a los señores que tenía mano con los niños.

—¿Señora, podría atenderme unos minutos?

—Dime, Santi, pero que sea rápido, tengo muchas cosas que hacer.

Sabía que aquello era mentira, era una cantinela que se había agenciado para deshacerse de los problemas, y para eso era una experta.

—Verá doña Cristina, desde que fallecieron mis padres, mi hermano ha quedado a mi cargo y no tenemos ningún ingreso en casa...

Pero la señora no quiso oír nada más. No la dejó explicarse y le cortó rápidamente. Con la mirada altiva y con un gesto desagradable que hizo con la mano la mandó callar. Sus siguientes palabras no dejaban margen a la duda.

—Si no estás a gusto, puedes irte cuando quieras, la puerta es bien grande. No me molestes más para esas memeces, ya te he dicho que tengo muchas cosas que hacer.

La dueña de la casa, se dio la vuelta y no la volvió a mirar. Ella observó a los gemelos, que ya tenían el conocimiento suficiente, al menos, para entender lo dolida que se quedaba, pero ninguno de los dos ni siquiera, le dedicó una mirada caritativa.

Santi, que hasta entonces había sido tan prudente, solo se le ocurrió robarle uno de aquellos pasteles que les guardaban contados a los gemelos. Más tarde comprobó que, aparte de estar deliciosos, el resultado fue que uno al otro se culparon de haberse comido el que faltaba, y llegaron incluso a pelearse, hasta que intervino su madre, que los castigó duramente. Santi se sintió tan bien que hasta disfrutó con la infelicidad que había causado. Aquello sentaba bien, ver como aquellos mocosos desagradecidos se peleaban por algo que era la primera vez en su vida que les faltaba, solo por egoísmo.

Petra intentaba ayudarle, le reunía algún chusco de pan, y al cabo del día le preparaba una pequeña taleguilla de comida. Aunque ella comía en la casa, siempre intentaba guardar algo para su hermano, más lo que le conseguía la cocinera, pero ella necesitaba tener un sueldo, o si la señora le hubiera dejado hablar, un trabajo para su hermano Pedro. Así no sabía hasta cuándo iba a poder aguantar, tendría que buscar una solución a aquel sinvivir.

De vez en cuando el capataz se presentaba, a modo de visita que previamente había concertado. Los rumores corrían por la servidumbre como la pólvora, todos aplicaban el oído para ver lo que podían deducir de aquellas visitas. Llegaron a la conclusión que eran posibles compradores de las propiedades que ahora eran todas de la señora Cristina. Los hijos mayores todavía no tenían la capacidad para hacerse cargo de todo el negocio. Don Alonso había dejado este mundo relativamente joven, a sus 39 años, y su viuda, ahora con el miedo metido en el cuerpo, dado que aquella gripe, seguía haciendo estragos por toda España, no quería que nadie saliera de casa, creía que aquel bastión no podría ser alcanzado, pensaba que allí estaban seguros y a salvo de la enfermedad; estaba convencida de que su marido la había contraído en uno de esos viajes con el capataz, a ver unas tierras o cerrar algún negocio.

Fuensanta no paraba de darle vueltas a la cabeza, tenía que encontrar una solución a su vida, allí estaba estancada, y su hermano era una rémora, que tendría que soportar porque así lo había querido Dios, ese al que ahora notaba como seguía apretando y no la dejaba respirar. Sin embargo, por su hermano sentía un cariño especial. Antes de entrar a servir en la casa era ella la que lo cuidaba si su madre tenía que ir a servir o trabajar en el campo, unas veces recogiendo aceitunas, las de mayor beneficio, pues, aunque poco, algo cobraba. En otras ocasiones acudía a recoger las que se dejaban en el campo, rebuscando entre la escarcha de la mañana. Para evitar que los dedos se le congelaran o se dañaran con el hielo se ponía como dedales los sombreros[1] de la bellota. Y todo para llenar un saco, si se daba bien el día, después llevarlo a la almazara y sacar unos céntimos o recoger un cuartillo de aceite, que le daban más por caridad que por lo que ella llevaba.

Tenía que decidirse y pronto, pero qué podía hacer, se preguntaba. Su poca cultura la limitaba a la

---

[1] Nota: cúpula, capuchón, caperuza, cascabullo o mangurrio. Parte superior del fruto de la bellota, por el que se sujeta a la rama.

servidumbre, de una forma u otra; sabia limpiar, atender, servir y cocinar bastante bien, y era consciente de lo que no sabía hacer, por ahora, no sabía llevar una cocina, ni controlar los tiempos, tampoco era una buena doncella, para eso debía ser mucho más modosita, y ella era más bien inestable con los caprichos de las señoritingas.

−Santi. −oír su nombre, en el vozarrón del capataz, sin percibir que estaba tras ella, la asustó de tal modo que al hombre le provocó una carcajada, y a ella le dio un respingo que se le paró el corazón.

−Diga, don Rafael, ¡que susto me ha dado! −confesó, todavía con un tono de voz a flor de piel.

−Me ha dicho la Petra qué si sabía de algo para ti que tuviera paga, que te sabes desenvolver muy bien en la casa.

−Pues sí, es que al morir mis padres y mi hermano mayor, y mi otro hermano ser tan joven todavía, necesitamos ganar para comer los dos.

El capataz la miró de arriba abajo, como si estuviera valorando el precio de una yegua, y apretando los labios y moviendo la cabeza afirmativamente le dio el visto bueno.

−En el hostal La Estación, necesitan una sirvienta. Tendrás que hacer de todo un poco, pero son gente honrada. A la edad de tu hermano yo ya trabajaba, tú verás lo que negocias por él. Cuando hay corridas de toros y si traen alguna figura del arte, aquello es un sinvivir, pero también se gana más. Solo tienes un problema, que tendrás que negociar el salario tú, además está en Úbeda.

Arregló con Petra la ausencia de un día para ir a negociar su trabajo, y a través de don Rafael logró un trasporte en un carruaje de mercancías que hacía el trayecto ida y vuelta en el mismo día.

Cuando llegó a su casa era ya de noche, le explicó a su hermano lo que había negociado. Sabía que el salario que negoció no era muy alto, pero a cambio tenía un cuarto para ella y su hermano, y este seguiría yendo a la escuela, con la condición de que ayudara en las tareas al salir del colegio, los días en los que no tuviera escuela y en fiestas.

—Aquí se trabajaba duro—le dijo el dueño del hostal—. No hay horario, y mientras halla clientes que atender no se descansa. Se come de lo que se haga en la cocina, para todo el mundo igual; no hay límite en la cantidad, pero tienes que echar el resto en tu trabajo.

—Pero a mi hermano le dará tres comidas al día, aunque solo trabaje por las tardes —condicionó Fuensanta.

El hostalero pensó que para aquella gente la comida era más importante que el sueldo que les iba a pagar. Aunque no había dudado de que el muchacho entraba en el paquete, movió la cabeza y asintió, como si fuera una batalla que hubiera ganado la muchacha y la hubiera perdido él. Aun así, le hizo una última advertencia.

—Rafael me ha hablado bien de ti, sin embargo, yo no te conozco. Así que te aseguro que si no cumples con tus tareas, metes mano en la caja o intentas joderme con cualquier treta, iréis directos al cuartelillo, que también tengo conocidos allí. Avisada estás, la paliza no te la quitará nadie. Aquí, ver, oír y callar.

La cara de aquel hombre no dejaba lugar a dudas de que hablaba en serio, y ella era demasiado joven para que su orgullo le permitiera contestar.

Cuando se despidió de la casa donde había aprendido lo poco que sabía de la vida, la señora no se molestó en dedicarle ni un minuto de su tiempo, solo le dijo que se lo dijera a Petra. Como esta ya sabía que se iba, y dado que la señora dejaba bajo su criterio la salida definitiva de la casa de Fuensanta, preparó un hato con comida.

—Mira, Santi, no manejo dinero para pagarte, aunque solo fuese el aguinaldo que nos daba el señor. Ahora la señora nos ha salido de la virgen del puño, siempre tiene la mano cerrada, le cuesta soltar dinero hasta para cuando tenemos que ir al mercado. Ahí te he puesto comida para un par de días – susurrándole al oído– y de la buena. Espero que te vaya bien en el hostal.

—Gracias por hablarle al señor Rafael para ese trabajo.

—Lo que tienes que hacer es cuidarte, ten mucho ojo con todos los hombres, que ahora vas a estar prácticamente dejada de la mano de Dios, vas a salir al mundo—y Petra se santiguo, como si así protegiera a la niña, que ya era toda una inocente mujer.

Fuensanta abrazó a la verdadera señora de la casa, Petra, y sintió el calor del cariño que le daba aquella mujer, a la que se le anegaron de lágrimas los ojos al verla salir y cerrar la puerta.

Sin embargo, las críticas de sus vecinas no cesaron hasta que salieron del pueblo. Había cerrado su casa y colgado la llave de su cuello, al menos allí todavía le quedaba un techo donde refugiarse si todo salía mal.

—¿Pero dónde vas alma cántaro?

—¿Qué te vas… a hacer las Américas?

—Siempre serás una pordiosera, da igual donde vayas.

Y otra vez las risotadas, falsas y forzadas, pero hirientes.

EL VIAJE DE RODRIGO

Casi un año atrás Rodrigo había ido a cubrir los Goya a Madrid, para Radio Úbeda, que era donde trabajaba. Tenía un programa de canciones que intercalaba con algunas entrevistas a artistas de cine o cantantes. La mayoría de su trabajo lo realizaba en casa con el ordenador, desde contactar con los invitados a los que entrevistaba, hasta preparar las canciones, los comentarios y la publicidad, lo dejaba preparado todo de un día para otro, o sea, que no siempre estaba obligado a estar en la emisora.

Cuando le dijeron que iba a ir a cubrir los Goya, vio en ello una oportunidad para crecer personal y profesionalmente. El poder entrevistar a personajes de primera fila, a actores, directores, cantantes e invitados del mundo de la política y de la cultura en general, acudir a las ruedas de prensa en vivo, era para él el momento más dulce de su carrera. Tenía incluso gastos pagados, aunque con ciertas restricciones, y de momento el hotel no era ni el mejor ni el más céntrico, pero la ilusión lo compensaba todo.

Cuatro días para trabajar codo con codo, o mejor dicho, como pudo comprobar la primera noche de estreno de las películas más competitivas, a codazos con los compañeros de otras emisoras y redacciones, micrófono en mano. Al parecer no era muy convincente indicar que trabajaba para Radio Úbeda, así que cambió de estrategia y optó por decir que era para una radio del sur, y entre los gritos de los compañeros unos creían que decía Canal Sur, o que pertenecía a Canal Sur.

Después de las ruedas de prensa y entrevistas, todos los reporteros se iban a preparar lo grabado, unos a los noticieros, otros a sus programas, a los que se conectaban en vivo, y otros a preparar los montajes, donde se cortaba o se preparaba para meter algún comentario. Luego venia el descanso para ir a cenar, ver si te invitaban a la fiesta de alguna promotora de alguna película, donde podías cruzarte con los actores más famosos del momento. Algunas de las fiestas se hacían en la embajada del país invitado, normalmente de Sudamérica. Rodrigo se juntaba casi sin querer con otros compañeros de medios modestos, hasta en aquello había clases. Los medios de tirada nacional, las televisiones privadas y los programas con más audiencia tenían preferencia a la hora de que los famosos ofrecieran entrevistas. Pero en las fiestas triunfaban los guapos y jóvenes, y él lo era, por eso en aquellas fiestas, grabadora en mano o escondida en el bolsillo de la camisa, seguía haciendo su trabajo.

Era su segunda noche y estaba invitado a la fiesta que ofrecía la productora de una de las películas con más nominaciones, en el hotel Gran Meliá Palacio de los Duques, sito en la cuesta de Santo Domingo. Después de los discursos pusieron música y los actores se mezclaron con los invitados.

Rodrigo estaba junto con otros compañeros de su mismo nivel, o sea, como él decía, los pardillos, que iban por primera vez y encima eran de provincias, como los llamaban los madrileños, y aunque su tono era benevolente, en realidad a los provincianos les sentaba muy mal, dado que ellos también trabajaban lo suyo, y siempre estaban a disposición de la central en cuanto pasaba algo en sus provincias, o tenían que informar de anécdotas o las elecciones, por poner un ejemplo.

Al grupo se acercó otro de unas chicas, jóvenes, y entre bromas y diretes, se fueron presentando.

Rodrigo andaba un poco despistado, mirándolo todo con interés; buscaba caras conocidas, actores importantes, y sus ojos se perdían entre aquellos vestidos tan elegantes que lucían las actrices y el carisma con olor a fama que desprendía hasta el último participante que había cooperado en la película. El director, junto con los guionistas, el compositor de la música y los actores principales, todos ellos nominados, estaban rodeados de invitados, que alababan su papel y trabajo.

—¿Es la primera vez que *venís?*

Rodrigo se quedó de piedra, la sorpresa y la pregunta tan directa lo sacó de sus cavilaciones, no sabía que contestar, le costaba reconocer quien era aquella hermosa joven; por su acento la hacía de Sudamérica, posiblemente argentina o uruguaya. No podía permitirse no reconocerla. Seguía con aquellos pensamientos, cuando se dio cuenta que lo único que deseaba era seguir mirándola, se había quedado embobado.

–No te *preocupés*–le dijo ella acercándose al oído y manteniendo aquel acento–, no soy ninguna actriz.

Entonces se percató de que ella llevaba una tarjeta autorizada de visitante, como el resto de sus compañeras, mientras que él llevaba la consabida, que le acreditaba como prensa. Se preguntaba cómo habría accedido ella a la suya, a quién conocería de la compañía o de quien sería familiar.

–Gracias, he estado a punto de meter la pata.

Aquella chica olía a canela, tenía los ojos verdes y la piel tostada, el pelo ondulado, de un negro profundo.

–¿No tomas nada? –le preguntó Rodrigo, que llevaba un vaso de Cardhu con hielo recién servido, y que no había probado todavía, a la vez que se lo ofrecía.

–Gracias– ella le cogió el vaso, mientras le acariciaba la mano–, ahora vos te *quedás* sin nada.

–No te preocupes, voy a por otro–y al girarse reaccionó–. No te vayas, espérame aquí.

–Quieta como un clavo.

La sonrisa fue conjunta, eran como dos extremos de una misma cuerda, no podían dejar de mirarse.

Cuando Rodrigo volvía con la bebida, un gran número de invitados se desplazaba, como si de una estampida de búfalos en una película del oeste se tratara, directos a acorralar a uno de los galanes más codiciados del momento, y que intervenía en varias de las películas más aclamadas del momento. Por un momento pensó que ella se habría ido, pero no, aquel rincón se despejó y allí estaba como un clavo, como ella le había dicho. Se había quedado en la misma baldosa. La sonrisa seguía en sus labios. Cuando llegó, chocaron sus vasos.

–Brindemos por nosotros,–dijo ella–, la pareja sin nombre. El mío es Noelia ¿y el de vos?

–Vaya es verdad, lo siento me llamo Rodrigo.

El ambiente era distendido, la noche cálida y la compañía aparentaba ser la mejor posible, dada la belleza de aquella mujer. Los otros compañeros del grupo iban y venían, querían conocer, tocar, oír e incluso besar a actores y actrices, que en aquel acto eran de carne y hueso, no solo reflejo de personajes que se veían reflejados en una pantalla.

Sin embargo, a Rodrigo todo aquello le sobraba, sabía que estaba a gusto, las voces, incluso los gritos de unos y otros, para sus oídos eran murmullos, y la luz solo se reflejaba en el contorno de Noelia. Solo hablaban de ellos, de las películas que más les gustaban, de algunos libros, de la profesión de él. Los hielos del vaso se iban disolviendo y el Cardhu entraba más ligero. Repitieron la bebida, y en la tercera decidieron salir de allí.

Pasaron la noche en el hotel donde se instalaba Rodrigo, y aunque en algún momento llegó a pensar en Rocío, no se sintió culpable de nada, eso era algo raro en él, pues estaba convencido del amor que procesaba por ella, pero ¿acaso era posible estar enamorado de dos mujeres a la vez, como decía la canción de Machín, "y no estar loco"? Lo tenía claro, quería conocer a aquella mujer y saberlo todo de ella. Aunque. ¿podría volver a ser el mismo, después de aquella noche?

    Cuando se despertó, ella se había ido, y él se quedó despagado, no pensaba que podría ser algo de una noche y ya está. Posiblemente los sentimientos de ella no fueran los mismos que los de él. Pensó que quizá fuera una prostituta de lujo, aunque después pensó que no era él, una presa de las que ellas buscan. Como se habían intercambiado los números de teléfono, pensó que lo mejor sería llamarla inmediatamente, pero al coger su móvil se dio cuenta de que estaba descargado, así que sacó el cargador y lo conectó; entonces pensó si aquel número que ella le había facilitado sería el verdadero o no. Tenía varios WhatsApp, uno de ellos era el de Noelia, desechó de momento abrir los otros y leyó el elegido: "Mañana no puedo quedar, pero si estás aquí el sábado, me gustaría verte. Te llamaré yo a la una p.m. y quedaremos".

AÑO 1923, DIARIO 3

Estaba claro que servir en una fonda no era lo mismo que en una casa, donde el servicio era más selecto, sin embargo, aquí la vida te iba enseñando a base de golpes. Lo primero era el cliente, bueno, mejor dicho, el dinero del cliente.

Los dos hermanos llegaron el día de antes por la tarde. Se instalaron en su habitación y cenaron de lo que Santi llevaba. Se acostaron pronto porque estaban muy cansados.

A la mañana siguiente desayunaron todos juntos, antes de abrir al público. Pascual hizo las presentaciones. Alrededor de la mesa estaba su mujer Trini, que era la que mandaba en la cocina, y Covadonga, Cova para todo el mundo, a la que tendrían que ayudar los hermanos. Había dos muchachas más desayunando, a las que el patrón presentó como dos clientas fijas del hostal.

−Angelita y Rafi son parte de la familia. Y ahora todos a desayunar, que el chocolate se enfría y vienen días duros… En dos semanas, las fiestas de San Miguel, y antes los toros. Hay que ponerse a bregar como nadie. Si no nos falla el tiempo, va a haber trabajo *"pa'dar y vender"*.

Como le explicó más tarde Cova a Santi, cuidándose de que su hermano no estuviera presente, las dos jóvenes que se sentaron con ellas ejercían la prostitución. Era un negocio encubierto, aunque por lo visto lo sabía toda la ciudad, por eso allí casi no entraban mujeres, bueno, ni allí ni en ninguna otra cantina o bar, a no ser que fuera de mucho postín, con lo que solo entraban las familias de mucho poderío, o que fueran fiestas, cuando las familias salían a la feria y las mujeres, acompañadas de sus maridos, se permitían el poder entrar a tomarse un vino y tapa, y de paso cotillear si se juntaban con otros amigos o vecinos.

Cova le siguió explicando que ser prostitutas las marcaba para toda la vida.

−Y más en esta ciudad, donde todo se sabe. Les compensa su sueldo, esas dos tienen más dinero que muchos de los fanfarrones que se las dan... "Mucho don y poco din, los cojones en latín". Otra cosa que debes saber es que aquí se tolera otro vicio más, el juego; hay noches en que se juntan, más o menos siempre son los mismos, a jugar a las cartas, Dios les perdone −y se santiguó con un gesto compungido−. Se juegan el alma al diablo.

Covadonga era asturiana. Nunca quiso decir ni cómo ni porqué fue a establecerse en Úbeda, pero Pascual sabía que huía de alguien. Eso sí, su fama de trabajadora, en cualquier tarea que se le contratara, le precedía, tanto en la oliva como en las casas que había servido. Aún recordaba cuando le propuso si quería acompañar a Angelita y Rafi, y casi consigue que se despidiera. Solo la bronca que recibió Pascual de su mujer Trini y las disculpas de este lograron retenerla.

Las habitaciones se guardaban previo pago o señal, a no ser que se instalaran en el momento de solicitarla. Los días de feria, en las fiestas del pueblo, o cuando se contrataba una corrida con alguna figura del momento, eran momentos álgidos de clientes. Otros días señalados era cuando llegaban las ventas de la aceituna. La mayoría eran señoritos que celebraban el dinero fresco en sus bolsillos. Como las grandes extensiones a veces traspasaban los lindes de distintos términos, era más rentable el traslado a las almazaras más cercanas.

El hostal podría considerarse una fonda, por el trasiego de gente de paso que iba y venía. Poseía una cantina con su salón, que se llenaba en todas estas ocasiones. Y aquí es donde Fuensanta bregaba con la ayuda de su hermano, y de Covadonga. Para Santi las conversaciones de los comensales eran el periódico que leía su antiguo señor; allí se hablaba de todo lo que ocurría, tanto en la ciudad, como en la provincia o en el resto de España, dado que muchos de estos clientes eran transeúntes, que tenían sus camiones, o carruajes –aún quedaban restos de unas enormes caballerizas donde se guardaban a los animales para su descanso a cubierto del frio y de la noche–. En la nación había habido un golpe de estado y se había implantado una dictadura, a cargo del general Miguel Primo de Rivera, al que apoyó el rey Alfonso XIII al no respaldar al Gobierno y ceder el poder al golpista.

Santi compensó su analfabetismo con su gran inquietud por saber. Absorbía como una esponja lo que pasaba a su alrededor, al recoger los comentarios de la gente de a pie, de los pobres que entraban a beberse un vaso de vino, de los que no se resignaban y emprendían un nuevo camino en los sindicatos, de algunos panfletos que se quedaban en el suelo y recogía cuando limpiaba, luego, en su habitación, le hacía leerlos en voz alta a su hermano. A grandes rasgos aprendió lo que era el anarquismo y su sindicato, la CNT, que poco a poco había recogido el individualismo y el malestar de los campesinos andaluces, dadas las diferencias sociales existentes y la pobreza que separaba las dos capas sociales. "Entre el campesinado y la burguesía no existe nada", le leía su hermano en uno de aquellos papeles que alguien, descuidadamente, dejaba en la mesa que luego recogía Santi. "Y los primeros se acogen al grito de la Revolución bolchevique de unos años atrás en Rusia y reclaman el reparto de tierras. La CNT es más numeroso en afiliados que el otro sindicato de trabajadores UGT, han logrado algún triunfo en la quema de cosechas, dado que su individualismo, le imposibilita poner en marcha huelgas generales". Ahora, Pedro le daba la información del *Diario de Jaén*.

Pese a todo, la información que recibía le hacía tener una mirada global, de la que siempre y en cada momento intentaba sacar provecho a su favor, de todo ese torrente de sabiduría. Todo a su debido tiempo.

Los años en aquel salón hicieron que Fuensanta aprendiera de la vida, del trabajo, de lo importante que era tener cierta cultura, cosa que a ella le faltaba, pero que sí deseaba para su hermano, que al menos si entendía de letras, sabía leer y escribir. A lo que no le ganaba nadie era a los números; por difícil y larga que fuera la cuenta de los comensales, ella lo calculaba de cabeza antes de que su jefe le dijera lo que subía, y entonces se daba cuenta de que este incrementaba siempre un poco más la cuenta, sobre todo si eran largas, de lo que realmente costaba. Una vez que se servían las mesas, ya fuera para comer o cenar, don Pascual se quedaba detrás de la barra, para ir controlando el cobro de lo servido en las mesas, e ir viendo como engrosaba la caja.

Solo durante las fiestas los maridos se aventuraban a entrar con sus mujeres. Angelita y Rafi no sacaban la nariz de su habitación, para ellas era como unas vacaciones, y solo se dedicaban a pasear por las mañanas. En aquellos días se respetaba a la familia, era la época de estar con los niños, ir a la feria y tener contentas y en paz a las mujeres.

Alguna propinilla de céntimos siempre le caía a la *chica*, como la llamaban muchos clientes para atraer su atención. La *chica* con un cuerpo joven y cierta gracia en su modo de atender al público, traía de cabeza a más de un joven que también se aventuraba por la cantina. Estaban en plenas fiestas patronales, y por allí pasaban gentes de otros pueblos para ir a los toros, Aquella plaza, era una de las más fuertes junto con la de Linares, y muchos toreros se entrenaban en estas plazas para luego ir a las de primera, como la Maestranza en Sevilla, la de Zaragoza, Valencia o la Monumental de Barcelona.

Allí, aquella noche de gritos, humo y risas, en plenas fiestas de San Miguel, apareció él, alto, moreno, *bien planta'o* como se decía por allí. Intercambiaron las miradas, él buscando mesa y ella sintiendo un alborozo en su rostro que no pudo disimular cuando él la miró. Una pareja se levantó en el momento en que ella les llevó las vueltas de la cuenta.

–Aquí mismo, con su permiso –dijo una voz que salía de su espalda.

–Pues que así sea –contestó ella girándose y quedándose, prácticamente, pegada a él, por la estrechez que provocaba que su jefe hubiera previsto para aquella noche tantas mesas.

–Y… ¿ha venido para muchos días? –le preguntaba Santi, mientras iba limpiando las mesas de alrededor.

–Esta vez me quedo para toda la fiesta, mientras haya toros, soy un incondicional. Luego me vuelvo al pueblo, este año la cosa va bien y me merezco este descanso –todo esto lo decía sin quitarle el ojo a Santi, a la vez que se liaba un cigarrillo.

—Pues espero que tenga habitación, porque está todo reservado y ya las horas que son...

—Tranquila, que me verás estos días aquí mismo; ya está mi equipaje en su sitio. Vengo recomendado.

—Entonces ¿solo sin compañía?

—Buey solo bien se lame —le contestó, echando mano del refranero—. Por cierto, me llamo José.

—Encantada, don José, yo soy Fuensanta.

—Encantado doña Fuensanta. —Los dos se rieron con ganas, mientras Pedro les observaba a la vez que iba recogiendo su parte de las mesas y preparándolas para el día siguiente. Los ojos de Pascual también escrutaban la escena desde la barra, y aunque ella no miraba y no paraba de ir recogiendo y limpiando, se sintió observada.

Poco a poco la noche fue avanzando, a la vez que la cantina se iba vaciando. Una cosa buena que había traído el progreso era una línea de autobús recién inaugurada. Aunque todavía faltaban unas normas por las que aquel nuevo tráfico tendría que regirse, ya era efectivo el enlace entre algunos pueblos, y entre estos y la capital, por lo que la facilidad para trasladarse y la rapidez con la que era posible aumentaban la aglomeración de aquel año en las fiestas.

Al día siguiente, pese al cansancio se levantó temprano, calentó agua y se lavó todo el cuerpo y el pelo; se puso agua de colonia y un hato nuevo. Entre ella y Covadonga, la otra muchacha que servía, se dispusieron a ir arreglando las habitaciones. Junto con la mujer de Pascual, que bajo su humilde opinión era una excelente cocinera, y su hermano Pedro formaban el equipo que hacía posible llevar adelante el negocio.

Las llaves de la habitación número doce todavía no estaban en el mostrador de lo que parecía ser la recepción, por lo que Santi supo que estaría dentro. Sabía que lo que iba hacer estaba mal, no sabía incluso si se consideraría pecado, pero llamó suavemente con los nudillos, mientras esperaba contestación. La puerta se abrió lo suficiente para dejarla pasar. Covadonga la vio entrar de refilón cuando ella salía de arreglar la habitación de enfrente.

En aquella habitación, Fuensanta se entregó al hombre en el que había pasado toda la noche pensando. Si en este mundo había alguien que le hubiera removido sus sentimientos, ese era José, y ella creía que él pensaba lo mismo. Estaba claro que el amor era lo que les unía. Sabía que una sola noche parecía muy poco, pero no podía dejar de desear estar en sus brazos. Jamás había sentido aquello por ningún hombre; se hubiera dejado matar en aquel mismo instante, si con eso hubiera conseguido su amor, y estaba totalmente convencida de que era correspondida y de que no se trataba de algo pasajero.

El resto de los días que José estuvo en Úbeda se siguieron viendo, con disimulo. Ahora ya no hablaban en el comedor y su hermano Pedro bajó el listón de vigilancia, al igual que lo hizo Pascual, aunque cada uno tenía sus motivos: su jefe, por el negocio; su hermano, porque su hermana era su protectora y todavía dependía de ella para casi todo.

Fuensanta se escapó esas dos noches que José estuvo en las fiestas. Salía de su habitación silenciosamente, para no despertar a su hermano, y se colaba en la de su amor; era como un imán, no podía pasar sin verlo, y cuando él se iba a los toros ella padecía hasta que él volvía, y entonces su corazón le daba un vuelco y volvía a su sitio. José le había dicho que vivía en Beas y que el nuevo transporte le acercaba en un par de horas a Úbeda. El autocar pasaba por otros pueblos y las paradas retrasaban el viaje, pero aun así era mucho más rápido que los carruajes a los que había sustituido. Por lo tanto, aunque tenía que regresar a su casa, en cuanto pudiera se escaparía a verla. Con un gesto de agradecimiento José le dio un billete de cincuenta pesetas. Debido a la cara que puso Santi este le puso un dedo en sus labios.

−Cómprate algo bonito para que cuando vuelva te pueda lucir al pasear por el pueblo.

Ella lo interpretó, como que así seguiría un noviazgo del que ya se sentía orgullosa, y pronto podría hacerlo público. Pero aquel día él volvía a su casa y el miedo a la soledad, en la que ella iba a quedar, la entristeció.

—Pronto volveré, a mí también me duele tener que dejarte.

—No tardes, José, que solo vivo por ti.

En uno de esos pocos momentos, ahora que las fiestas ya habían pasado, en los que la calma y la rutina volvían a la normalidad, cuando Pedro volvía a la escuela y el trabajo no era tan agobiante, Covadonga la cogió a parte.

—Santi, sé que te ves con ese señorito —quería abreviar la conversación, que no pensara que la estaba cuestionando—, espero que sepas lo que haces.

—Claro, mujer, no te preocupes, nos hemos hecho novios y pronto vendrá otra vez y ya lo haremos oficial.

—Yo no lo conozco de nada, y no te ofendas, pero la fama que dejan las dos pajaritas... No vaya a pensar este...Bueno, tu novio, que tú también entras... Dios me libre de que nadie piense eso. Pero, bueno, tu no me lo tengas en cuenta, que yo solo quiero que te salga todo bien.

—No, mujer, tranquila, ya verás cómo se aclara todo, en unos días estará aquí.

Tan convencida estaba de que José iba a venir, que por la tarde salió y gastó parte de aquel dineral en una toca nueva y unos zapatos de buen vestir, como los que llevaba Angelita. Esa misma noche se lo contó a su hermano. El joven la vio tan contenta e ilusionada que no hizo más que compartir la alegría. Después de todo lo que habían pasado casi no recordaba el rostro de sus padres, ni siquiera tenían una foto para ponerles cara, y Pedro, con todos los sentimientos a flor de piel, lloró, y no sabría explicarle a su hermana si era por el recuerdo de sus padres o por pura felicidad, pero el llanto se contagió y acabaron los dos abrazados y llorando en aquel pequeño cuarto de aquella ciudad, tan elegante y majestuosa.

Fueron pasando las semanas y, por fin, apareció José en aquella tarde fría de otoño, ya sin luz. Casi se le echo en los brazos, si no fuera a una señal que le hizo. Esta vez venía acompañado. El otro hombre más mayor, pero también, bien vestido y parecía ser el que mandaba, y a quien le extrañó el gesto de la muchacha. Fueron directos a hablar con Pascual.

—Buenas tardes, don Tomás, hacía tiempo que no le veíamos a usted —saludó Pascual, mientras trapo en mano secaba unas jarrillas de barro, donde servían las medidas de vino.

—¿Pudiera ser que hablara con La Rafi?

—Claro, sin problemas, ahora la llamo, ¿la misma habitación de siempre?

—La misma. ¿Todo sigue igual?

—Eso ya lo negocia usted con ella, don Tomás.

—Aquí te dejo a José, lo que tome me lo pones en la cuenta; mañana al irnos te líquido —y girándose hacia él le sonrió—. Dame tiempo, José, total, nos quedamos hasta mañana. Prepáranos una habitación.
Aquel hombre, se sinceró con Pascual.
—Al final no superó la enfermedad. Hace diez días que soy viudo. Lo pasó muy mal la pobrecita, pero nuestro Señor sabrá por qué se la ha llevado,

De aquellos matrimonios concertados salían estos desaguisados, sobre todo por parte de los maridos que, sintiendo total apatía por sus parejas, optaban por buscar el placer en las sábanas de otras mujeres, aunque fuera a fuerza de cartera en mano. El objetivo de aquellos matrimonios siempre fue económico, por lo general, juntar a las familias por la cantidad de olivos que poseían una y otra. Así pues, los hijos eran la argamasa que sostenían a las familias, el orgullo de unos padres cuyo destino era cubrir las apariencias. No es que siempre sucediera así, pero era habitual que las familias aumentaran su patrimonio de esta manera.
Pascual acompañó a don Tomás escaleras arriba, mientras José esperaba que Santi no hubiera escuchado la conversación y sacara conclusiones.
Santi estaba faenando un poco más alejada, ensimismada en descifrar el motivo por el que José le había frenado el entusiasmo de abrazarle.

–José… Con las ganas que tenía de verte, y ese gesto conmigo, que quien es ese hombre, por qué no se puede enterar él y todo el mundo de lo nuestro…, de nuestro amor. Si ya somos novios.

–No quiero que la gente interprete mal lo nuestro, ese hombre es de mi pueblo, Anda chiquilla, vamos a un sitio donde podamos hablar.

Santi le hizo una seña a Cova, y esta, aún no muy convencida, asintió con la cabeza.

Se fueron a su habitación, donde Pedro hacia los deberes de la escuela.

–Ves, hermanito, este es José, mi novio, ahora sé bueno y vete a casa de algún amigo a jugar.

Pedro lo miró de arriba abajo.

–Pues no es para tanto, dijo. Y salió corriendo, dejando a la pareja con la palabra en la boca y una risotada de José.

Después de aquellas semanas, que a Santi le parecieron años, se le colgó del cuello, luego fue un beso y todo lo demás vino rodado.

–Te pido que aguantes unos días más, no quiero que este bocazas vaya diciendo por ahí, que ya tengo novia –José estaba montando un argumento para convencer a Fuensanta–. En cuanto vuelva te traigo unos zarcillos de oro de pedida. ¿Estás contenta?

En los ojos a Santi se le reflejaba la alegría, la ilusión y el amor ciego que sentía por ese hombre. Le volvió a abrazar y tuvo que separarla él, ella hubiera estado así toda la noche.

  –Por eso es preciso que no se entere nadie de esto. Tu actúa como si no me conocieras de nada, y espera a que vuelva. Te voy a hacer la mujer más feliz del mundo–. Fuensanta lloraba de felicidad. –De esto ni mu a nadie…, ni al pillo de tu hermano. Recuerda, como si no me conocieras de nada–. Santi pasó el cerrojo de la puerta. Pedro podría volver y pillarles.

  A la mañana siguiente el muchacho se fue a la escuela. Santi y José se cruzaron en la cantina solo con la mirada, sin una sonrisa ni gestos, aunque a ella la felicidad le corría por las venas. El tiempo se le iba a hacer eterno hasta que él volviera con el presente que le había anunciado.

  Al poco de desayunar con el señor Tomas, este pago la cuenta de los dos y salieron dirección a la estación de autocares, que les quedaba a pocos metros. Ya en la calle Santi no le quitaba ojo desde dentro, deseando que de alguna manera él se despidiera de ella, aunque solo fuera con la mirada. Al final quien apareció fue Rafael, a quien ella tenía como protector, por haberle conseguido aquel trabajo. Este se entretuvo un momento saludando a los dos hombres, a los que les dio la mano y los despidió.

  Era primeros de noviembre, poco a poco la luminosidad de los días de otoño iba dejando paso al gris del invierno, que avanzaba hacia la fría oscuridad de noches más largas.

A Santi le gustaba pasear por Úbeda. La ciudad rebosaba fastuosidad mediante sus edificios. En especial le gustaba pasear por aquella enorme plaza donde estaba el Ayuntamiento, al que todo el mundo le llamaba el Palacio de las cadenas, y enfrente tenía a su contrincante en belleza, aquella iglesia que todos llamaban la Colegiata. Toda la ciudad se veía envuelta en un halo de riqueza. Las fachadas de tantas casas blasonadas, palacios e iglesias por toda la ciudad formaban un conjunto urbano hermoso de distintos estilos arquitectónicos, que ella era incapaz de identificar, pero sí de disfrutar. Pensaba que su pueblo en ese aspecto era un pueblo de pobres. Aun sirviendo en la mejor casa, esta no llegaba a la categoría de todas aquellas tan lujosas y bellas.

Otra vez la ausencia de José le estaba resultando muy larga. Pasaron los días y luego las semanas, y en realidad ella no sabía nada de él, ni siquiera sus apellidos, solo que era de Beas. Faltaba una semana para Navidad y, aunque no perdía la esperanza de que en cualquier momento él se presentara, como aquella primera noche en que cruzó la puerta de la cantina buscando mesa, cada vez que se abría la puerta se giraba por si era él.

Algo parecido a una garra se apretaba en su alma. Su estómago, antes lleno de mariposas, ahora no parecía admitir ningún revoloteo más. Su color de cara estaba desmejorando y Cova empezó a preocuparse por ella.

En uno de esos descansos, en que la clientela amainaba, le preguntó qué le pasaba.

−Pues no sé decirte, desde hace unos días no soy capaz de retener comida en el cuerpo, creo que hay algo que como que me sienta mal y lo devuelvo todo.

−Díselo a Pascual o a la señora Trini. Habrá que ir al médico, igual con un jarabe se te pasa todo, porque fiebre no te noto −dijo mientras apoyaba su barbilla en su frente y le sujetaba la cara con ambas manos.

−Y luego está lo de José, que me tiene preocupada. Puede que le haya pasado algo y por eso no viene a por mí.

−No pienses cosas malas, que, si es un hombre cabal, él vendrá. Ahora, lo primero es lo primero, y hay que decirles a los señores lo que te pasa y llevarte al médico. Don Vicente sabrá lo que te pasa.

En aquel momento irrumpió en la cantina, un muchacho que, en un principio, Santi pensó que podría ser José, pero este se fue directo a la barra a pedirle a Pascual que hiciera el favor de avisar a Rafi.

Pascual lo miro con desconfianza y le preguntó qué era lo que deseaba de ella.

−¡Me llamo Saturnino y soy su hermano, vengo a llevármela a casa!

Aunque el muchacho era joven y muy poca cosa, estaba claro que estaba decidido a hacer lo que decía.

Pascual fue a llamar a la muchacha, mientras Trini, al oír aquella frase más alta de lo normal, se asomó desde la cocina.

Cuando Rafi apareció, Saturnino se abalanzó sobre ella y, cogiéndola del brazo, hizo ademán de llevársela, aunque fuera a rastras. Rafi intentó soltarse, dado que ni siquiera habían mediado palabra alguna, y tanto Covadonga como Pascual y Trini salieron a defenderla. Santi se quedó paralizada al ver la escena, pensando que aquello no estaba pasando. Pascual intentó razonar con aquel energúmeno. Las voces empezaron a ser gritos, y estos a ser insultos. Dado que aquello no llevaba a ningún sitio Pascual opto por usar la violencia, y debido a la complexión de uno y la delgadez del otro sobró con un guantazo de este sobre el muchacho, para que aquel joven soltara a su hermana y que, sin atender a razones, se fuera directo hacia Pascual a devolverle el golpe, pero eso no sucedió, porque el posadero, viéndolo venir, le soltó un puñetazo, pero esta vez en toda la nariz, que lo tumbó hacia atrás. Pascual que se había enfurecido, se fue cara al muchacho y, aunque su mujer, Rafi y Cova, intentaron pararlo, este ya era un toro desbocado, y todavía alcanzó a soltarle dos puñetazos más que le pusieron al muchacho un ojo morado y la cara hecha un cristo.

Al fin, el muchacho cogió miedo de aquella bestia y, aunque sus ojos estaban llenos de ira, se retiró hacia la puerta, mientras todas las mujeres se interponían a ellos. Mientras el muchacho se iba le dijo a su hermana:

–Eres una puta y padre se ha muerto de vergüenza. Avisada estás que esto no se queda así.

–¿Para qué quieres que vuelva, si me vas a tratar como él? ¡Ojalá esté en el infierno!¡ Maldigo su nombre y la casta que lo parió! –Mientras Rafi decía aquellas maldiciones las lágrimas brotaban de su cara.

Angelita había acudido al oír todo aquel alboroto. La rodeó con sus brazos por los hombros y se la llevó a su habitación. Fuensanta, que había estado observando toda aquella escena, pensó que eran como hermanas, y para culminar aquel desaguisado vomitó.

Covadonga recogió las sillas que habían caído al suelo y arregló las mesas, mientras Santi limpiaba lo que ella había ensuciado.

–¿Y a ti qué te pasa, hija mía? –preguntó Trini a Santi, al ver que tenía mala cara y ojeras.

–No lo sé doña Trini, pero últimamente no me encuentro nada bien, tengo el estómago muy revuelto.

–Pues ahora te vas a tu cuarto a descansar, y cuando venga tu hermano lo mando a don Vicente, para que venga a verte, qué tienes muy mala cara.

Pascual le dio el recado de su mujer a Pedro, para que avisara al médico y después se acercara al cuartelillo a decirle al cabo Luisito que viniera a verlo.

Pasaron casi dos horas antes de que el médico pudiera ir a visitarla. Santi se quedó en duermevela, en la que apenas descansó, un mal presagio sobre José rondaba sobre su cabeza; sus pensamientos sobre que algo malo le había tenido que pasar, para que después de tanto tiempo no supiera nada de él, le hicieron encontrarse todavía peor cuando llegó el doctor.

En aquella habitación se acumularon todas las mujeres y Pedro, excepto Pascual, que se quedó en el mostrador. Pero el médico despejo rápidamente la habitación y se quedó a solas con Fuensanta. Estuvo examinándola hasta que al fin le preguntó de cuantas faltas estaba. Al principio Santi no supo de que hablaba; luego, mientras el doctor le iba aclarando lo que ella tenía, se dio cuenta que era verdad, que no le había bajado la regla hacía tiempo. Ya no era tan ingenua como cuando su madre le soltó aquella bofetada para recordarle que se podía quedar embarazada. Pero, si eso no les pasaba a Rafi ni a Angelita, ¿por qué a ella sí?

—¿Estás ejerciendo cómo ellas? —quiso saber don Vicente.

—No, no... Ha sido siempre con José, mi novio, siempre con él —alcanzó a decir—. Pero no es de Úbeda y estoy preocupada porque ya debería haber venido a verme.

La cara de don Vicente reflejó un gesto que Santi no supo entender.

–Ponte en contacto con él y que venga a verte enseguida, se tendrá que hacer cargo de lo que ha hecho.

–Claro que lo hará, él me quiere y vendrá, pero no sé cuándo, solo sé que es de Beas.

–Bueno, yo ahí no me meto, debes guardar unos días de reposo, que te haga Trini un buen caldo, al menos uno al día. En principio esas nauseas son normales, y aunque vomites intenta comer siempre, sino cogerás anemia. Si sangras o notaras dolor en tus partes te metes en la cama en reposo total, que me avisen, vendré a verte. Intenta no cenar tarde para que no vomites por la noche. Necesitas descansar y recuperar el sueño perdido. Vendré a verte en unos diez días.

Luisito se presentó en el hostal La Estación. El guardia solo tenía de pequeño el nombre. Por aquella zona eran unos cachondos, pensó Pedro cuando lo vio entrar. Su altura de casi un metro noventa, y su cuerpo, aunque no cultivado, era fuerte. Siempre había tenido problemas para encontrar uniforme de su talla, y siempre le quedaban, si no corto los pantalones, estrechas las camisas. Luisito, pensó Pedro, bien podía ser Luisote, y se rio por dentro, ya que aquella cara con aquel bigote le confería aspecto de estar siempre enfadado. Aquel niño lo recordaría toda su vida, desde la perspectiva de su pequeño tamaño como una de las personas más grandes que jamás conoció.

Pascual le contó al guardia el suceso con el hermano de Rafi.

–Habla con ella si quieres, pero no me ha gustado ese muchacho. Después de las ostias que le he dado me ha jurado venganza, es un malencarado y temo que le pueda hacer daño a la niña, fíjate, hasta Rafi, se ha alegrado al enterarse que su padre ha muerto.

–Hablaré con ella para que me diga de que pueblo es, y mandaré recado para que le den un toque de atención los guardias de allí. No creo que esté en estos momentos por aquí, pero avisaré en el cuartel para que estén alerta.

A punto de llegar la Navidad, Santi seguía preocupada por José. Su amistad con las chicas "de compañía", como las llamó un cliente y como a ellas les gustaba hacerse llamar, fue creciendo. Cova solo hacía que regañarla por lo que había hecho, pero ahora ya no había marcha atrás, y estaba claro que su porvenir sin José se le presentaba difícil. Pensaba que solo cuando él se casara con ella todos sus miedos y problemas acabarían, pero ¿cómo saber de él? Ni Pascual ni Trini desde que supieron que estaba embarazada, no le daban razón, aun sabiendo que saludó a aquel hombre que iba con José. Entonces se acordó de que el señor Rafael, su protector, según recordaba, también los saludó, si, pensó para sí misma, él conocía a mucha gente, seguro que le podría ayudar a encontrarlo.

La Noche Buena, al igual que la Noche Vieja, la pasaron todos juntos, Pascual y Trini no tenían hijos y aquella era toda su familia.

Angelita era huérfana, analfabeta, y se crio en un orfanato, hasta que una monja le propuso, cuando ya era una preadolescente, que se dedicara a servir. Después de deambular por varias casas, durante varios años, acabó en aquella fonda, Pascual se encargaba de que nadie le hiciera daño, y aquello era lo más parecido que encontró a una familia, no aspiraba a nada más.

Rafi llegó a Úbeda y nadie sabía de qué pueblo era. Su acento no llegaba a ser de la zona, pero la ciudad la adoptó. Ella venía de otro infierno, y este estuvo en su propia casa. Era la única niña con cinco hermanos. Su padre era un borracho que pegaba a su mujer y a quien, en una de sus borracheras, casi la mata de una paliza. Luego siguió con su hija, hasta que en una ocasión su madre se metió por medio y del empujón que recibió se abrió la cabeza, al caer escaleras abajo. Todo se tapó como si hubiera sido un traspiés, eso dijo aquel beodo con la complicidad de algún hijo, así que Rafi, ese mismo día, huyó de su hogar, ni siquiera fue al entierro de su madre. Aprovechando la situación, y a mitad de misa, dijo que se encontraba mal y se fue a su casa, donde cogió un poco de ropa, la dobló dentro de aquel pañuelo marrón del que hizo un nudo, y sobre él juro que nunca más la volvería a tocar su padre. Acabó en Úbeda, que fue lo más lejos que le daba el poco dinero que le había dado el cura de su pueblo, conocedor en el confesionario de los pecados que se cometían en aquella casa, para que se alejara de su padre y de la violencia que generaban sus hermanos. Al principio, el sacerdote, según su criterio católico del poder del patriarca en la familia, intentó justificar aquellos comportamientos, como un sistema de educación que los padres utilizaban con sus hijos, y que alguna razón tendría para aplicarlos; así se lo hacía saber a Rafi y a su madre en el confesionario, pero el mismo día que fue a dar la extremaunción, se dio cuenta de su error.

Ahora Rafi y Angelita eran uña y carne, muchos días dormían juntas, y entre ellas surgió el amor. Lo otro era trabajo, e intentaron que no trascendiera, y si lo hizo nadie les dijo nada. A Pascual, solo le importaba que su parte de comisión siempre fuera la misma.

Covadonga era, sin duda, la que desde más lejos había llegado. Hija de minero y ama de casa, llevaba a cuestas la pobreza en la que siempre vivió su familia, hasta el día en que la hija del patrón y dueño de la mina en la que trabajaba su padre se cruzó en su camino para menospreciarla, por ir mal vestida y sucia, pidiendo por la calle para poder comer. Su padre no trabajaba debido a la silicosis que llevaba en los pulmones y el ingreso para comer dependía de los vecinos, compañeros o familiares. Tanto desprecio sintió la señorita por aquella niña pobre que solo se le ocurrió insultarla y empujarla cuando le estaba pidiendo limosna. Pero Covadonga, unos años más pequeña, no se amedrentó, cogió una piedra del suelo y se la lanzó con tanta furia que le dio en la cara. La dama de compañía se tuvo que hacer cargo de su protegida, dada la cantidad de sangre y el desfallecimiento de esta, mientras Cova salió huyendo del lugar. Algunas mujeres intentaban retenerla, pero se zafó de todas y no paró hasta llegar a su casa. La hija del patrón, que era su ojito derecho, perdió el ojo derecho por culpa de la pedrada. La escondieron en casa de amigos, hasta que después de las amenazas del dueño de la mina, de que si no aparecía no habría trabajo para nadie, la tuvieron que mandar fuera de Asturias, de su pueblo, de su Santina y de sus padres. Primero pasó por Madrid, allí tenía unos familiares lejanos que la protegieron durante un tiempo. De alguna manera aquel ricachón, que había contratado a un detective, estuvo a punto de encontrarla. Por sus propios medios desapareció. Subió a un autocar y luego a otro hasta que llegó a Úbeda, y, sin otro ánimo que el de sobrevivir, encontró a gente que se apiadó de ella y la pusieron a trabajar de sirvienta, en una de aquellas casas con blasón de piedra tallada en la fachada, y por el devenir de la vida acabó en aquella mesa, celebrando la entrada del año nuevo, con su nueva familia, después de varios años, con el orgullo de no tener que vivir de la caridad sino de su trabajo. Hasta el entierro de sus padres se perdió, por culpa de aquella huida y del anonimato del que ella misma se sentía presa.

El día de año nuevo de aquel 1924, nació soleado y el hostal no abrió al público. El merecido descanso se vio interrumpido por el capataz de los antiguos señores de Santi. Su presencia simplemente era debida a una visita de cortesía. Aparte de los lazos familiares que le unía a Pascual y Trini, siempre se habían llevado como buenos amigos, de hecho, ya de chavales esa era la condición que los unía.

Fuensanta se dirigió a Rafael en cuanto le pudo hablar en un aparte, y le pidió que recordara a aquellos hombres a los que saludó aquel día de primeros de noviembre. Después de contarle por encima lo que a ella se le venía, le pidió que le trasmitiera en alguno de sus viajes a José la necesidad que tenía de verle.

—¿No te estarás burlando de mí? —le preguntó Rafael mientras daba un paso hacia atrás para verla mejor y testar su cuerpo.

—Estoy de seis o siete semanas, me ha dicho don Vicente.

—¿Que Pascual no te ha querido decir quién eran?

—No… Siempre me ha esquivado, y yo sé que José me quiere y vendrá, pero estoy segura que después de tanto tiempo es porque algo le ha pasado.

—Mira Fuensanta... —Rafael no sabía cómo decirle que había sido la víctima de un sinvergüenza–, lo que pasa es que... don Tomás es su suegro. –Ella no encajo la frase de primeras, y cuando reaccionó pensó que no podía ser el mismo José–. Verás..., don Tomás tiene dos hijos y una hija, Isabel, con la que está casado tu "novio". Y estos a su vez tienen un muchacho de 6 años y una niña que apenas tendrá año y medio, y otro que viene en camino. Ellos mean muy alto, chiquilla; nosotros para ellos solo somos sus sirvientes. Allí en Beas, son casi los amos; tienen un molino de harina y la panadería, y de olivas no creo que sepan cuantas tienen. Desde que se juntaron las dos familias, casi todo el término es de ellos.

Los ojos de Santi se estaban llenando de un brillo acuoso, y mientras negaba con la cabeza le empezó a contar a Rafael.

—Pero él me dijo que no se lo contara a nadie, que vendría con unos zarcillos de oro para hacer oficial el noviazgo –y en ese momento las lágrimas se desbordaron.

—Mujer..., quizá te confundió con Angelita o Rafi.

En aquel momento se dio cuenta de lo infeliz que había sido; al menos ellas se lo hubieran cobrado. Sin embargo, ella se lo dio todo por amor y él la trató como a una puta. Ahora entendía el porqué del dinero que le dio. De repente su gesto y su alma se endurecieron, y la mirada que le dedicó a Rafael era la de una bestia ávida de venganza.

El 18 de agosto de 1924 Fuensanta tuvo una niña sana en su habitación del hostal La Estación de Úbeda. Todas las personas que quería estaban a su lado y todas cuidaron de la niña; tuvo titas y titos, e incluso sus abuelos fueron Trini y Pascual, pero le faltaba un padre, eso no lo podía suplantar nadie de los que estaban a su alrededor. Para no olvidarse de quien era su hija le puso de nombre Josefa.

De nuevo, la mirada adusta se le congeló en su cara, en algún momento de su vida se cruzaría con José, y si no fuera así, iría en su búsqueda.

NOELIA

Cuando Rodrigo se despertó aquella mañana entre las sábanas y en los brazos de Noelia, revisó el móvil, tenía dos llamadas de Rocío y un WhatsApp, preguntándole cuando iba a volver porque tenían que hablar. De momento, lo que tenía claro era que no le iba a contestar, ya habría ocasión cuando se diera aquella conversación. No estaba hecho para enfrentarse a los problemas, le daba miedo tener que afrontarlos, además sabía que estaba actuando mal con Rocío, y pensaba que cuanto más tarde sucediera aquella conversación mejor parado saldría, a ver si se iba enfriando su relación.

Noelia seguía durmiendo y su sueño la trasladó a su Paraguay, de dónde venía. Allí nació, en el seno de una familia humilde, aún tenía presente la reciente muerte de su padre, el cáncer se lo llevó, no sin antes padecer una larga agonía. El sueño iba viajando de su Asunción natal a la ciudad natal de su madre, Buenos Aires, donde por motivos laborales, tuvo que trasladarse la familia, y donde ella adoptó aquel acento, tan porteño. Con el paso de los años volverían a Asunción y de allí a Madrid. Las pesadillas se le entrecruzaban por las tres capitales. Lo cierto era que, a la muerte de su padre, las finanzas de la familia fueron de mal en peor, si acaso aquello era ya posible, y con un hermano mayor en la cárcel por traficar con cocaína los pocos ahorros que les iba quedando se los quedaba el abogado, un buen abogado para que al menos redujera la pena al máximo posible, de hecho, ese dinero era parte de las ganancias que había conseguido su hermano para la familia y que en su momento pudo esconder.

Con todos estos antecedentes expuestos ante su madre, la conversación solo podía derivar a cuando saliera del instituto y donde se pondría a trabajar.

Ella se sabía hermosa, su familia se lo habían hecho saber desde pequeña, pero ahora lo llevaba como un dogma por el instituto, todos los compañeros más allegados y daba igual del sexo que fueran se lo hacían saber.

Su madre se preocupó por que Noelia acabara el último año de instituto que le quedaba para terminar los estudios, y sentirse orgullosa porque alguien en la familia tuviera algún título.

−Al menos termina el curso, ya sabes lo orgulloso que se sentiría tu padre. Luego buscaremos un buen laboro para vos.

Pero en su cabeza de adolescente, Noelia solo buscaba viajar y encontrar el amor; para lo primero era cierto que necesitaba dinero, para eso tendría que trabajar, pero en qué, se preguntaba, no iba a ser una dependienta en cualquier gran almacén, ni auxiliar de administración, ahí no se sacaba lo suficiente para vivir y ayudar en casa, además en sus sueños, siempre se veía como una triunfadora, quería ser de la alta sociedad.

Acabado el curso y después de una fiesta de despedida con los profesores, algunos de los más íntimos se fueron a la discoteca, y lo cierto era que aquella piel de canela, con aquellos ojos verdes y el cabello negro, hacían que destacara la belleza de todo su cuerpo, su metro setenta y el cuerpo con las medidas casi perfectas era objeto de la mayoría de las miradas. En medio de la pista con sus compañeras, y con el balanceo de aquella pieza caribeña que sonaba en aquel momento, varios ojos se cernieron sobre ella.

Aquella noche hizo nuevos amigos, amigos casi una generación mayor que ella. El dinero fluía de las carteras, como si de una máquina tragaperras se tratara. Las botellas de *champagne* se sucedían y no había ningún mal gesto, risas y baile se intercambiaban entre copa y copa, del dorado brebaje.

La semana siguiente volvió a la misma sala de fiestas, donde las presentaciones se hicieron a grito pelado bajo el sonido bravo de aquella música juvenil. Uno de aquellos jóvenes, diez años mayor que ella, le resultaba realmente atractivo. Desde hacía dos años ya no era virgen y acabó con un par de relaciones, de las que ella creía que eran los amores de su vida, con sendos desengaños.

Pero Flavio, como se llamaba, a parte de guapo, parecía enormemente rico y su apellido le resultaba conocido, hasta que en una de las veces que fue a retocarse al lavabo, oyó a un grupo de muchachas hablando de lo guapo que era el hijo del empresario, que tenía la red de estaciones de servicio de todas las autopistas del país. Venía a ser un monopolio que solo disfrutaba esta familia, con sus restaurantes y sus tiendas, donde los usuarios, tanto camioneros como turistas o cualquiera que se desplazara por estas vías, podían adquirir el repostaje, la parada para reponer fuerzas o descansar, cualquier producto de *souvenir* o complemento en sus tiendas, como era normal a un precio mayor que en cualquier otra tienda.

Así que era él, Flavio Collado, de una de las cinco familias más ricas e influyentes del país. Aquella noche se acostó con él y empezó una relación que ella sabía que tendría un final incierto, dado que, aunque realmente creía que él sentía amor por ella, su familia cortaría por lo sano aquella relación, en cuanto vieran que ella solo era un cuerpo bonito, sin nada más que ofrecer.

Decidió seguir aquella relación porque se encontraba a gusto en aquel ambiente de gente con otro nivel; las jóvenes que pertenecían a la alta alcurnia paraguaya la miraban de soslayo, cosa que a Flavio le sentaba fatal, por lo que le facilitaba dinero para que fuera a la última moda, que no le faltara de nada, y si ella se negaba, o no acertaba a comprar lo que las otras chicas llevaban, él la acompañaba y la vestía y complementaba con lo que hiciera falta, así, sin pedir ni un solo céntimo, fue acumulando dinero que a él no le importaba darle.

Pero un día sucedió lo que Noelia no quería que pasara y que Flavio no pudo evitar, sus padres le habían concertado un matrimonio con una hermosa joven de su misma clase social.

No tuvo ninguna oportunidad, solo le quedaba ser la otra, ser la amante de alguien al que nunca podría tener más que para las sobras. Aunque ella tenía previsto aquel final con Flavio no era lo deseado, y se dio cuenta que le dolió más de la cuenta, hasta que al final aceptó que lo que sentía por aquel hombre no era interés económico sino verdadero amor. Después de muchas lágrimas tuvo que aceptar lo que ya sabía de antemano, la historia que ella imaginó en su mente solo pasaba en las películas.

Fue entonces cuando habló con su madre, su futuro no estaba allí, se iba a ir a España; después de haber vivido en lo más alto, no podía conformarse con menos, quería poner distancia de por medio y puso todo un océano, su conocimiento de inglés era el típico del instituto y no tenía otro idioma en su cabeza, por lo que la decisión fue bastante rápida y coherente.

Aunque no obtuvo el beneplácito de su madre, esta no pudo hacer otra cosa que ceder, dado el apoyo económico que su hija había aportado en el último año a su familia y para el abogado, que aún no había podido aportar nada que no fuera paciencia, dado que la justicia de aquellos juicios era lenta.

Cuando Noelia llegó a Madrid buscó trabajo, pero lo cierto era que lo que no quiso en su país no estaba dispuesta a hacerlo aquí. Se sentía víctima de la prostitución, al pensar que Flavio le pagó con dinero, sus favores y que no luchó por su amor llegado el momento de dar la cara. Así que decidió que si la vida iba a ser cruel con ella, ella dirigiría su vida; ya había recibido formación, para poder ser la amante de cualquiera que pagara lo que ella valía.

Pensó que en todos lados sería igual, así que buscaría la manera de merodear los círculos de la alta sociedad española, al fin y al cabo estaba en la capital, allí donde estaba el Gobierno de la nación, el domicilio de la Corona, como llamaban por aquí a la entidad comprendida por la Casa Real, por tanto, el poder siempre estaba ligado al dinero. Ahora solo tenía 20 años, después de dos con Flavio. Frente a un espejo sopesó su cuerpo, su hermosura solo había hecho que mejorar, puesto que había aprendido modales; se dijo para sí que aquellos ojos verdes esmeralda seguían siendo los mismos, las lágrimas que derramó por su novio paraguayo solo habían mejorado su brillo, y endurecido su corazón. Apretó lo labios y lanzó un beso a su propia imagen, antes de salir de caza.

Así fue como conoció a Pablo Aguirre. Ella supo que aquel grupo era realmente la *crème de la crème* madrileña en el momento en que vio que el dinero se despilfarraba y nadie preguntaba dónde iba a parar. Así que ahora tocaba averiguar quién era aquel treintañero con aquella sonrisa, que resultaba tan atractiva y económicamente apetecible.

Pablo Aguirre, resultó ser hijo del industrial aeronáutico del mismo nombre y apellido, el propietario de una aerolínea española que cubría naciones en los cinco continentes.

Noelia no tardó en pavonearse delante de quien sería su nuevo protector y amante. Esta vez dejó las cosas claras desde el principio, aunque ella estuviera con él su vida nunca sería de su propiedad, por lo que ella en cualquier momento podría entrar y salir, sin que ello quisiera decir que dejaba de ser su amante. Pablo, que sin ser el adonis que era Flavio si tenía una personalidad más fuerte que este, pese a todo, cayó en su red, enamorado locamente de ella, de aquel cuerpo que cualquier poeta hubiera descrito al menos como divino. Noelia no le engañó, desde el principio él supo que ella tendría su propia vida, por lo tanto, ningún compromiso. No quería volver a tropezar en la misma piedra, como le pasó con Flavio.

Algún día volvería a Paraguay, pero no volvería con las manos vacías. Aunque se daba cuenta de que el dinero que iba acumulando provenía de su propia prostitución, ella eligió esa forma de vivir, que quiso hacerse creer que era su trabajo, una carrera contra sí misma, era parte de su viaje en la vida. Por eso, Rodrigo era la excepción, no lo eligió con la razón, fue la sinrazón que solo obedece al corazón. Se había enamorado. Lo descubrió cuando ella se dio cuenta de que no necesitaba su dinero, porque él era distinto, él solo necesitaba ser un buen hombre, para que ella se sintiera feliz.

AÑO 1926, DIARIO 4

Las páginas sociales de los periódicos de toda España, con más o menos discreción, traían en sus líneas las aventuras mujeriegas del rey Alfonso XIII, después de unos años dedicándose a su amante la cupletista y concubina La Chelito. Anteriormente parece ser que tuvo un sinfín de aventuras, la mayoría del entorno de la farándula; actrices y cantantes varias habían pasado por la entrepierna del Borbón. Ahora, su querida desde hacía unos años, aunque no siempre en exclusiva, era una de las actrices del teatro con más renombre del momento, Carmen Ruiz Moragas, de la que los relatos de la sociedad llegaban a nombrarla La Borbona. Por la rivalidad por Alfonso XIII que tenía con la reina, destronó a la Chelito y fue su amante hasta que él tuvo que exiliarse de España.

Todos aquellos chismes, que Fuensanta oía contados con sarcasmo y narrados de forma obscena, a pie de cantina, le hacían pensar que quizá, habría habladurías de todas clases, por el retoño que había traído ella al mundo, que sola, sin el amparo de un rey, sin el cobijo de la educación, con la que los adjuntos que designaba el monarca, dedicarían a aquellas criaturas, que pese a ser bastardos como su hija siempre tendrían el favor del reconocimiento subrepticio de la alta alcurnia.

Aquello, fue uno de los motivos por los que se decidió a poner remedio, ante la situación de desamparo en la que se encontraba su hija, dado que el padre ya estaba casado y no podía ser su marido. Fuensanta se había empeñado en que José aceptara la parte de responsabilidad que le correspondía, que sin ella jamás podría salir adelante, ni ir con la cara alta, por lo tanto, en su parco entender. Josefa necesitaba del apellido de su padre, para que no padeciera el día de mañana el ninguneo que representaba ser hija ilegítima, Santi se sentía responsable de la desgracia e infelicidad que tendría su hija, nunca se casaría y siempre sería considerada poco más que una paria por el resto de la sociedad. Parecía que su cabeza le iba a estallar solo de pensar; se estaba obsesionando con el desprecio y el engaño al que le había sometido José.

En varias ocasiones, y tras obtener la dirección a regañadientes de Pascual, había dictado y enviado cartas, escritas por su hermano Pedro, a José, poniéndole al corriente de la vida de su hija, de sus cumpleaños, de cómo se le parecía, de cuánto le echaba de menos. Hasta que un día se dignó a contestarle, diciendo que no pensaba volver a verla, y qué, por supuesto, se olvidara de que reconociera a su hija, insinuando que nunca tendría la certeza, dada la promiscuidad de ella, de que esa niña fuera de él. Que por favor se olvidase de él y de su familia, que lo que debiera es haber pensado mejor y con más recato todo lo que hizo con consentimiento. La fama que precedía a la fonda donde la había conocido, no era precisamente la más decente que recordaba.

El remedio que Santi había encontrado para resolver esta contestación era presentarse en Beas con su hija, que ya contaba con 4 años, y si no se avenía a reconocer a su hija su intención era sacarle dinero, el máximo posible, con la excusa del mantenimiento de su hija, porque por ella corría su sangre, si aun así le negaba la paternidad, al menos que quedara como un sinvergüenza y sacarle los colores. Quería que fuera escandaloso, así que estuvo pensando en cómo podría agravar la situación; supuso que lo mejor sería presentarse en plenas fiestas patronales de San Marcos. Entonces esperaré, se dijo. Solo faltaban cuatro meses, dado que se celebraban en abril.

El hermano de Rafi se había presentado allí un par de veces, intentando hablar con ella, y siempre que Pascual no estuviera en el local, pues aún le dolía el puñetazo con el que lo despidió. No debería de vivir muy lejos, o acaso tendría algún negocio, que de vez en cuando le hacía pasar por Úbeda, pensaba Pedro, que era el que más andorreaba por las calles. Como cualquier muchacho de su edad. Era él el que avisaba a Rafi de que su hermano andaba por la ciudad escudriñando desde lejos, hasta que veía salir al patrón. Pero en las pocas veces que llegó a entrar en la fonda nunca llegó a ver a su hermana. Sin embargo, la mirada de aquel hombre asustaba, por lo esquivo de ella y el gesto tan rencoroso que portaba en sus pupilas.

La primavera había llegado casi sin querer. Aquel principio de año fue muy crudo, muchas heladas, y debido a la sequía del anterior verano la cosecha de aceituna había sido cuanto menos pobre. Aunque a Fuensanta le pareció que los días habían pasado muy lentos, costó llegar al día esperado, la fiesta mayor de Beas.

De buena mañana preparó a Josefa, le dijo que iba a conocer a su padre, y le rogaba que por favor se portara como una señorita, que no fuera traviesa y que fuera obediente. Las dos iban vestidas con sus mejores galas, lo único que no acompañó fue el clima, ese día había salido turbio y con amenaza de lluvia. Esperaba que no se estropeara más y se fuera arreglando con la salida del sol, pero aquello siempre era una incógnita, aun así no pensaba perder el autocar que paraba frente al hostal, en la misma estación de autobuses. También tenía el horario de vuelta, dado que ya lo tenía todo perdido, no pensaba volver a pisar aquel pueblo.

Por fin, a las diez de la mañana partió el autocar, unas gotas empezaron a caer y resbalar por los cristales. Iba lleno de viajeros que aprovechaban para ir a ver a sus familiares, la feria o ver el toro *ensogao*[1] –se suelta por las calles para que la gente los disfrute, corriendo unos y otros agarrando la soga para que la bestia no llegue a dañar a nadie–.

Esa era la respuesta que un joven, de vuelta a su pueblo por fiestas, le explicaba a Josefa, cuando la niña con cara de curiosidad, le preguntó al oír pronunciar el nombre de aquella fiesta.

A medida que se iban acercando al pueblo, las nubes se iban disipando para dar paso a un sol primaveral que le dio al paisaje una alegría y colorido que minutos antes era gris y verde oscuro. Las gotas que perduraban en los cristales corrían hacia atrás como lágrimas que se perdían en la nada. Fuensanta no sentía nada en especial, la decepción había sido tan grande, el amor le había dejado tan mal sabor de boca, que lo único que buscaba era venganza, pero acaso alguien le podría decir cómo se hacía justicia. Cuando la inocencia la hizo actuar por amor, él se aprovechó con engaños y mentiras.

La única alegría que Santi tenía era su niña, y a la vez su sufrimiento, por la vida de penuria que le iba a hacer pasar, por la vergüenza que cuando tuviera uso de razón pasaría ella, el desprecio que le esperaba, por no

---

[1] Una tradición que perdura desde hace siglos en Beas. El toro lleva una soga, con la que se le domina.

haber nacido según los cánones católicos. La hija de una cualquiera estaba marcada de por vida.

Con aquellos tristes pensamientos llegaron al pueblo. Al bajar del autocar le costó poco preguntar por la panadería más próxima, aunque ese día era de fiesta y estaba cerrada; preguntó a los vecinos que pasaban por allí cerca si era la panadería de José, dispuesta a que si no fuera buscar otra hasta dar con él. Alguien le explicó que sí, pero que si quería verlo tendría que ir a la plaza y calles colindantes, dada la afición que tenía por los toros no lo encontraría en casa. Allí –le señalaron el piso superior de la panadería– solo estará la mujer y la niña chica, a los mayores se los habrá llevado a ver al toro.

Decidida a dar con él y no dar por perdido el viaje, optó por quedarse frente a la panadería y esperar que apareciese; se cobijó bajo un balcón, frente a la fachada de la panadería, ya que volvían a aparecer nubes que amenazaban lluvia. Pasó allí cerca de dos horas, mientras su hija se entretenía con una muñeca de trapo que le había hecho Cova. Arriba del negocio se distinguía una vivienda, posiblemente ahora estaría su mujer atendiendo a su hija, y fantaseó con la posibilidad de ser ella la que estuviera allí dentro, cuidando de la niña, preparando la comida para que cuando llegara José lo tuviera todo listo, la casa limpia, recogida, los platos en la mesa, y la niña feliz esperando a la llegada de su padre, vestida como una princesa para las fiestas.

De pronto, un trueno la sacó de sus pensamientos, la niña se asustó y se agarró a las piernas de su madre, que rápidamente la aupó en brazos. Volvió a llover, esta vez con más fuerza; el correr de la gente de un lado para otro, unos maldiciendo, otros riendo, intentando cubrirse del agua con sus chaquetas unos y con sus pañuelos y mantillas otras. Los paraguas empezaron a aparecer y dificultaron la visión que tenía de la fachada de la panadería. A unos cincuenta metros distinguió la figura esbelta de José, acompañado de un niño y una niña, de entre 8 y 11 años. Fuensanta cruzó la calle y le salió al encuentro, José se paró en seco al verla, los niños tiraban de los brazos del padre, para alcanzar el cobijo de la puerta de su casa.

–¿Qué haces aquí? ¿Qué quieres de mí? ¿no té quedó claro lo que pienso de ti?

Santi empezaba a sentir como el agua le calaba la ropa y llegaba a su piel; se pasó la mano por la cara, para quitarse las lágrimas de sus ojos mimetizadas con la lluvia. El pelo mojado que le caía por la frente se le quedó pegado a la cara.

–Solo quería que conocieras a tu hija.

–Yo ya tengo a mis hijos, ahora busca tú a su padre en otro sitio, esa no es mi hija.

En ese momento se abrió la puerta de la escalera que daba acceso directo a la vivienda de arriba de la panadería.

—José, ¿qué pasa, qué quiere esa mujer? —y mientras hablaba acogía a sus hijos para que entraran en casa y se plantaba con los brazos en jarras, al lado de su marido.

Harta de ser siempre la agredida, Santi se explayó, contándole todo lo que él le había hecho y como la había tratado y engañado.

—¿Y usted qué quiere de mi marido? Usted es una fulana de tres al cuarto, que quiere aprovecharse de un buen hombre y de su buen nombre, para sacarnos dinero. ¡Pues sepa usted que ya se puede ir por donde ha venido! —y acercándose empezó a darle pequeños empujones en los hombros, haciendo retroceder a Santi.

—¡No se atreva usted a ponerme las manos encima o no respondo de mí!

Josefa se puso a llorar a causa de los gritos de su madre y de la otra mujer. Alguien llamó al suegro de José, ahora ya eran tres contra ella, que pese a todo seguía muy digna, exigiendo que al menos le diera el apellido a su hija, para que no fuera toda su vida una desgraciada. Hasta que intervino Tomás.

—¡Ea! ¡Se acabó el escándalo! Usted sabrá qué clase de mujer será, que a la primera de cambio se abre de piernas. Donde trabaja usted ya tiene fama de bastante ligera, o se va ahora mismo del pueblo, o ruegue a Dios tener un buen abogado, porque yo si lo tengo y la voy a denunciar por todo lo demandable posible: acoso, difamación, falso testimonio, extorsión y todo lo que se me ocurra.

Aunque Santi no bajo la cabeza ni la vista de los ojos de aquel hombre, lo cierto es que se quedó sin habla, las palabras de aquel hombre, le dieron miedo; la ignorancia y la soledad que sintió le hicieron sentir odio y vergüenza a la vez, se preguntaba cómo había sido tan inocente al pensar que ella alcanzaría a doblegar a aquellos señoritos, solo alcanzó a desearles que la peor de las maldiciones cayera sobre su familia. Había llegado hasta allí para sacar un apellido a su hija, una compensación que la salvara del qué dirán y de la mala fama que iba a heredar su hija por culpa de su mala cabeza. Apretó contra su pecho a su hija, que seguía en sus brazos, y se dio la vuelta ante aquel trio compacto que defendía con uñas y dientes a la familia por encima de todo. Las lágrimas hacía ya tiempo que rodaban por su cara. La lluvia había cesado, pero solo ella creía que seguía lloviendo.

Por fin, ya de vuelta en el pueblo, encontró cariño con su gente, la que la había cuidado y protegido, lo más parecido que iba a encontrar en esta vida, a un hogar, su nueva familia.

—¿Qué te ha dicho? ¿Cómo has quedado? —una batería de preguntas, rodeada de su hermano Pedro, Trini, Cova, Rafi y Angelita–. Josefa, ya más tranquila, tomó un chocolate que le habían preparado, y Santi, con los ojos inundados todavía de rabia y lágrimas, les dijo lo que se inventó viniendo en el autocar.

—Pues no me quiso conformar el muy sinvergüenza, poniéndome un piso aquí en Úbeda, para venir a verme cuando él quisiera, ¿y yo de mantenida? Ni pensarlo, le he dicho más que a un perro—. Pero aquellas palabras solo convencieron a su hermano, que la animó y le dio su apoyo.

—Has hecho muy bien. ¡Menudo patán!—. Pero las miradas cruzadas de sus compañeras y amigas no eran tan crédulas.

Años después, cuando Josefa creció y preguntó por su padre, Fuensanta le volvió a mentir con lo del piso en Úbeda, y añadió que se había ahorcado cuando ella lo rechazó, por no querer saber nada de ellas cuando de verdad lo necesitaron. Ahora, de ese tema no se iba a hablar nunca más, aquellas mentiras se convirtieron en dogma, para poder seguir con la cabeza bien alta, al menos dentro de la familia.

Pese a toda la inestabilidad vivida en aquellos años por Santi, el resto de España, encontró un respiro y cierta tranquilidad con la dictadura de Primo de Rivera, que había logrado mantener a raya la violencia en las calles. En la taberna, parecía que después de aquellos años los parroquianos hubieran hecho también las paces entre ellos; ya no se hablaba tanto de los unos contra los otros, aun así, de tarde en tarde, alguien alzaba la voz para explicar por qué, de las cosas que habían ocurrido, eran los más comprometidos con la política, a veces a favor y otras en contra; siempre encontraban a alguien que les explicaba lo que pasó. Santi seguía siendo una esponja, que se nutría de los discursos, unos con mejor oratoria que otros, de los parroquianos que pasaban por allí,

Fueron unos años en los que la estabilidad fue necesaria, después de todos los desastres militares, en la guerra del Rif, como por gobiernos ineptos, una patronal que luchaba contra los sindicatos a base de matones contratados y que hacían el trabajo sucio contra sus líderes, anarquistas armados tomándose la justicia por su mano, y una desidia hacia los españoles por parte de Alfonso XIII. El despilfarro y los amoríos de un rey que gobernaba de espaldas a su pueblo, empobrecido y con grandes diferencias sociales, con una pobreza enorme, sobre las espaldas de las clases trabajadoras que, bajo el yugo de una burguesía empresarial, escondían un problema social y clasista que no tardaría en estallar. Aquella dictadura solo hizo menguar los derechos de los trabajadores, coartar la libertad de expresión y monopolizar la política, a favor de una derecha formada por nuevos burgueses.

El día que el señor Rafael se presentó en la posada, también les intentaba explicar la mala política que causaba el porqué de nuestros males, les leía panfletos de políticos, discursos que se hacían en el Congreso y se imprimían en los periódicos. Los grandes beneficios conseguidos, años atrás por las exportaciones de las fábricas y empresas españolas, que vendieron a las dos partes de la contienda de la Gran Guerra, nunca llegaron a la clase obrera, que cada vez era más pobre y estaba más explotada.

Rafael, seguía explicando como actuaban unos contra otros.

–Los empresarios contratan a sus propios matones para erradicar la competencia entre ellos mismos, y de paso intentan controlar a los sindicatos, que también tienen sus propios hombres armados, para la protección de los dirigentes más destacados, esos que arrastran trabajadores hasta parar las fábricas y luchar por tener mejores condiciones en su puesto de trabajo.

España estaba sumida en una crisis constante, tanto por la diferencia social y de clases, en todos los ámbitos sociales, empresariales, en las grandes ciudades, como con los jornaleros en los campos de Andalucía y Extremadura, e incluso políticos con los distintos Gobiernos a los que el rey de España ni apoyaba ni protegía.

Aquel ambiente enrarecido y discriminatorio llegó a los pueblos andaluces. Los anarquistas más reaccionarios, que pensaban en la revolución como el método más eficaz para cumplir con su meta de igualdad sin el mandato de ningún gobierno, se fueron armando, entre otras cosas, para defenderse de la aterradora Ley de fugas, que daba licencia a la policía para matar a cualquier detenido simplemente diciendo que había intentado escapar.

Fuensanta, que vivía el día a día de todas aquellas noticias al pie del mostrador de la cantina, reflexionaba para sus adentros; la vida, ya bastante negra para ella, no lo era mucho mejor para el resto de los ciudadanos, quizá un gris oscuro para los más afortunados. No había alegría, todo era pesimismo. Desde los púlpitos, las amenazas de la iglesia sobre el pecado que implicaba no obedecerles eran cada vez más radicales; algunos caciques y señoritos se iban de los pueblos a refugiarse en las ciudades, por miedo a las represalias de unos jornaleros exaltados, y desde allí dirigían sus tierras, a través de sus capataces.

La dictadura había mermado las libertades de los ciudadanos, todo se regulaba a golpe de mandato y chitón.

Aquel día se enteró de que la dictadura de Primo de Rivera estaba en declive, ya no gozaba de la simpatía de Alfonso XIII, que era el que lo promocionó; el pueblo vivía aquella dictadura contra natura y nuestro rey, deseando que hubiera sido más al estilo de Mussolini, con más mano dura.

Ahora Fuensanta se preguntaba, que iba a hacer con toda aquella información, como la iba a ordenar y, lo más importante, qué provecho podría sacar de ella.

MADRID Y EL AMOR

Noelia acababa de darse un baño reparador, después de hacer el amor con Pablo. Ahora compartían una copa de Moet & Chandon y un cigarrillo. Ella, envuelta en una suave toalla, apagó el cigarrillo que le quitó de la boca y se recostó sobre la cama en la que todavía seguía su amante. Se inclinó sobre él y le rozó los labios con su lengua, le mordisqueó el inferior y besó su cuello. Pablo sentía una gran atracción por ella, así que le siguió el juego erótico al que ella le estaba sometiendo; mordisqueó primero el lóbulo de su oreja y luego, dibujando con sus uñas extraños recorridos por su pecho, le besó los pezones. Pablo reaccionó eréctil, la cogió por la estrecha cintura e hizo que ella lo montara, la toalla se fue soltando poco a poco y dio paso a unos pechos hermosos, duros y que desprendían todavía el aroma de las sales con las que se había bañado.

Aunque Noelia vivía la mayor parte del tiempo con Pablo, en aquella urbanización tan exclusiva a las afueras de Madrid, este sabía que estaba engatusándole para pasar el fin de semana fuera. Ella le había hablado de Rodrigo, aunque no intentaba entrometerse; sabía que suponía algo especial para ella, no era un nuevo amigo cualquiera, si no, a santo de qué se había atrevido a nombrarlo; lo hizo como si se tratara de alguien muy peculiar, al que había conocido no hacía mucho. Sabía que Noelia no quería hacerle daño, al menos no intencionadamente, y le agradecía que obrara con nobleza con él.

Como era normal, ella sabía que no le iba a negar nada que le pidiera, pero siempre quería compensarle de alguna manera, para que al menos él sintiera que ella siempre estaba ahí. Además, disfrutaba haciendo el amor con Pablo, era sensible y muy fogoso; siempre se preocupaba de que lo erótico también llenara las expectativas de ella, solo existía un problema, no estaba enamorada de él.

Noelia no perdía el tiempo con otros hombres, ahora que estaba con Pablo, hasta que lo encontró. Desde que llegó a Madrid estuvo tanteando distintos ambientes, y nunca se dejó seducir por nadie por mucho que a ella le atrajera, le primaba más la seguridad y el dinero de su amante. Tenía un sexto sentido para no dejarse engatusar por cualquiera, y siempre descubría en sus ojos el verdadero sentido de sus intenciones. En más de una ocasión, antes de conocer a Pablo, en el último minuto, se había echado atrás. Estaba convencida de que en esos momentos había percibido algo enfermizo en esas miradas, y por lo tanto creía haber evitado un peligro innecesario.

Ya era de noche, estaba arreglada y dispuesta a salir; normalmente siempre quedaba con gente conocida, hasta que decidía si desaparecía o no de aquella velada y, por lo general, volvía con su amante al refugio de la comodidad de la casa y al abrigo de Pablo. No siempre encontraba la diversión, que él le podía ofrecer, o al menos evitar la soledad. Por causa de su trabajo no siempre podían estar o salir juntos. La juventud de ella, frente a la responsabilidad del puesto de dirección que él ostentaba en su empresa, hacían que en algunas ocasiones se levantara un muro entre ellos que ella intentaba derruir, buscando otra diversión como la noche de los Goya cuando conoció a Rodrigo.

Dado la posición familiar de Pablo en el organigrama de la empresa, no siempre se encontraba en casa cuando ella volvía; él no tenía horario, y había fines de semana que sus obligaciones en el consejo de dirección, o por tener que viajar por motivos laborales, le impedían verla en varios días, otras, tenía que viajar fuera de España. Pablo nunca mezclaba el trabajo con su vida privada. Pero en su casa Noelia sabía que aquel era territorio vedado, demasiado privado para que entrara nadie que no fuera ella.

Aquel fin de semana, Rodrigo venía a verla, no quedaría con su grupo de fiesta, irían a un hotel modesto, normalmente de tres estrellas, céntrico y discreto; ya hacía un par de semanas que no lo veía y estaba ansiosa por estar con él.

Rodrigo era muy orgulloso, no quería que ella reservara el hotel, así que era él, el que le avisaba y le decía cuándo y dónde. Fueron probando hasta encontrar aquel nidito tan familiar, dentro de las posibilidades económicas que se podía permitir. Como era normal, el encuentro fue como las otras veces, pero siempre parecía el primero, casi sentían vergüenza al rozarse, al besarse, al decirse lo mucho que se habían echado de menos.

Ella fue sincera con él desde la primera cita. Después de aquella noche de los Goya, cuando le declaró su amor, habían pasado unos meses. Fue uno de esos encuentros denominados *flechazo*. Le contó que vivía con Pablo y eso era innegociable, al menos por una temporada. También le confesó cómo se ganó otras veces la vida, allende los mares, y en los ojos de Rodrigo no encontró ningún signo de preocupación, ni de celos, ni de nada que no le permitiera seguir amándole. En realidad, vino a decirle que su vida era la de una prostituta de lujo con un solo cliente.

Después de una cena ligera en el restaurante del hotel, salieron a dar un paseo. El cielo estaba estrellado y, aunque hacía calor en aquel mes de junio, Noelia iba cogida de su brazo, casi agarrada con los dos brazos, como si así el tiempo se duplicara. Rodrigo admiraba su belleza y pensaba en el paseo tan romántico que estaban dando, sentía que Madrid tenía algo especial: las luces de neón, los escaparates, la gente amable y ruidosa. Noelia se sentía feliz, despreocupada, esa sensación solo la sentía al ir acompañada de Rodrigo. Llegaron a un parque poco iluminado, presidido a la entrada por la estatua de un religioso y, como dos tortolitos, se besaron en un largo abrazo, que ninguno de los dos quería ser el primero en acabar; se olían el uno al otro, sentían el calor de sus cuerpos, allí mismo hubieran hecho el amor, bajo las estrellas, bajo los árboles, sin importarles lo que pasaba en el resto del mundo. Después de mirarse siguieron con su paseo, no les hacía falta el ruido de una sala de fiestas, ni la cocaína que tomaban otros en esas reuniones; en realidad, les sobraba todo lo que no estuviese en ese momento entre sus ojos.

No recordaban el tiempo que duro aquel paseo, y entre risas y besos acabaron en la puerta del hotel, subieron a la habitación casi mudos de emoción, como si fuera la primera vez que se iban a ver desnudos y sus cuerpos se tocaran con recelo, y sobre las sábanas hicieron el amor. La noche les pareció corta. Despuntaba ya el sol cuando el sueño les venció.

A media mañana del domingo, Noelia le observaba apoyada con el codo en la almohada. Rodrigo se despertó casi de inmediato, al intuir que ella ya estaba despierta.

−¿Algún día me hablarás de tu pasado?

Rodrigo sonrió, era una sonrisa encantadora, pero esta vez a ella le pareció que era triste.

−Por supuesto, pero déjame qué viva el presente, yo no quiero saber nada del tuyo, solo quiero que estés a mi lado y vivir minuto a minuto.

−Entonces, hablemos de nuestro futuro. Y cuando seamos viejitos, recordaremos estos días como los más maravillosos del mundo.

—El futuro será nuestro presente, vivámoslo y día a día hagámoslo nuestro, siempre juntos.

El fin de semana se acababa, solo una noche para estar juntos. Rodrigo saldría otra vez para el pueblo, lo más tarde posible, aunque Noelia le alentaba para que fuera con tiempo y sin prisa, pues sabía que tenía más de tres horas de viaje.

—La próxima vez vendré con más tiempo, me deben cuatro días, desde el año pasado; intentaré empalmarlos con un fin de semana e iremos de excursión dónde tú quieras, puedes ir planificándolo.

Rocío formaba parte de aquel pasado que no quiso contar a Noelia, no entraba siquiera en su pensamiento, y menos en sus planes; realmente había tomado la decisión de romper con ella y su pasado, por eso aquella sonrisa triste. Hasta entonces no había conocido el verdadero amor.

AÑO 1930, DIARIO 5

Angelita y Rafi se estaban haciendo famosas. Desde los pueblos de alrededor venían a estar con ellas, la mayoría de las veces por la comodidad de no ser reconocidos, al estar en otro pueblo. En este caso fue Fuensanta la que empezó a reconocer, desde cierto tiempo a esta parte, a algún vecino de su pueblo, que remataba el día de lo que hubiera venido a gestionar en Úbeda en el hostal de La Estación. Cuando se veían reconocidos estos agachaban la cabeza o hacían como si no hubiera pasado lo que acababa de pasar.

Santi estuvo tentada de dedicarse a lo mismo que ellas, pero Rafi, que era con la que más confianza tenía, se lo quitó de la cabeza.

–Mira, Santi, esto no tiene marcha atrás, si te metes en esto siempre serás una puta.

–Pero ahora ya lo creen, así que sea con motivos –intentaba excusarse.

–No, Santi, no; tú aún no eres como nosotras, ese sinvergüenza puede decir de ti lo que quiera, pero en una parte de lo que la gente piensa de él ya no es trigo limpio, las mujeres, las madres y padres que tengan hijas ya no lo verán como antes. Estoy convencida, después de tu viaje a Beas, de que su mujer habrá tenido sus más y sus menos con él. Incluso su suegro, don Tomás, al que le he atendido en varias ocasiones, le habrá dicho lo imbécil que ha sido por no cortar contigo por lo sano, o al menos haber pagado por ello; total, por ahorrar unos cuartos.

　　—Pero ahora ya no se me va a respetar nunca. ¿Qué vida me espera? ¿Qué va a pasar con mi hija?—se preguntaba en voz alta.

　　—¿Acaso crees que será mejor tirarte de cabeza a un pozo? ¿Ir todos los meses a que te reconozca don Vicente, por sí pillas alguna enfermedad de esas que llaman venéreas? Ya te digo yo que no es nada agradable estar siempre con el ¡ay!, por si has cogido algo. Realmente, eso es meterte en esta vida, un pozo sin fondo, donde cada vez ves más pequeño el agujero de la salida. Tu hija siempre sería considerada la hija de la puta, ya te lo he dicho antes. Al menos con ella tienes a quien querer —aquí hizo una larga pausa, casi le costaba respirar—, yo tuve que abortar una vez. Dios me perdone.

　　Fuensanta se puso la mano en la boca, para evitar que un grito de miedo se le escapara. Y la miraba como si estuviera delante del mismísimo demonio. Mientras, Rafi, con lágrimas en los ojos, casi no podía ni hablar.

　　—El niño que venía en camino no era deseado...
　　—Pero eso es un pecado mortal—le cortó Santi.
　　—También es pecado que me forzara mi padre y que me llevara él a aquella comadrona, que en secreto los practicaba. Después vinieron las borracheras, y con ellas las palizas. Si lo hubiera denunciado y

conociéndole lo habría tapado, dejándome por mentirosa y en ridículo. Fue a partir de entonces cuando los golpes los recibía mi madre, porque siempre se ponía por medio, insultándole y menospreciándola. Nuestra familia es de las más ricas del pueblo donde nací, el dinero de mi padre lo tapaba todo.

Los ojos de Santi estaban muy abiertos, mostraban horror y sorpresa y era incapaz de reaccionar.

–Así qué sigue mi consejo y guárdate tus demonios lo más adentro que puedas, porque cada una de nosotras tenemos que levantarnos todos los días, pintarnos una sonrisa de carmín en la cara y vivir hasta que llegue un nuevo día.

En su pueblo natal, y por boca del señor Rafael, que de tarde en tarde había pasado por allí, se enteró de que hacía un par de años se había inaugurado la plaza de toros, y había una casona en la misma carretera que estaba destinada a poder hacer de ella una buena pensión. Se lo propuso antes a su primo Pascual, pero este declinó la oferta; allí estaba bien, no pensaba que prosperaría más en un pueblo más pequeño.

Santi hizo lo que Rafi le dijo, guardó sus demonios y sus miedos, meditó y rumió todo lo que su nuevo entender de la vida le había enseñado, reunió todo lo que habían ahorrado su hermano y ella, y tras hablar con Pascual y Trini, decidió volver a su pueblo.

Se despidieron, no sin antes agradecer la amistad y el consuelo que habían recibido de todos ellos. Pedro había crecido, ya era todo un hombre. Decidieron volver a la antigua casa de donde habían salido siendo unos niños, pero ahora volvían curtidos, tanto por el tiempo como por las circunstancias.

La vuelta al pueblo suscitó comentarios y algo de revuelo, dado que Fuensanta volvía con una hija y sin marido.

Las negociaciones las llevó gracias al señor Rafael, quien ya había hablado con los propietarios de la casona para el alquiler y el motivo de este. Pese a que el hecho de ser mujer y madre soltera no ayudó, al final consiguió el contrato, quizá demasiado caro, pero era el precio de la penitencia, lo que debía pagar por no estar dentro de lo que la mayoría llamaba decencia.

Con los ojos puestos en las próximas fechas, las corridas de toros y los festejos de la patrona, los dos hermanos se pusieron manos a la obra, adecentaron lo mejor posible todas las habitaciones del primer piso. La parte superior era una gran cámara donde se guardaban en aquellos momentos todo lo que no servía o sobraba. En su día sirvió para secar los embutidos de la matanza y toda clase de víveres y aperos.

Decidieron ponerle de nombre lo más obvio posible, hostal La Plaza, por lo cerca que quedaba de esta.

Al principio no era muy popular, dado que la fama de Fuensanta precedía allá donde fuese. Ella se prodigaba en ir a misa todos los domingos, para que la gente viera que era temerosa de Dios, y no escatimaba en dejar buenas monedas en la cestilla que recogía el monaguillo. Como nada parecía que causaba efecto en su clientela, decidió entonces confesarse al párroco, pensando que este, al conocer su pasado, comprendería mejor la penuria que le había tocado vivir.

Sin embargo, nada de lo que hacía surgía efecto en los vecinos, parecía que estaba vetada la entrada a su negocio. Pasaban las semanas sin apenas clientela, solo el señor Rafael entraba con otros jornaleros que le seguían para tomar su vaso de vino. Pero con aquello apenas podían vivir. Prácticamente nadie entraba en su cantina, que era de donde ella se mantenía durante todo el año. Hasta que llegaron las fiestas y todo cambió. La plaza se llenaba todos los días y el negocio, solo por su cercanía, empezó como por arte de magia a levantarse.

Un día, cosa rara en su hermano, después de varios meses en el pueblo, le habló de una chica con la que estaba tonteando, y como si un escalofrío le hubiera recorrido todo el cuerpo Santi le miró con severidad.

−Espero por tu bien, que sea una chica decente, además, tú te portarás con ella como lo que eres, un hombre cabal, no quiero ningún mal comentario, primero porque tú eres mi hermano, y segundo porque nuestro negocio no aguantaría otro escándalo.

−Cuando pasen las fiestas y baje la faena, la traeré para que la conozcas −la sonrisa que se le plantaba en medio de la cara a Pedro le llenaba de gozo a Santi, que sin querer ya estaba deseando conocerla.

Era el último día de feria, en el cartel, como figura principal, el matador Manuel Jiménez Moreno, *Chicuelo II*.

Por la puerta de la cantina apareció José. En esos momentos Fuensanta estaba de espalda, fue Pedro quién, con un movimiento leve de cabeza, le indicó a su hermana que se girara. Era a mitad de la mañana y los parroquianos todavía no habían aparecido a tomar el aperitivo antes de comer, para después prepararse y asistir a los toros. Josefa, con 6 años, andaba de un lado a otro con un trapo en la mano, jugando y haciendo como que limpiaba las sillas. Los ojos de la niña se cruzaron con los de aquel desconocido y siguió a lo suyo, ni siquiera se acordaba de su viaje a Beas, que fue la única vez que lo vio.

–¿A qué has venido? –fue la única frase seca que se dignó a dirigirle.

–Te he traído una foto, por si algún día quieres enseñársela a la niña –y le alargó con la mano una foto suya del busto– ¿Cómo se llama la niña?

–¿Ahora te preocupas por tu hija? Han pasado seis años, seis años de vergüenza, de insultos y de mal vivir, por tu culpa, y… ¡¿aún tienes la desfachatez de venir a humillarme a mi propia casa?!

Santi se estaba alterando por momentos, y Pedro acudió a su lado; llevaba un garrote que tenía detrás del mostrador, por si alguien necesitaba alguna lección de educación.

—Lo siento, no era mi intención importunarte con mi presencia —aquello le sonó a Fuensanta demasiado falso, y le soltó un guantazo que José no se esperaba. Estuvo tentado de levantarle la mano, pero el niño que conoció ya era todo un hombre, y el garrote ya estaba en movimiento hacia atrás.

—¡Mejor será que te vayas, no quiero volver a verte!

—Si mejor—confirmó Pedro, blandiendo el as de bastos, como él le llamaba—. Ahora ya tiene quien la defienda de los señoritos sinvergüenzas.

José levantó ligeramente las manos, y se dio media vuelta, no sin mirar de reojo, por si hubiera algún movimiento extraño a su espalda. La mirada retorcida de aquel hombre no era precisamente de quienes asumen que las cosas iban a quedarse así.

Pasadas las fiestas, Pedro trajo un día a María Dolores. Él era rubio y de ojos claros, como lo había sido su padre, todo lo contrario que su hermana Santi, que como suele decirse había salido a la madre, de piel morena, pelo negro y ojos claros. Pero Dolores no le iba a la zaga, también tenía los ojos claros, cabello castaño claro y una piel blanquecina. De familia trabajadora y humilde, se educó en la escuela del pueblo que regentaban las monjas de Cristo Rey. Cosa que le hizo desarrollar una animadversión hacia todo lo referente a aquellos hábitos y su enseñanza, para el resto de sus días.

Cuando Dolores y Pedro se hablaban, como dos novios formales, se contaban cosas de sus vidas y ella empezó desde su infancia.

–Las reglas de esta congregación religiosa contaban con la separación de la educación dirigida a los jóvenes, de manera que existían dos escuelas, una para familias acomodadas y otra gratuita, para niños pobres. Sin embargo, dado que dicha orden era relativamente joven, y en pueblos pequeños y medianos a la misma escuela acudían tanto los niños de familias bien acomodadas como los de segunda categoría, y copiando lo que hacían en otras congregaciones, también dedicadas a la educación, los niños de segunda categoría eran poco más que criados de los primeros.

–¡María Dolores! –le llamó sor Magdalena, que era su maestra–,¿qué haces leyendo ese libro?

–Estoy practicado la lectura, hermana.

–¿Y por qué no estás fregando el suelo? –Esa es tu tarea, no leer–. Trae para acá el libro, encima lees las reglas de la congregación –dijo para sí misma, pero en voz alta–. Menos mal que no habrá entendido nada – dijo ya en voz baja.

Con aquellas tareas diarias de alguna forma compensaban el bienestar de aquellos en que la familia pudiente se dejaba los cuartos, dejando claro que, aunque solo ellos pagaran la educación, a cambio recibían el soporte de los más desfavorecidos. Estudiaban en aulas separadas y las religiosas utilizaban a aquellas criaturas para tareas de limpieza, evidentemente, solo a aquellas que gratuitamente estaban recibiendo tal educación, encasillándolas ya desde la niñez a la servidumbre hacia aquellos que tenían el poder económico.

Santi había advertido que después de las tareas del negocio su hermano salía por la noche y regresaba tarde. Un día incluso se durmió y tuvo que despertarle, cosa que no le había pasado nunca. Así que tuvo una conversación con él para saber el motivo de aquellas salidas nocturnas. No le gustó nada la explicación: el juego de cartas, que negó que fuera por dinero, aunque tiempo después tuvo que pedir a su hermana setenta y cinco pesetas que debía y tuvo que jurar y perjurar que no volvería a aquella costumbre, que se estaba volviendo en vicio. También le confesó que aquella costumbre la adquirió en Úbeda. Allí se escapaba algunas noches, con la excusa de servir bebidas a los jugadores, y solo de observar aprendió el juego y sus reglas. Según él, tenía tan buena mano que estaba seguro que iba a ganar, y acabó perdiendo todo lo que tenía y empeñando lo que no tenía.

El día en que se conocieron, Dolores y Fuensanta se hicieron buenas amigas, y aunque no hubiera sido así la hubiera admitido de la misma forma, solo por contentar a su hermano, consciente como era de que era su única familia, leal y cómplice de todas las penalidades que habían compartido hasta el momento.

Fuensanta, mayor que ellos, los veía tan jóvenes que se emocionaba pensando en la candidez con la que se miraban. La candidez, pensó, que ella experimentó con José. Una noche en la que Pedro estaba hablándole de Dolores Santi le interrumpió.

−Veremos de qué pasta está hecha −le dijo, señalándole con el dedo−. Elige tú el día, buscas un buen presente y vas a pedirle la mano a sus padres. Aquí la mala fama la tengo yo. Nosotros somos conocidos en el pueblo, así que a ver por dónde van los tiros.

Y los tiros salieron como tenían que salir. Pedro le contó que su Lola lo defendió antes de la cita, cuando su padre, trabajador y jornalero, pero propietario también de unas tierras con olivos, le dijo que éramos de una de las familias más pobres, y que deseaban algo mejor para ella. Sin embargo, ella no dio el brazo a torcer, y el día en que le llevó unos zarcillos de oro a su cita, repeinado y con su mejor ropa y zapatos, diciéndoles que era coparticipe con su hermana del hostal La Plaza, no tuvieron otro remedio que claudicar, ante la insistencia de Dolores, que ya les había advertido que era él o ninguno.

En la cantina del hostal seguían los comentarios de lo sucedido aquel frio 12 de abril, unas elecciones que de paso sirvieron de plebiscito para determinar el ocaso de la monarquía y la implantación de la república. Gritos a favor y en contra, entre el humo de los cigarros y las jarrillas de vino, caldeaban el ambiente Corrían malos tiempos en la España de 1931, mientras Santi iba haciendo caja con aquellas animadas tertulias. Rafael leía en voz alta un artículo del diario, para que lo oyeran los que eran más conservadores y monárquicos.

> Después de la represalia de la dictadura, y después de constatar la falta de convicción por la salvaguarda de la realeza, por parte del gobierno, temeroso de no poder proteger su integridad, el rey decide autoexiliarse. El mismo día 14 salió de palacio en dirección a Cartagena, donde embarcó el día quince en el buque Príncipe Alfonso, en primera instancia a Marsella, aunque posteriormente se reunió con su familia en París. El hambre de libertad de un pueblo que ha estado sometido durante los últimos años a una dictadura hace que el gobierno declare la República el día 14 de abril.

Las discusiones sobre lo que tenía que hacer o no la república eran antagónicas entre los políticos y los ciudadanos, estos últimos querían que no se demorara ninguna reforma, todas eran urgentes, y lo que no se había hecho en siglos pretendían que se hiciera en un solo año. Así se reflejaba en las disputas de los parroquianos, en las distintas tabernas, reflejo todo de lo que pasaba en las Cortes. Poco tiempo después entraron en juego los anarquistas, que como su ideal les indicaba tampoco reconocían a la república y machacaban desde el poder de su sindicato CNT al Gobierno.

En la cantina, Fuensanta se percató de que algunos jornaleros se miraban y enmudecían cuando se hablaba de los anarquistas o de su sindicato. Algunos días, también se reunían a deshoras, en un rincón de la estancia, con algún que otro camarada al que no conocía de nada y, por su aspecto, sabía que no era del pueblo, ni siquiera de la provincia.

En los periódicos de la época, que por supuesto no llegaban al pueblo, ni en fecha ni a las tabernas, se escribía en grandes titulares, el 26 de noviembre, que las Cortes declaraban al exrey de alta traición.

El jueves siguiente, después de un corto noviazgo y sin grandes celebraciones, en el santuario de la Patrona, Pedro contrajo matrimonio con María Dolores vestida de blanco. En una corona hecha con su propio pelo llevaba incrustadas unas florecillas de tela, y el traje recto, sin grandes adornos pero muy elegante, le confería una figura estilizada. Él, con traje oscuro, camisa blanca impoluta y con corte de peinado, rasurado por los laterales.

En el local de La Plaza, se dispuso el convite de la boda. toda la familia de Dolores y ellos dos, con Josefa jugando con todo el mundo, el señor Rafael y sus amigos de Úbeda. Angelita y Rafi declinaron su invitación, por razones obvias, solo para ellas, pero se sumaron al regalo que entre todos hicieron a los novios, dos noches en el parador nacional de Úbeda. que se había inaugurado hacia apenas un año.

DE TRIPAS CORAZÓN

Rocío sabía que se estaba quedando descolgada, que Rodrigo, su Ro, como se llamaban mutuamente, se estaba distanciando, y ya no dudaba que era por otro motivo más fuerte que aquella pequeña discusión que tuvieron a la vuelta de los Goya. Y ahora le daba por pensar si no la habría provocado a propósito.

Tantos viajes a Madrid, por cuestiones de trabajo, o a Valencia, a ver a sus tíos, o eso le decía, no era normal, estaba convencida de que había algo raro, sobre todo con el silencio y el alejamiento personal; ya ni siquiera quería contestar a los mensajes de móvil, y cuando lo hacía sus respuestas eran escuetas y cortantes.

Su instinto femenino le indicaba que posiblemente habría conocido a otra mujer. Era tan evidente para ella que, en cuanto tuviera ocasión de hablarlo cara a cara se lo preguntaría. Y por supuesto, aunque respetaría su decisión, quería que le diera las explicaciones pertinentes. Aunque no lucharía por él si lo veía totalmente convencido, nadie tenía derecho a quitarle la felicidad a otra persona, por mucha que él se la rompiera a ella, al cambiar su destino por otro amor.

Ahora cuando estaba leyendo, y todavía no sabía muy bien por qué, aquellos "malditos" diarios, y quería compartir sus impresiones con Rodrigo, era cuando él estaba más distante. Ahora que parecía el fin de la memoria de su abuela, la constatación de que la guerra contra el Alzheimer estaba perdida, era cuando más falta le hacía, sin embargo, cuando más lo necesitaba y lo echaba de menos, más notaba que lo había perdido.

Cuando aquel resurgimiento en el día de la fiesta del pueblo Purificación hubiera echado el resto, le hubiera gustado que él hubiera estado a su lado, haber disfrutado de sus sentimientos y alegrías; ahora necesitaba su hombro para descargar la pena que sentía al descubrir que la anciana se había rendido ante aquel enemigo tan cruel y despiadado.

Remedios, su hija y madre de Rocío, no paraba de llorar, su propia madre, que hasta entonces aún la reconocía después de varios minutos mirándola fijamente, ahora unas veces la confundía con su madre Dolores, otras con su prima Josefa, pero ya nunca más llegó a reconocerla como a su hija.

Rocío, para la que su abuela había sido su segunda madre, no le andaba a la zaga y entre lloro y lloro se abrazaba a su madre, cuando a ella la confundía unas veces con alguna vecina y otras con su hija, y la llamaba Remedios. Ahora también deseaba tener a su lado a Rodrigo y sin embargo estaba tan lejos.

Rocío encontraba distracción diaria con el ir y venir del trabajo, otras veces salía con Falak a tomar una cerveza, pero se encontraba desfasada por la diferencia de edad. Estaba claro que tenía que poner su vida en orden y orden en su vida, pero no podía seguir así. Tecleó en su teléfono el número de Rodrigo e inesperadamente este le contestó.

–Hola, dime –otra vez escueto, pensó Rocío.

–Rodrigo, ¿cuándo podemos quedar para hablar, pero en serio?

–Bueno…este fin de semana me voy a la central de Madrid, y no vuelvo hasta el viernes siguiente, ¿te parece que quedemos para el próximo sábado? Yo también creo que debemos hablar.

–Está bien, pues hasta el sábado de la próxima semana.

Rocío ya tenía los ojos brillantes y las lágrimas a punto de brotar cuando cortó la llamada; hubiera querido contarle tantas cosas, de los diarios, que su abuela…, pero no sintió en su voz ninguna empatía para forzar una mínima conversación. Aquello era la confirmación de que lo suyo iba a terminar en el espacio de una semana, si no había terminado ya.

***

En Madrid, Pablo Aguirre salía el último de la sala de reuniones, y con las manos llenas de carpetas le dijo a su secretaria que pasara a su despacho con él.

–Elisa, hágame cinco copias de todos estos documentos, para la reunión del consejo de mañana, y necesito que me localice urgentemente al señor Urbina.

–Le recuerdo que el señor Urbina está en estos momentos en la sede de Barcelona con su padre y que mañana vuelven a Madrid.

–Ah, sí, gracias. En cualquier caso, localícelo y páseme la llamada.

–En seguida lo hago.

Elisa era de su total confianza, de su misma edad; la contrató el mismo, pero en Urbina no sabía si ciertamente podría depositar la confianza necesaria y lo que pretendía que hiciera; pensó que era una cosa de mirarse a los ojos, ya que era el jefe de seguridad de la empresa y totalmente devoto de su padre. Intuía que no le negaría nada a él por ser el segundo de a bordo.

Sonó el teléfono y la voz de Elisa, dulce y eficiente, le indicaba que le pasaba al señor Urbina.

–Buenos días, Urbina, ¿cómo está?

–Buenos días, don Pablo, aquí estamos, padeciendo –que era una frase que siempre decía, aunque estuviera en la playa, tumbado en una hamaca y tomándose un daiquiri junto a una joven–.¿Qué se le ofrece?

–Necesito hablar con usted, mañana en cuanto llegue a Madrid. Es algo personal que le voy a pedir, por lo que le ruego la mayor discreción posible –Urbina, que era perro viejo es estos lares, lo entendió: "No se lo diga a mi padre".

Los servicios de Juan Urbina, como encargado de seguridad de la empresa, estaban enfocados especialmente a proteger tanto a Pablo como al cabeza de familia, y aunque casi siempre cubría las espaldas del decano de la empresa, cualquier problema pasaba a ser de su competencia. Poseía un equipo de cinco hombres de su total confianza, que vestían de paisano y eran expolicías como él.

Pablo se recostó sobre el respaldo de la silla del despacho, miró al techo pensando cómo pondría en antecedentes al Jefe, como le llamaban unos, o a Torrente, sonrió, como le llamaban otros, por un cierto parecido lejano con el personaje que encarnaba Santiago Segura. Aunque no era zafio, ni repelente, si era cierto que una curvita de la felicidad se le marcaba en la barriga, y esa calvicie que intentaba disimular peinándola con aquellos pocos pelos, sin embargo, el mostacho que lucía no tenía nada que ver con el del personaje de las películas.

Había sido contratado por su padre y gozaba de su total confianza, por lo que tendría que lidiar bien aquella faena. A la mañana siguiente, casi llegando al mediodía, se presentó Juan Urbina en su despacho. Pablo dejó a un lado el informe estadístico que estaba confeccionando sobre los vuelos más y menos costosos, tarea que era el resultado de la reunión que había tenido el consejo de dirección a primera hora de esa misma mañana. Se levantó y le estrechó la mano, mirándole a los ojos.

—Urbina sígame, vayamos a comer juntos y le informaré de todo.

El Jefe ya estaba contento, seguro de que comerían en un buen restaurante, y a él se le ganaba por el estómago. Por el camino solo tuvieron una conversación informal sobre cómo había ido el viaje de vuelta, era evidente que Pablo le preparaba para el meollo más importante, una vez estuvieran sentados, y así pasó.

—Necesito que me haga un seguimiento completo, no sé si usted lo llamaba así cuando era inspector.

—Algo parecido —respondió escueto, no quería arriesgar hasta saber un poco más sobre la propuesta.

—Bien, bien...—e hizo una pausa, hasta que les sirvieron y se alejó el camarero—. Verá, Urbina, tengo una amante, a la que mantengo hasta cierto punto muy bien mantenida, pero nos damos cierta libertad el uno al otro —Pablo le mantuvo la mirada para ver su reacción, pero el gesto del expolicía no varió—. No sé si me he explicado suficientemente.

—Déjeme que le ayude. La cierta libertad de la que me habla se le va a ir acabando a su mantenida, al menos eso pretende por su parte. Y por eso estoy aquí, para que la susodicha pajarita, con todos mis respetos, vuelva a la jaula o se vaya definitivamente.

—No, no... Ahí se equivoca del todo, Jefe, no contemplo otra opción que no sea que vuelva a la jaula, no la quiero perder, ¿entiende por dónde van los tiros?— otra vez el camarero se paró a rellenarles las copas.

—Los tiros van, si mal no le entiendo, por el respeto máximo a la señorita, y confidencialidad absoluta con usted en persona, sin intermediarios, y las cosas claras como el agua. Esto puede que le acarree algunos gastos imprevistos, si quiere que las cosas se hagan con garantía y profesionalidad —añadió el guardaespaldas.

—Por supuesto, como en los casos más especiales y que tan buenos frutos supuso para la empresa, la capacidad de sus gestiones —del bolsillo interior de la chaqueta, sacó un sobre que le tendió a Urbina—. Ahí tiene los datos personales de Noelia, usted ya sabe dónde vive, puesto que vive conmigo, y le paso el nombre del hombre con el que se ve, del que no sé nada más. Solo lo nombró una vez, cuando hablaba con él por teléfono.

—¿De cuánto tiempo dispongo?

—De normal prefiero las cosas bien hechas, pero le agradecería que fuera lo más diligente posible, siempre que su trabajo en la empresa se lo permita.

Nuevamente, el Jefe daba por sentado que Pablo júnior sabía que no le podía desligar de su padre, por lo que tendría que encontrar horas de donde fuera. Ahora Pablo sí que se comportó como lo que era, el hijo del dueño. Le soltó un sobre de color sanguina lleno de billetes de cincuenta euros. Quiso calcular por encima qué cantidad habría, pero fue incapaz, aun así supo que contenía más que suficiente para hacer un trabajo impecable.

***

Desde el pueblo Rocío llamó por teléfono al trabajo de Rodrigo, dado que no le devolvía las llamadas ni se comunicaba con él de ninguna manera. Allí conocía a algunos compañeros y compañeras, con las que alguna vez habían salido de copas y después fueron a bailar a alguna sala de fiestas.

La telefonista que le cogió la llamada resultó ser una de aquellas compañeras.

–Le paso con él… ¿Oye, eres Rocío?

–Si. ¿Quién eres?

–Soy María Victoria, la compi de Rodrigo, perdón, la que te acompañó al baño en el garito que tomamos unas copas y me prestaste un tampón. Te tienes que acordar, eso no pasa todos los días con una desconocida.

Una risa de complicidad desde el otro lado, le dio la razón.

–Si, si, María Victoria, pero te recuerdo más por los chistes tan verdes que contabas –y otra vez la risa fluyó en ambos sentidos de la llamada.

–Bueno, ¿os vais a algún lado la semana que viene o qué? Que Rodrigo no suelta prenda.

—Quiero hablarlo con él–titubeó, al no saber de qué hablaba–, todavía no sé de cuántos días dispone, y tengo que concretarlo en mi empresa –Rocío quiso aprovechar la indiscreción de su compañera, provocada por el propio Rodrigo al llevar tan en secreto lo que llevara entre manos–. A lo mejor, quiere darme una sorpresa, pero chica, tendré que avisar a mi encargado, digo yo.

Otra vez estaba maniobrando, como un fiscal en un juicio, la conversación para sonsacar datos que no tenía.

—Pues tienes razón, pero como los hombres piensan más con la braqueta que con el coco, pues no reparan en esos detalles. Tiene de jueves a martes de la siguiente, pero oye, yo no te he dicho nada.

—Tranquila, seré una tumba, y ahora que ya lo sé, no me pases con él. Un beso, Vicky.

—Adiós, chiquilla, que tengo un montón de llamadas.

Ahora lo tenía más claro que nunca, antes de que llegaran esas minivacaciones quería tener una conversación cara a cara con Rodrigo.

***

Pablo, por su parte, dejó en manos de Juan Urbina el cómo y cuándo iba a realizar la investigación.

Sabía que empezaría siguiéndola, incluso aunque él estuviera con ella.

Pero Pablo era un hombre romántico y aquella noche le había preparado una sorpresa a Noelia, ya habían quedado para cenar en la casa, cosa que a ella le sorprendió.

Cuando Noelia abrió la puerta de la casa esta estaba como siempre, impoluta; en el salón había una mesa montada solo para dos, con sus velas y su mantel níveo, que contrastaba con el resto de los muebles oscuros.

Pablo salió a recibirla, perfectamente vestido para la ocasión. Noelia se quedó sorprendida ante todo aquel montaje. Solo en ciertos estatus se lograba aquel ambiente de solemnidad y poderío.

—Sube a cambiarte, hagamos de esta noche algo especial —le sugirió mientras le alargaba un pequeño ramito de orquídeas.

Noelia puso cara de pícara y le plantó el beso más sensual que jamás hubiera dado a nadie. Mientras subía a su habitación iba pensando que Pablo, de vez en cuando, le daba una sorpresa de aquellas; era como un entretenimiento para él, y una alegría para ella que la sacaba de la monotonía.

Cuando entró en su habitación, encima de la cama había una caja roja, envuelta como un regalo y con su lazo plateado, de una sus boutiques preferidas de Madrid.

Se puso aquel vestido de noche y empezó a dudar si aquello no sería una encerrona de alguna clase, aunque Pablo siempre iba de frente y no tenía por qué hacer todo aquello. Al final se convenció de que era otra de esas sorpresas que le preparaba de tarde en tarde.

Todo aquello le recordaba una de esas películas de los años cuarenta. Ahora, mientras bajaba las escaleras, Pablo, copa en mano, la admiraba desde abajo. Le tendió la bebida, la acompañó a la mesa, le retiró la silla y apareció el mayordomo con la cena.

La conversación fue dando diferentes vueltas por lo sucedido durante el día hasta que, después del postre, Pablo sacó de su chaqueta una caja que contenía una cadenita de oro blanco con un diamante engarzado en el centro de un corazón también de oro blanco.

Noelia le miró directamente a los ojos, como pidiéndole una explicación por todo aquello. Creyó, y esto era lo peor, que le iba a pedir matrimonio.

–Toma –y sacó dos billetes de avión–, nos vamos este viernes que viene a pasar unos días a Paraguay.

–No.

AÑO 1931, DIARIO 6

Años atrás Dolores había ido a casa de la sastra del pueblo. Allí, junto con otras chicas, recibía clases de corte y confección. Las máquinas de coser, de la marca Singer, traqueteaban mientras ellas oían la radio. Sin embargo, las alumnas más adelantadas tenían la confianza de la señora Macarena para coser y montar las piezas más complicadas.

Como dice el dicho, que el que se casa, casa quiere, Pedro había adecentado la casa de sus padres, y allí se pusieron a vivir, con unos muebles decentes que les regalaron los padres de Dolores, con una dote conformada por lo más imprescindible para el hogar, con unas cortinas que ella misma confeccionó en el taller de la sastra. Fuensanta le regaló el último modelo de Singer, que mandó traer de la tienda de Jaén a través de uno de aquellos transportistas que paraban allí mismo.

Ahora, Dolores canturreaba mientras cosía en su casa. Se dedicaba a arreglar ropa para otras personas y así ayudaba a la economía de la casa. En ese momento estaba cosiendo un vestidito para el primer bebé que ya portaba en sus entrañas. En una de esas ocasiones, un 16 de abril, se confirmaba que el rey Alfonso XIII había renunciado a su reinado y se había exiliado a Francia. Se acababa de instaurar por tanto la Segunda República.

Covadonga se presentó unos meses después en La Plaza. Cuando Santi la vio se fundieron en un abrazo.

–Solo he venido a despedirme, vuelvo a mi tierra. Aunque mis padres ya no están, espero poder instalarme y hacerme con una cantina o fonda –los ojos estaban acuosos, la emoción a flor de piel.

–¿Cómo están los demás por Úbeda? –se interesó Fuensanta.

–Bien, ya busqué una sustituta antes de poder marchar –dijo con aquel acento asturiano que siempre la identificaba y que llevaba como una enseña en su voz–. Todos me dieron recuerdos en cuanto les dije que venía a despedirme de ti.

En aquel momento, Josefa apareció por el salón cogida de la mano de Pedro, hecha un pincel y rellenita, Cova dio un salto y se fue corriendo hacia la niña para cogerla en brazos, cosa que la asustó y la hizo llorar, pero cuanto más lloraba más la apretaba la gijonesa. Después de dejar a la niña emberrinchada le plantó dos besos a Pedro y le preguntó por su mujer.

Estuvo con ellos el tiempo justo hasta que pasó de nuevo el autocar que le llevaría a la estación de trenes de Jaén, con parada de nuevo en Úbeda, donde recogería su maleta.

En la despedida acabaron llorando las dos amigas, fundidas en un abrazo.

—¡Te escribiré!–fue lo último que le gritó desde arriba y sacando la cabeza por la ventanilla.

Fuensanta la despedía desde abajo, mientras le gritaba que iba a ser tía. Pero el ruido del motor se comía su voz y aquel monstruo mecánico empezó a moverse.

Se auguraban malos tiempos para aquella España destrozada por las guerras de África y una economía ciertamente descompensada entre las clases sociales. Otra vez, la información más veraz de cómo iban las cosas la recibía de aquellos viajeros que iban y venían, que comentaban lo que veían por el resto de la nación, y otra vez el señor Rafael, que parecía el más esforzado por difundir las noticias que llegaban en los periódicos, en mitad de la cantina y papel en mano,[1] intentaba defender al Gobierno; sus detractores achacaban todos los males a la ineficacia del régimen republicano.

Pasaron los meses justos para que la desgracia se posara de nuevo en aquella familia. El primer niño

---

[1] La crisis mundial ocasionada por el *crack* de la bolsa de 1929 en Estados Unidos llegó con retraso primero a Europa y luego a España. Todo lo que nuestros empresarios vendían al exterior se resintió, al no comprarnos como antes, aquellas naciones que ahora necesitaban recuperarse de su propia crisis.

que traía Dolores apenas sobrevivió un par de días tras nacer. Los médicos solo pudieron reconocer que estaba muy débil, tanto la madre como el niño.

Al poco tiempo, y como las desgracias nunca vienen solas, una pareja de la Guardia Civil vino a llevarse a Fuensanta al cuartelillo, con la justificación de que había interpuesta por José una denuncia por amenazas, en el cuartel de Beas.

Con el apoyo de su hermano Pedro y un abogado que les buscó el señor Rafael, el cual presentó ante el juez una solicitud de manifestación[1] del detenido, por la que el juez debía preguntar al reo si creía que había sido detenido injustamente.

A los dos días Fuensanta ya estaba otra vez bregando en su cantina junto a su hermano, aunque la mala fama se estaba forjando de nuevo sobre ella, y mientras en su interior se estaba agravando un odio profundo hacia la hipocresía de la gente, de la iglesia y de los malditos señoritos, que querían parecer condescendientes con los más desfavorecidos, para luego aprovecharse de su trabajo y de su vida.

El magistrado no pudo dar crédito a la denuncia de José, después de oír al abogado como exponía la sospecha de venganza de este, dado el tiempo

---

[1] En 1984 se desarrolló partiendo de nuestra Constitución, el ordenamiento del Habeas Corpus, fundamentado en el derecho a la libertad y la vida de los ciudadanos, frente a los poderes públicos. L.O. 6/1984 de 24 de mayo.

transcurrido, que fuera este el que se presentó, desplazándose desde otro pueblo, en la casa de la detenida a intentar amedrentarla, con testigo de varios clientes y del hermano de la acusada. Pero la mala fe del denunciante nunca pasó de una tibia reprimenda, mientras que el mero hecho de que Fuensanta hubiera tenido que pasar una noche en el cuartelillo significaba, de nuevo, una mala reputación para ella y su negocio.

Los meses fueron pasando, y aunque el médico aconsejó a Dolores que tuviera cuidado en no quedarse tan pronto embarazada, a finales de 1932 tuvo un aborto.

–Pedro, que la Virgen de las Villas no quiere darme la satisfacción de hacerte feliz dándote un hijo. Su blanca piel no ayudaba a mejorar aquel aspecto enfermizo y débil.

–Yo lo que quiero es que tú estés bien, y los niños ya vendrán. Tienes que cuidarte mucho ahora, ponerte fuerte, y verás como la Virgen sí lo permitirá. Lo que no quiere es que sea ahora –mientras, con sus ásperas manos, le acariciaba la mejilla y le limpiaba una lágrima que libremente rodaba por ella.

Pedro empezó a volver muy tarde, uno o dos días por semana, ya de madrugada. Una mañana en que el cielo barruntaba agua y una quietud solemne, en la que los pájaros y demás sonidos de la naturaleza parecían haberse resguardado de la inminente lluvia, Dolores se levantó cuando él todavía dormía. Encima de la mesa había un montón de dinero, mucho más del que se pudiera ganar trabajando en todo un mes. Cuando Dolores lo despertó, porque llegaba tarde a la faena, le pidió explicaciones del dinero. Él, con una sonrisa y un brillo especial en los ojos, le contó que fue a echar unas manos a las cartas.

–Y si hubiera durado más, más habría traído. La suerte me sonrió toda la noche y no pude parar.

–¡Yo no sé quién te piensas que soy Pedro! Pero si tú sigues jugándote los cuartos a las cartas cojo ahora mismo y me voy con mis padres. Toda mi vida oyendo cómo mi tío lo perdió todo por culpa del juego, ¡y tú me sales con esto ahora!

–Pero, mujer, ¿no ves que he ganado, que podemos ser ricos?

–Te lo vuelvo a repetir, que no soy tonta, una vez más y me voy con mis padres, ¡tú verás lo que haces!

Cuando Pedro llegó a la fonda cinco minutos tarde, la lluvia arreciaba bajo un cielo negro, algunos truenos se oían a lo lejos, más allá de las montañas, pero todo hacía presagiar que la tormenta venía hacia ellos. Sin embargo, la cantina estaba llena, al campo no se podía ir a faenar con aquel temporal, y aquel era uno de los mejores refugios para pasar unas horas tomando unos vinos con los conocidos.

En la cantina las discusiones entre los parroquianos que allí se juntaban y lo que traían de información en los periódicos, seguían siendo la base para que Santi se enterara de lo que pasaba en España. Cómo unos se culpaban a otros de lo que sucedía entre el Gobierno y la Iglesia, lo que ésta pretendía, para ir en contra de la separación del Estado y el laicismo, que este anunciaba para la nueva Constitución. La retirada de los crucifijos de las escuelas era para unos una ofensa, y se santiguaban, haciéndose cruces, mientras que para otros era de justicia que desapareciera cualquier signo religioso de las aulas.

Esos vozarrones y gritos entre unos y otros, el humo de los puros y cigarros, el bullicio en general mientras otros jugaban al dominó y las jarrillas de vino, que iban de la barra a las mesas como por arte de magia, en volandas, de las manos de Pedro o de Santi, que todavía conservaba esa gracia que la hizo popular en Úbeda, pese a tener un cuerpo que había estrenado la treintena, era pasto de las miradas y piropos, que escondían deseos lascivos.

Otros días, las disputas orales venían motivadas por los distintos artículos de los diarios monárquicos, en contra de todo lo que hiciera el Gobierno, y por las epístolas de muchos obispos radicales, que no acataban las ordenes de Roma, en las que se les encomiaba a respetar al Gobierno republicano y democrático que salió de las urnas.

Fuensanta tenía la sensación de que unos vecinos se iban alejando de otros cada vez más de su posible amistad; la violencia verbal se radicalizaba, y en más de una ocasión tuvieron que intervenir para separar a antiguos contertulios de posibles peleas.

Los diarios que llegaban o traían algunos clientes de La Plaza se dedicaban a incendiar las opiniones de sus lectores, tanto de una ideología como de otra. Eran *La Provincia*, que era de corte conservador, y *La Mañana,* que surgió al calor de la coalición conservadora CEDA[1]. Solo algún otro diario que venía de Madrid, el *ABC* o aquellos que editaban la UGT y PSOE contrastaban con los que se editaban en Jaén[2].

Las noticias que llegaban de Madrid eran preocupantes y exaltaban a las gentes más humildes del pueblo, que ante aquella diferencia social ya se habían protegido uniéndose a sindicatos donde se les iba insuflando la información que les hacía menos

---

[1]Confederación Española de Derechas Autónomas. El periódico La Mañana fue incautado por el Frente Popular en Jaén y controlado por las organizaciones de izquierdas, tras el estallido de la Guerra civil, mientras duró la contienda.

[2] En los siguientes años aparecieron otros periódicos de corte republicano o de izquierdas que nunca duraron más allá de 1937, como El Eco de Jaén.

ignorantes. Los diarios narraban la muerte de un taxista republicano, atribuida a unos monárquicos, lo que hizo que se exaltara la población y quemaran un convento. La Guardia Civil tuvo que proteger la sede de *ABC*, hubieron heridos y dos muertos, se desató una pequeña rebelión y se quemaron otros estamentos religiosos. Estos hechos se propagaron por otras partes de la geografía española, tanto en el este como en Andalucía.

EN LA ENCRUCIJADA

Había dado el primer paso para conseguir definitivamente a Noelia, pero esta le devolvió todo lo que él le había regalado la noche anterior.

Cuando ella subió a su habitación Pablo se quedó en el salón. ¿Acaso la había perdido para siempre?, ¿qué poder tenía ese tal Rodrigo con ella? No podía imaginar que solo fuera amor, el amor no te da de comer ni te hace esta clase de regalos. Pero Noelia parecía que estaba abducida, ni siquiera el viaje a su país le hacía ilusión.

Cuando subió a su habitación ella ya estaba acostada, bueno, al menos no se había ido a otro cuarto, pero el vestido estaba de nuevo doblado dentro de la caja.

Noelia sabía que le había herido, pero él podía elegir otros días, para eso era el dueño, sin embargo, Rodrigo no.

La discusión entre ambos acabó en bronca, porque ella le dijo que esos días no podía.

—¿Y qué cosa tan importante tienes que hacer? ¡No te lo impide nada! —antes de seguir ya sabía que se la estaba jugando, que la ofendería y posiblemente todo cambiaría a partir de ese momento—. No trabajas, cualquier fiesta a la que quieras ir no será tan importante, te recompensaré con cruces, si no lo he hecho ya, un montón de veces –sus palabras eran tajantes, como órdenes dichas a sus subordinados.

Los ojos de Noelia ya no eran los de la mujer complaciente que había sido hasta entonces. En esos momentos denotaban odio y Pablo lo percibió antes de que ella dijera la primera palabra, después de aquel no, tan rotundo.

–Acaso no quedó bastante claro, cuando nos conocimos, que yo no tenía ningún dueño –al contrario que sus ojos, su voz era tranquila y serena, incluso parecía sonar con un tono más bajo de lo normal–. Si esta es la manera en que crees que me voy a quedar contigo, estas muy equivocado. Sé que eres especial y que siempre sentiré un afecto sincero por vos, pero nunca, entiéndeme ¡nunca serás mi dueño!

La batalla había comenzado Pablo sabía que la iba a perder, pero ya no había marcha atrás. Al final ella se saldría con la suya. Pero no sin luchar.

–¡Afecto sincero! –lo dijo con sorna que acompañó con una falsa risa–, ¿y su excelencia desea algo más, acaso le ha faltado algún detalle para que este pobre siervo solo se merezca un afecto sincero? ¿Tan problemático es que me des este capricho de pasar cuatro días, los dos juntos, fuera de Madrid, sin estrés, sin compañías no deseadas, y poder ir a Paraguay y visitar tu tierra y tu familia?

—Ya me he comprometido para esas fechas, si me lo hubieras pedido tú antes también lo respetaría, pero no ha sido así.

—¡Bien, parece ser que vivamos juntos, pero que todo lo que yo hago por ti no significa nada, ni merezca un reconocimiento por tu parte! —estaba ofendido, y Noelia lo sabía.

Pablo sabía que solo había algo más fuerte que todo lo que le estaba ofreciendo, porque él lo estaba padeciendo en sus carnes, el amor ciego por otra persona. Ese por el que él no podía negarle nada a ella y sin embargo nunca sería su pareja oficial. Nunca tendría el suficiente valor para renunciar a todo aquello que poseía, ni enfrentarse a su familia ni dar la cara por ella. Cosa que ella si hacía, tanto por ella como por ese otro, al que ya odiaba desde hacía unas semanas.

—Solo tienes que decirme si vas a seguir respetando mi independencia o no, y en media hora estaré fuera de tu casa y de tu vida. No volveré a molestarte nunca más —ella seguía hablando con un tono bajo y tranquilo.

La respuesta había sido evidente, ella seguía en su casa, en su cama y ahora contemplaba su belleza desde la oscuridad. Sería incapaz de perderla por culpa de una tontería como aquella. Al final, Noelia se comprometió a dedicar unos días para ellos dos solos, a partir de la siguiente semana. Pero el instinto de él le hacía pensar que, si no ponía una solución tarde o temprano, ese tal Rodrigo, sin mover ni un solo músculo, acabaría ganando aquella batalla.

La mañana había amanecido soleada, y aunque ya pintaba la primavera aun hacía frío a todas horas del día; el sol era joven y tímido, todavía le quedaba unos meses para ser ese otro astro de pleno verano, que adulto y descarado lanza sus rayos para achicharrar todo lo que no esté a cubierto.

La noche pasó lenta para los dos, sin embargo, cuando Noelia se despertó, Pablo ya se había ido y encima del mueble estaba su desayuno, aunque sabía que lo habría preparado cualquiera de los criados de la casa; había tenido el detalle, eso sí, de volver a poner la cajita con el colgante de diamante engarzado en aquel corazón.

La llamada que recibió Urbina no dejaba lugar a dudas de que era preciso contestar y dar alguna explicación del proceso que estaba en marcha.

Se volvió a reunir con su director, en el mismo restaurante de la vez anterior, pero esta vez en un reservado. El jefe de seguridad le tenía preparado un informe con todo lo que había obtenido en aquellos pocos días.

Según iba leyendo Pablo descubrió que el tal Rodrigo tenía su misma edad, que trabajaba como periodista en un medio radiofónico en Úbeda, aunque no era su lugar de nacimiento; lo acompañaba con un extracto de su cuenta corriente, un número de teléfono, su dirección del pueblo y la marca y modelo de su coche, junto con la matrícula. Le adjuntaba también una fotografía de él, caminando al salir del trabajo. Pablo la revisó detenidamente y no le encontró nada especial.

Él, al menos, se había enamorado de una mujer: esbelta, hermosa y, como diría ella, linda. Pero cómo era posible que ella no le eligiese a él; no había nada especial que saltara a la vista en aquel hombre de la foto, se repetía una y otra vez.

Urbina se percató de que Pablo se había obsesionado con la foto, e intentó completar el informe explicándole cómo lo había conseguido.

—Intentaremos conseguir una mejor, quizá de más cerca.

—¿Cuánta gente está al corriente de esto?

—He montado un equipo, hay dos personas turnándose constantemente, siguiendo cada paso que da.

—¿Cómo habéis dado con él?

—Hemos pinchado el teléfono de Noelia, a través de un conocido en la policía que me debía algunos favores —Pablo levantó las cejas asombrado, no por tener la desfachatez de no informarle de ello a él, que le podrían estar grabando en aquellas conversaciones, sino porque sabía que eso era ilegal sin la autorización de un juez.

Atento a su reacción, el Jefe le tranquilizó diciéndole que él era el único conocedor de tales transmisiones, que no quedaría grabado nada que no fuera determinante para la investigación, nadie se enterará de que les estaban escuchando, así que no debía meter la pata levantando la liebre con un calentón en una bronca.

—Pablo, no todo lo que se diga en este informe tiene porque agradarte, pero tampoco hay gran cosa para que te amargues, aunque puede que Noelia este jugando con una baraja marcada o, mejor dicho, con dos barajas —el investigador siguió informando, ahora ya con una copa de whisky—. Tú eres consciente que se ve con este tipo, y hasta donde yo sé puede que haya habido otros, pero eso ya son especulaciones. Tu serías para ella como la casilla de cualquier juego donde no te pueden comer la ficha, donde no te pueden matar. Es lo que he deducido de las conversaciones. Por otro lado, tiene preparado un viaje, no muy lejos de aquí a un torreón llamado Palacio de los Alvarado, desde el viernes que viene hasta el martes, lo ha contratado ella, está bastante aislado, y un seguimiento allí sería casi imposible, a no ser que contratáramos una pareja para que se alojara también, es muy familiar y según pone en Google solo tiene diez habitaciones. Está en la provincia de Burgos, en una zona denominada Las Merindades, y pertenece al pueblo de El Ribero. No te voy a engañar las fotos son de internet.

—Sigue con la vigilancia, quiero saber cuándo llega y cuando se va, esos días déjalos tranquilos, ya veremos lo que hacemos después.

Pablo cogió el informe y se lo llevó al despacho, ella nunca iba a buscarlo al trabajo, y no se fiaba de dejarlo en casa.

Reclinado en su silla de vicepresidente de la compañía, sabía que estaba en la encrucijada de no saber el camino que debía tomar; estaba claro que el enamoramiento de Noelia hacia Rodrigo era muy fuerte, sin embargo, no quería romper del todo con él, posiblemente no estaba todo perdido, pero... ¿cómo cambiar las tornas, y que se decantara definitivamente por el lado bueno?

¡Ojalá tuviera un accidente viniendo hasta Madrid!, así se daría cuenta ella de que no todo el mundo está listo para ayudarla, solo él, Pablo Aguirre.

Por otro lado, cada vez tenía más papeletas para que su círculo más íntimo descubriera el doble juego, el que ella tenía con su nuevo amante, y podría quedar como un imbécil. Pero no, no podía quedar como un pelele en sus manos, sí o sí había llegado el momento de actuar y no dejar pasar un minuto más, aunque no estaba dispuesto a renunciar a ella, aunque, y en ese momento se dio cuenta, la quería solo para él.

Noelia estaba deseando que llegara el jueves, para ver de nuevo a Rodrigo, no estaba segura de si habría estirado demasiado la cuerda con Pablo, pero conociéndolo como ella creía se le pasaría. Si realmente él sentía por ella lo mismo que ella sentía por Rodrigo, empezó a intuir que no cedería tan fácilmente como había pensado, pero su idea era otra mucho más audaz y arriesgada. Y de esto no se podía enterar Pablo, había enviado a su casa el suficiente dinero al cambio para sacar a su hermano de la cárcel, y que este le fuera comprando un edificio de apartamentos, por supuesto con la suspicaz vigilancia de su madre, con la idea de ponerlos en alquiler, el edificio se lo había buscado una inmobiliaria, y era bastante céntrico allá en Asunción.

Su hermano, al fin ya libre, estaba empleándose a fondo en la restauración de algunos desperfectos, que luego pintaba y adecentaba para tenerlos preparados.

Aún quedaban unos meses más, un último esfuerzo, para conseguir el último pago y regresar junto a los suyos, pero también, su intención era que Rodrigo la acompañara, pero eso ya se lo diría en el último minuto, y que pudieran vivir todos de los beneficios que iba a dejar el alquiler de aquellas cincuenta y ocho viviendas.

Rocío consiguió al fin, que Rodrigo se comprometiera a reunirse con ella para poder solucionar lo suyo. Era el martes de la misma semana en la que él, en cuarenta y ocho horas, se iría a Madrid; descartado que le pidiera a ella que le acompañase, solo quería saber si lo suyo se había terminado o era un bache, y por supuesto si había otra, ¿por qué no se lo había dicho ya de una vez?

Habían quedado en casa de Rocío, para evitar así el bochorno en caso de que la conversación se desmadrara, en un lugar público, ya fuera en el parque o en cualquier cafetería, donde los pudieran ver u oír. Rodrigo cumplió esta vez, y a la hora acordada llamó a la puerta.

Él llegaba como un despechado, al que le hubieran privado de su libertad, ofendido por tener que dar explicaciones de su vida; estaba claro que no iba a renunciar a la gresca, si fuera necesario. Pero conociendo a Rocío después de tantos años se desengañó, primero fueron grandes amigos, de los que se ayudan de verdad y de los que se cuentan sus secretos más íntimos, y de ahí surgió aquel amor. Un amor puro, al menos en ella, que en estos momentos dudaba que Rodrigo fuera parte interesada en aquella relación.

Ahora, a punto de entrar en su casa frente a aquellos ojos color azul, que resaltaban en aquella cara morena, aquel pelo color caramelo, que le recordaban tantos buenos momentos, se preguntaba si estaba haciendo bien o mal, se preguntaba si Rocío se merecía todo aquello y si lo suyo con Noelia era tan drástico y hermoso como él pensaba. Rocío tenía algo más que la belleza natural y sincera, era una mujer llana y sin maldad, que creció bajo el paraguas de una educación franca y sin prejuicios; era algo más que todo aquello, Rocío era una buena persona, de la que dudaba que no estuviera todavía enamorado, pero sobre todo le gustaba.

Estaba claro que se había arreglado, estaba realmente guapa, y quizá, como luego salió en su conversación, todo fuera culpa de la monotonía, de los problemas diarios, de lo que cada uno pasaba en su trabajo y con su familia. Acabaron contándose todo lo que se habían guardado en ese tiempo. Ella lo de su anciana abuela y su Alzheimer sus últimos recuerdos cuerdos, y su descubrimiento y lectura de los diarios malditos, como ella los llamaba.

Él por otro lado, se sinceró, quitándose un peso de encima, pese a saber que la iba a herir, de cómo conoció a Noelia, del vuelco tan grande que había sufrido su vida desde ese momento. Le pidió perdón por cómo se había comportado con ella, tanto por su silencio como por no habérselo dicho antes, aprovechándose del buen carácter y sentimiento de ella. Todo terminó. La cuerda que los unía estaba rota.

La cosa no había terminado igual para ellos, cuando Rodrigo se despidió de Rocío con dos besos en las mejillas, estaba totalmente liberado y la relación estaba totalmente rota por las dos partes, sin embargo, ella era la que se quedaba en casa, destrozada por todo lo que le había contado de aquella mujer, de su relación. Lo que más le remordía el corazón era que se lo hubiera contado con aquel entusiasmo, como si supiera que era en realidad lo que él había estado esperando toda la vida. Que pensara en ella como esa amiga a la que le puedes contar todo y no en la mujer que le habría dado su vida por amor.

    Él se quitó un peso de encima y a ella le cayó encima toda la vida de golpe. A él le bombeaba el corazón a cien, a ella le resbaló poco a poco hacia los pies.

AÑO 1933, DIARIO 7 (Cartas)
Las cartas de Covadonga

Gijón, mayo de 1933

Querida amiga Santi, muchos besos para todos, espero que tu niña ya sea toda una mujer. ¿Ya tomó la comunión? Yo me establecí y apenas si me quedan unos primos y tíos que me ayudaron a buscar casa y trabajo. Ahora estoy de cocinera en casa de unos señores, que se dedican a la política, aunque debo reconocer que me tratan muy bien; también conocí a un muchacho con el que estoy en plena relación para ser novios, aunque vamos despacio, fue mi familia quien me lo presentó.

Aunque de vez en cuando cocino, comidas de vuestra gastronomía, hacía tiempo que deseaba comerme un buen caldero de *fabes*, las echaba de menos. Como te iba diciendo, mi pretendiente, que como comprenderás, para mi es guapísimo, se llama Miguel Barranco, y aunque está metido en el mundo del sindicalismo minero es de lo más normal, nunca bajó a la mina. Él dice que es abogado, pero yo creo que lo dice para impresionarme.

De todas maneras, por aquí las cosas de la política están que arden, los mineros, que al fin y al cabo son los que sufren la pobreza más grande, están que echan chispas.

Bueno ya me despido hasta la próxima carta.

Gijón, noviembre de 1933

Queridos amigos, recibí vuestra carta, y ya veo que todo sigue bien por ahí.

Aquí las cosas van de mal en peor, la gente está muy exaltada, las noticias que vienen de Madrid, la inestabilidad de los Gobiernos, y la lucha de unos políticos con otros hacen cada día más difícil la convivencia. Con Miguel estoy aprendiendo mucho de todo este mundo sindicalista. ¿Sabíais que por Europa está creciendo, en Alemania y en Italia desde hace unos años, una forma de gobierno que se llama nacismo y fascismo respectivamente, que no respeta la libertad de pensamiento?

Pues mi Miguel me explica muchas cosas sobre las consecuencias de esos regímenes de gobierno, por ejemplo, el nacismo está echando la culpa de todo lo malo que sucede en su país a aquellos alemanes que son judíos, que por lo visto allí hay muchos, según me cuenta ni novio, porque ya somos novios oficialmente. Por cierto, era verdad que es abogado, aunque no tiene despacho ni nada, trabaja para el sindicato de mineros[1],

---

[1] SOMA, Sindicato de los Obreros Mineros de Asturias, creado en 1910 e integrado un año después en la UGT.

para defender sus derechos y que los dueños de las minas no abusen de ellos.

Sigo trabajando en la casa de esos políticos, que también son conocidos de Miguel, y de vez en cuando viene a visitarlos, y ahí guardamos las distancias, como dice mi guaje.

Estamos mirando una posible fecha para la boda. Estoy emocionada y nerviosa como un flan.

Gijón, 16 de abril de 1934

Os saludo de nuevo, porque, aunque las cosas por aquí cada vez están más liadas, el motivo de escribiros es que me caso el jueves día veintiséis con mi guaje, que cada día me tiene más enamorada. Hoy mismo me trajo flores a la casa donde sirvo e informó a mis señores que nos casamos y dejaba de servir en su casa, agradeciéndoles su amabilidad y la ayuda que me prestaron, y se me ha escapado alguna lágrima.

Todo ha sido una fiesta, se alegraron mucho y, dado que les invitamos a la boda, ha sido como si pasara a formar parte de su familia. Mis suegros son buenas personas le han dejado a Miguel la casa de sus abuelos, que ya la hemos arreglado para vivir allí, como dice mi guaje, ahora ya no tendré que trabajar más para otros, voy a ser su mujer y tendré que llevar la casa.

Os voy a echar de menos, pero sé que os es imposible dejar vuestro negocio y viajar hasta aquí, pero sabéis que estáis invitados; de viaje de novios nos vamos a Madrid cinco días.

Bueno, aquí estoy en mi propia casa, dando los últimos retoques para que todo esté listo para la boda, también me he probado el traje de novia, que fue de mi madre, y que su hermana pequeña, o sea mi tía, guardó, lo voy a aprovechar para ese día y sacarme la foto de rigor.

No sé expresarme mejor, aquí en mi barrio hay un muchacho que se dedica a escribir cartas a quien no sabe escribir o no sabe expresarse bien, pero Miguel me dice que yo debo deciros las cosas como las siento y ser natural, no sé si es lo más correcto.

Como siempre, os tengo en mis pensamientos y rezo por vosotros, ojalá algún día pudiéramos volver a vernos.

Gijón 23 de julio de 1934

Santi, hoy estoy nerviosa por dos motivos muy diferentes, uno bueno y otro que me llena de incertidumbre.

Por un lado, he tenido ya la primera falta, por lo que, si mi Santina me protege, solo le pido que todo venga bien, y con lo que Dios quiera, para el mes de marzo del próximo año.

Mi marido no es muy creyente, dice que eso son mojigaterías de la Iglesia, que lo importante es que tuviéramos asistencia sanitaria gratuita, que es lo que se está pidiendo para los trabajadores y para todos los ciudadanos, que la República tiene que velar por esos valores y romper con la Iglesia definitivamente, y aunque me dice que él respeta las creencias de todos yo sé que preferiría que pensara como él. Bueno, la ceremonia de mi boda solo fue civil, algún día lo convenceré para casarnos por la Iglesia y no vivir en pecado.

La otra noticia que te quería comentar es que hoy me he cruzado con una muchacha que era guapísima, excepto porque tenía un parche en el ojo derecho, ella no se ha fijado en mí, pero he tenido que obligarme a dejar de mirarla, porque es a la que le tiré la piedra. Miguel me decía que era de mala educación mirar así a las personas, y más cuando tenían un defecto, que eso les duele especialmente y que tendría que aprender a controlarlo. Al final nos hemos cruzado las miradas, y he tenido que apartar la mía, espero que no me haya reconocido.

Lo que no sabe él, es que yo fui la culpable de que ella perdiera el ojo, no sé si algún día seré capaz de contárselo.

Da recuerdos a todos y muchos besos para tu niña y para tu hermano. Si vas por Úbeda, da recuerdos de mi parte a todos.

Gijón, 27 de septiembre de 1934

    Se está hablando mucho de una huelga revolucionaria contra este gobierno, los sindicatos están promoviendo la exaltación de los mineros y demás obreros para provocar una revolución del proletariado, al estilo de Rusia contra su zar, pero no sé deciros, al fin y al cavo aquí ya estamos en una república y el rey se ha exiliado, sin embargo, según me cuenta Miguel, la injusticia social, la gran diferencia entre la clase rica y la clase pobre, cada vez es más grande. Según insiste mi marido, nos falta una clase media fuerte y numerosa y eso no pasa nada más que por que la clase obrera recupere calidad de ingresos y dignidad en el trabajo. Él cree que esto va a desembocar en una guerra. Con una clase media fuerte, el peligro de una guerra entre hermanos desaparecería. Pero el pobre, cuando pasa hambre, no tiene nada que perder y es fácil de manipular, o simplemente empieza a pensar por sí mismo: "si así no me va bien, tendré que cambiar las cosas".

    Perdonad que me ponga tan política, pero cuando el señor Miguel Barranco, que así llama todo el mundo a mi marido, llega del trabajo, me instruye en el porqué de cómo están las cosas, no quiere que sea una ignorante, y para que comprenda lo que pasa a nuestro alrededor, y no me impide que vaya a rezar u oír misa, pero tampoco quiere que sea una mojigata, tentada de creerme todo lo que dicen los curas. Que a muchos de por aquí, ya los han corrido a golpes, y muchos se han refugiado en los monasterios de clausura, aunque a otros se les respeta mucho, dado que siempre han estado del lado de los mineros, ayudando a las familias más desfavorecidas, a las viudas que se han quedado sin ingresos, saliendo a la calle a protestar con las manifestaciones y dando la cara en las huelgas, a esos no se les ha tocado, a esos se les respeta, desde el momento que son capaces de compartir lo poco que ellos tienen. Estamos empalmando huelga tras huelga, unas veces porque los Cedas[1] vinieron a manifestarse a Covadonga, otras porque apoyan a los mineros austriacos que están igual o peor que nosotros... El caso es que aquí es un sin vivir.

Se me olvidaba deciros que el antiguo patrón de la mina donde trabajó mi padre murió no hace mucho y ahora la dueña es su hija. La del parche en el ojo derecho. Esto no pinta bien, se comenta que es peor que su padre.

---

[1] CEDA: Confederación Española de Derechas Autónomas. Fue una coalición española de partidos católicos y de derechas durante la etapa de la Segunda República. Presidente y líder José María Gil-Robles.

Gijón, 14 de octubre de 1934

No sé cuándo saldrá esta carta, ni si quiera sé si os llegará algún día.

Ya estoy de unas dieciséis semanas de embarazo, según me dice la comadrona. Ya se me empieza a notar la barriguita, por aquí andamos en plena guerra, esto se ha desatado, todo el mundo anda armado por las calles, los mineros se hicieron con armas de las fábricas que hay en Oviedo y Trubia, con otras que compraron a traficantes y sabe Dios de donde trajeron las demás. En el último minuto, mi marido me contó que contaban con más de tres mil hombres para esta insurrección. En los primeros días tomaron cuarteles de la Guardia Civil, y al día siguiente los demás estaban abandonados. Incluso hubo una batalla que ganaron cerca de Oviedo, tras derrotar a un batallón de infantería y una sección de Guardias de Asalto, en la zona de la Manzaneda.

Ahora las esperanzas de que esto acabe con la victoria de la insurrección son cada vez menores, Asturias está siendo invadida por todos los frentes posibles, por los ejércitos que han mandado desde el Gobierno de Lerroux con la alianza CEDA. Se habla de los Regulares de África y la Legión. De todo esto me entero por el periódico el *Avance* que trae Miguel, o debería decir traía, pues hace cinco días que no aparece por casa, y sinceramente estoy muy preocupada.

Aunque sus amigos y allegados, que andan de vez en cuando por aquí, me dicen que está bien.

Gijón, 30 de noviembre de 1934

Os hago llegar estas letras de manera casi clandestina, dada la represión que todavía dura por estas tierras de Dios.

Muchos se han echado al monte por miedo a las represalias, aunque hubo un armisticio de entrega de armas y de prisioneros, a cambio de que no entraran en la vanguardia, ni los legionarios ni los regulares marroquíes, dada la fama que les precede, de las masacres sobre los insurrectos y la población civil, que podían ocasionar en las cuencas mineras y en los barrios obreros de Oviedo.

Mi Miguel está en la cárcel, parece ser que fue uno de los miembros del Comité Revolucionario, y aunque no tomó las armas, fue consejero de Belarmino Tomás, también encarcelado, que ha sido el principal dirigente de esta revolución. Y con el que firmó la rendición.

Yo no dejo de rezar a mi Santina para que vuelva a casa pronto, sé que este dirigente exculpó a su equipo de consejeros, pero no parece que eso importe mucho en estos casos.

Ya estoy de cinco meses, y no sé cuánto voy a resistir sin el ánimo y la compañía de mi marido. Hace dos días me encontré un sobre que echaron por debajo de mi puerta, contenía veinticinco pesetas, posiblemente del sindicato para ayuda a las viudas o de familiares de los que están presos. Aquí la solidaridad entre los compañeros es incondicional. Pero el miedo a que relacionen a unos con otros, por posibles denuncias, hace que estas cosas ocurran, seguro que fue de madrugada o bien entrada la noche cuando pasó lo del sobre. Hay denuncias y represalias, dado que durante las dos semanas que duró la rebelión hubo excesos y asesinaron a algunos religiosos que defendían el bando contrario. Ahora son ellos los que piden venganza. Aunque muchos de los trabajadores y mineros consiguieron que no se ajusticiara a más personas, entre ellos curas, burgueses y comerciantes, y que esto acabara en una carnicería.

La nueva patrona de la mina está estrujando los miseros sueldos a los mineros, y contratando a otros que nunca vinieron por estos valles. De nuevo, lo que comentaba mi marido, de la injusticia social, se está prolongando y esto no tiene pinta de acabar, seguramente tarde o temprano provocará como mínimo una huelga, luego otra y vuelta a empezar.

Aunque las noticias sobre él son alentadoras y la información me llega con cuentagotas, al menos aún estará preso unos meses. No quisiera afrontar sola el nacimiento de nuestro hijo. Mi suegro es el que se encarga de hacer de enlace y contarme cómo está Miguel.

Yo estoy casi confinada en casa, salgo muy poco porque a los familiares de los detenidos también se les interroga, pero por lo visto los datos del domicilio siguen teniéndolos en su casa paterna.

Ahora os pido, que recéis vosotros por mi marido y porque todo esto acabe.

Gijón, 25 de diciembre de 1934

Os escribo para desearos una feliz Navidad y un próspero Año Nuevo. Por vuestras misivas sé que todo anda dentro de lo habitual por ahí. Aquí todo se ha enmarañado bastante, aunque en lo personal sigo esperando a que Miguel salga indemne de la cárcel. Dado que todavía no ha habido juicio, espero que salga lo antes posible y que su pena sea la mínima.

Hace unos días hubo una manifestación para pedir que los detenidos por la revolución fueran fusilados, tuvo lugar delante del Ayuntamiento. Previamente hubo otras delante de los consistorios de otras ciudades, pero en la de aquí, sujetando una gran pancarta, estaba la Tuerta.

Era evidente la colera y la ira que le salían por la boca. Lo sé porque pasé en aquel momento por delante de aquellos energúmenos, todos vestidos de gala, con buenos trajes y buenos vestidos. Desde luego, no pedían para comer, ni para poder ir al médico. Solo les movía uno de los sentimientos inherentes al ser humano, la venganza.

Me quedé parada ante la pancarta, mi mirada se centró en ella, y fue desafiante, no como aquella vez que la vi yendo con Miguel. Su mirada también se fijó en mí, como si quisiera reconocerme, y se quedó helada, muda, como si me hubiera reconocido después de tantos años. Entonces alguien gritó algo sobre que me apartara, y que, si no estuviera embarazada, me pesaría estar allí tan provocante.

Pero ella seguía con la cara desencajada, buscando en sus recuerdos si yo era o no la que le desgració para toda la vida. Yo iba camino del despacho de abogados que representaba al padre de mi hijo, y si ella me reconoció tendría que actuar rápidamente. He decidido, por la vida de mi marido, y sobre todo por la que viene en camino dentro de mis entrañas, que no voy a dar un paso atrás, ni saldré huyendo.

Gijón, 25 de marzo de 1935

Queridos amigos, el día 14 nació mi hija, a la que hemos puesto el nombre de Leticia, en recuerdo de mi madre, el día de antes, y agradeciendo a mis antiguos señores a los que serví aquí en Gijón, amigos de Miguel, a los abogados que lo defendieron, íntimos y colaboradores del sindicato, y a la ayuda de tantos buenos amigos de mi marido, por fin le otorgaron la libertad, aunque tiene que estar un año sin ejercer la abogacía como castigo por haber asesorado a insurrectos.

Pero me ha dicho que no me preocupe, que en la sede que tienen en Gijón seguirá ayudando de una u otra forma. Le he dicho a *mi* abogado, que podíamos ir una temporada a vivir a vuestro pueblo, aunque sea para quitarnos este mal sabor de boca, y la verdad, es que no le ha hecho ascos a esta proposición. Le he hablado mucho de vosotros, o sea, que es como si os conociera de toda la vida, y aprovecharíamos para visitar a Pascual y Trinidad.

Bueno, como dice él, parece que ahora, después de tocar fondo, todo va a ir a mejor.

Os avisaré en cuanto sepa para cuándo iremos. Dejaremos pasar unos meses para que viajar con Leticia sea más cómodo.

Otra vez me despido llevando vuestro recuerdo en mi corazón.

COVA DESCUBIERTA

Estoy convencida que me ha reconocido, me ha mantenido la mirada con ese ojo vengativo, con esa mueca en la boca, y sé que va a por mí, esa mirada no ha dejado duda de nada.

No sé hasta qué punto puede hacerme daño, pero de paso que visito a los abogados preguntaré.

Álvaro García es íntimo de Miguel, hicieron la carrera juntos, corrieron algunas juergas, y soportaron el peso del uno con el otro para no caer en alguna que otra borrachera, cuando los pies se vuelven redondos y no hay manera de andar recto, cuando las calles se vuelven más sinuosas.

Con estas palabras me lo contaron el día que me lo presentó y con el que he conectado también como amiga suya y de su mujer.

Después de contarle mi incidente con la Tuerta. Álvaro se quedó pensativo.

–Como ya ha pasado mucho tiempo y dado que eras menor de edad, esa falta ya ha prescrito. Hoy en día, si intentase denunciarte, se podría aducir que no tenías intención de causarle ninguna desgracia, y dado que ella te agredió tu solo te defendiste, pero en esa época ella, aunque mayor que tú, también sería menor, y ya que su padre era quién era hubieras acabado en un reformatorio. Vete tú a saber, esa gente tiene mucha influencia, hubieran alegado su pérdida del ojo como un motivo para mostrarla como una mártir y a ti como un ogro. Pero por la parte judicial, hoy en día, estate tranquila, que ya ha prescrito. Lo mejor que hiciste fue desaparecer, aunque...

–¿Qué pasa, porqué te quedas pensativo?

–Esa gente no suele quedarse con los brazos cruzados, su padre ya era una mala persona, no dejaba pasar una, aparte de ser un avaro hijo de puta, y el que se la hacía se la pagaba. Tuvimos muchos juicios contra él y cuando ganábamos alguno al día siguiente despedía al empleado e intentaba degradar a su familia, de manera que no pudieran encontrar trabajo, al menos en ese concejo. Vete tranquila, pero con cuidado, en tu estado eres presa fácil para que te hagan daño.

Ha pasado apenas, cinco días y Álvaro me ha hecho llamar, por lo visto la Tuerta está buscándome, ha puesto precio a mi cabeza para que le den información. Al final le he dicho a nuestro amigo que, a Miguel, de esto nada, y menos ahora, que ya tiene bastante con sus problemas preso ahí adentro.

Álvaro García es bajito y de constitución más bien flaco, pero es muy perspicaz y su intelecto es difícil de superar.

–Está tramando algo, en cuanto sepa de ti, porque al final alguien nos traicionará, irá a por todas, no sé cómo ni cuándo, pero ahora sí que estoy asustado.

–¿Qué puedo hacer?

–Tú nada, yo soy quien tiene que mover ficha, y lo voy a hacer ahora mismo en cuanto te vayas.

–¿Qué vas a hacer?

–Nada ilegal, tranquila, voy a mover unos hilos, necesito contactar con otros colegas. Solo le vamos a parar los pies, por la vía diplomática.

–De esto a Miguel nada.

–Nada de nada.

Álvaro hizo sus llamadas, casi como si estuviera hablando en clave, pues era así como tenía que ponerse en contacto con aquellos compañeros del sindicato a los que necesitaba consultar.

EL OJO DE LA PATRONA

Me quedé embelesada por aquella mirada, me recordaba tanto a la de la niña que me desgració, tengo que averiguar quién es, porque estoy segura de que es aquella mocosa con la que me tropecé aquel día. Mi padre la estuvo buscando, pero era como si se hubiese esfumado de esta vida. Se murió convencido de que seguía en Madrid y, mira por donde, aparece ahora en el mismo Gijón. Sé que es puro rencor, pero me gusta este sentimiento, ni siquiera lo hago por mi padre, él quería vengarme, yo quiero disfrutar con poder relamer el plato frio, que dicen que es como se sirve la venganza.

Desde luego ha progresado, ya no iba harapienta como hace quince años. ¡Está embarazada! Seguro que está casada con alguno de estos miserables, que ahora dependen de un trabajo.

Empecé a indagar, nadie de mis conocidos que me acompañaban en la manifestación sabían quién era aquella mujer que se plantó delante de nosotros, con aquella desfachatez.

Así que llamé a mi capataz, para que investigara. Le facilité quinientas pesetas y que las ofreciera a aquel que le diera una información fiable. Este complemento dio su fruto, pero la información la quería solo para mí, para utilizarla a mi manera, quería hacerle el mayor daño posible a su hijo, a su marido, quería que se quedara dolida para toda la vida, sobre todo, que supiera que había sido ella la que lo había provocado todo.

    Pasaron las semanas, y estas fueron meses. Me enteré de la liberación de Miguel Barranco, su marido, sabía que era conocida como la Tuerta, tanto en mi entorno más cercano, como entre mis trabajadores, pero también sabía que era temida por mi vengativa actitud, esa por la que quien me la hace me la paga. Por lo que nadie, ni los más íntimos, osan emplear este mote en mi presencia

    Como hizo mi padre, desde que conocí la identidad de esa mujer, de mi adversaria, aquella que tenía que pagar por mi desgracia, contraté un detective que me informaba de todo lo que acontecía alrededor de ella. Covadonga.

    Me he enterado de que ya ha tenido a su hijo, tengo que dejarles disfrutar, que se crean felices, y por tanto el dolor será más grande. Todavía no sé cómo lo voy a hacer, pero ese abogadillo de tres al cuarto tiene que desaparecer, que nunca encuentren su cuerpo, puede que me cueste dos mil pesetas, pero la satisfacción será dulce, como mínimo. Luego esa impía que vive en pecado irá a parar a un manicomio, trataré de hundirla, recordando que fue la que me causó esta invalidez y pediré la custodia del niño. Dado mi posición y la amistad de mi familia con jueces y juristas no creo que tenga ningún problema en que me la concedan. Jajaja, estoy pensando en presentarme de vez en cuando, a ver a esa cualquiera al cotolengo, en compañía de su hijo, para hacerla sufrir, porque le diré que nunca será suyo, incluso puede que le diga, que su marido no ha desaparecido, sino que está muerto y bien muerto, jajaja.

Tengo que ir al encuentro del detective, donde siempre. La nota que me ha hecho llegar dice que es muy importante, aunque la hora no es muy intempestiva, el día no es el más adecuado, espero que valga la pena y tener noticias sustanciosas.

Acabo de llegar a la cafetería del teatro Dindurra, ya es tarde y dentro de nada esto se va a llenar de gente en cuanto acabe la función. Ya viene el camarero.

−Un chocolate, por favor.

−En seguida señorita.

Mira tú, este a base de verme ya no repara en mi parche, casi que prefiero que pongan esa cara de bobos, como de lástima y reparo a la vez.

Mira que señorita tan guapa acaba de entrar, uy, lo que decía, ya salen del teatro, unos a su casa y otros aquí, a la cafetería.

Y que querrá esta señorita. Si estoy sola y sin conocerme, es una falta de educación que se dirija a mí, además estoy esperando... Cuánta gente, qué ruido, que jaleo, con lo calladitos que estaban viendo la función. ¿Por qué se acerca tanto? Debe ser un mensaje del detective, ¿al oído?

−Saludos de Covadonga.

–¿Qué? No, ella no sabe…Dios…Ag.

ALVARO Y SUS GESTIONES

Aquel era un terreno que nunca había pisado, pero tal como iban las cosas, los asesinatos que se conocían, tanto en Madrid como en Barcelona, los matones que contrataban los empresarios para reprimir las huelgas, eran contrarrestados por los sindicatos, que terminaron por formar sus propios guardaespaldas. Aquella llamada iba a implicar algo más que a un matón, su propósito era buscar una solución.

Tuvo que mandar un informe sobre qué era lo que quería, y a través de conductos intermediarios decidirían si era factible o no lo que pedía.

La llamada, también en clave, era para decirle que recibiría la visita de alguien con la contraseña "necesito tramitar la anulación de mi matrimonio" a lo que él debería negarse, contestando que "El Tribunal de La Rota, cuesta mucho dinero, caballero".

Así, sucedió lo que no esperaba, que ese caballero, fuera una atractiva señorita, con una hermosa sonrisa, pero de ojos grises y mirada gélida. El equipo estaba formado por una pareja masculina, a la que nunca conocimos, y que era su soporte. Su trabajo empezó, por descubrir al equipo contrario, y lo primero que descubrieron fue quien seguía a Covadonga, el detective que controlaba todos sus movimientos, ella o él hacían lo mismo con la Tuerta y su detective.

La noche en que el camarero dejaba el chocolate sobre la mesa y le deseaba buen provecho, antes de descubrir la mancha roja que tenía a la altura del corazón, se aseguraron de que el detective estuviera vigilando al matrimonio Barranco, que volvía a casa con su hija Leticia, después de visitar a los abuelos paternos.

Por supuesto, fue el apoyo masculino del tándem quién dejó una nota en la casa de su objetivo. citándola en el café a la hora justa en que acababa la función. Dado que era un anexo al edificio del teatro Dindurra, al que se podía acceder desde el exterior y desde el vestíbulo del teatro, la mayoría de los espectadores pasaban a tomarse un refrigerio antes de retirarse definitivamente a sus hogares.

La Tuerta murió porque la llamada de Álvaro García era la que colmó el vaso en aquel departamento, no fue la única queja, otros compañeros ya la habían señalado por sus malas artes y su gestión de la mina, no solo por la explotación del negocio, sino dirigida en contra de los mineros, como lo vio hacer a su padre, simplemente por perpetuar la diferencia social entre clases.

El estilete con el que le atravesó el corazón, la atractiva mujer cabía perfectamente en el pliegue del vestido acomodado a tal fin. Por lo que aun manchado de sangre, quedó oculto en cuestión de segundos. Se dirigió a la puerta, por donde entraba todo el mundo que accedía al café desde el teatro, mientras que su pareja le ofrecía su brazo para desaparecer paseando tranquilamente, como si salieran de ver la obra de teatro, y abandonar en pocas horas Gijón.

Ni Álvaro ni Miguel, que estaba al corriente de todo, pese a la negativa de Cova, daban crédito de lo sucedido, según lo que contaba el periódico. No esperaban que el desenlace hubiera acabado en tragedia. El detective pensó que sería mejor no remover más las cosas. Con su clienta muerta, quería quedarse en este mundo algo más de tiempo.

LA IRA DE PABLO

Después de aquellas noches, en las que Noelia estaba con Rodrigo en su escapada, Pablo se fue obcecando cada vez más con ella. No entendía, desde su púlpito de la alta sociedad, como había permitido que le sucediera esto a él, que era parte de esa minoría que tenía el ochenta por cien de la riqueza de toda la humanidad.

Esta situación la tenía que revertir, por eso necesitaba que su jefe de seguridad diera un paso al frente valiente y que se ocupara de aquel muchacho.

La conversación había empezado como un disparate, Pablo no sabía cómo pedirle que el tal Rodrigo tenía que sufrir un accidente, y a ser posible que no saliera vivo de él.

—Necesito que te calmes Pablo, un accidente es lo menos indicado. Estás muy nervioso, las cosas hay que sopesarlas, no podemos arriesgar tu nombre, ni el prestigio de la empresa o el de tu padre, estás diciendo tonterías,

—¿Tonterías? ¡Eso será! Lo que tienes que hacer es ofrecerme la cabeza de ese cabrón en una bandeja de plata. ¡No estoy dispuesto a que se burlen más de mí!

—Se le pueden apretar las tuercas, incluso que reciba una paliza, simulando un robo, pero lo que me estás pidiendo está fuera de alcance, y no se puede hacer.

—La quiero para mí Juan, no permitiré que ni él ni nadie la comparta conmigo.

Urbina notó algo raro en Pablo que no era normal en él. Su grado de excitación le hizo presuponer que se había puesto hasta las cejas de cocaína, por lo que, aunque sabía que aquello no era bueno para nadie, intentó apaciguarlo y llevarlo por el redil del entendimiento.

—Espero que no te hayas metido nada, ya sabes cómo es tu padre, para esto de los medicamentos— le decía a la vez que, con los dedos de ambas manos, simulaba unas comillas en el aire–. Piensa que cuanto más daño le hagas a él más en contra tendrás a Noelia, y puede que en algún momento la pierdas para siempre.

Pablo se quedó por un momento pálido, y llegó a pensar que esto no podía estar pasando.

—Jefe, a ella no hay ni que rozarla. No podría vivir sin ella, hay que hacer que desaparezca ese mendrugo.

—Pablo, recapacita, todo lo que le pase a él ella te lo va a echar en cara a ti, todo será culpa tuya, y la perderás. Lo peor de todo será que llevará razón, tendremos que pensar otra cosa. Sabes que ella no es tonta. Te advertí que cualquier metedura de pata, en cualquier bronca, si se te escapa algo, que ella relacione con que le estamos interviniendo el móvil, lo relacionará en cuestión de segundos y perderemos toda la ventaja que tenemos.

Pablo había agachado la cabeza y se tapaba la cara con las dos manos, empezó a gimotear, y cuando al fin se incorporó, con la cara mojada por las lágrimas, se había recompuesto.

–Me tienes que dar tiempo para pensar algo que te pueda dar ventaja y que ella no aprecie que ha partido de ti, o de tus celos, que no sea capaz de relacionarte con el incidente que suceda –insistió Urbina.

–Bien, parece que lo único que tengo en estos momentos es tiempo. Cuando ella vuelva cogeré unos días y nos iremos donde quiera, espero que mientras imagines un plan para deshacernos de él.

–Estas cosas no se pueden hacer con prisas, hay que atar muchos cabos. Hazme caso, deja que ella se confíe, que crea que todo sigue bien como antes, y aun así costará hacerla creer que ha sido algo fortuito.

***

Cuando Juan se quedó solo, tenía claro que debía hacer la llamada, era imposible evitarla. Ahora las cosas habían tomado un cariz que requería mayor seguridad, él se iba a cuidar las espaldas.

Lo primero que hizo fue parar la grabadora del móvil y comprobar que se había grabado correctamente.

Miró en la agenda de su teléfono y marcó a sabiendas de que a quien llamaba podría muy bien estar muerto o entre rejas. No sabía si se podría considerar suerte, que le contestaran a la llamada. Después de unos minutos de conversación, zanjó la llamada.

—Nos vemos en cuanto salga de viaje, mientras ves preparándolo todo. Hay que lograr que no sospeche nunca.

Urbina estaba en buena forma pese a sus años, cerca de los sesenta. Ya llevaría unos cuantos jubilado si hubiera seguido en la policía. Conducía su Ford Mondeo en dirección a una de las zonas más pobres y conflictivas de Madrid. Iba pensando en el buen sueldo que le ofreció Don Pablo, cuando se conocieron por un pequeño incidente, relacionado con un ataque a su hijo. La manera en que lo resolvió hizo que aquel magnate se sintiera agradecido y quiso pagárselo contratándolo con aquel sueldo que él aún consideraba desorbitado.

Ahora tenía que estar concentrado. Con la persona que se iba a encontrar, no podía demostrar flaqueza ni tampoco piedad.

Estaba en el extrarradio de Madrid. Al caminar desde donde había dejado el coche, se cruzó con toda clase de ciudadanos, pero apostaría medio brazo a que ninguno era madrileño, y mejoró su propia apuesta al pensar que posiblemente ninguno fuera español. Cosas de la globalización, se dijo.

Cuando aquel hombre le recibió en su casa, lo primero que sintió fue un fuerte olor a comida podrida. Y el aspecto de aquel hogar, si es que se le podía llamar así, era deplorable, sucio y degradante. Prácticamente, como el aspecto del que le había abierto la puerta, con barba de varios días, pelo de varios meses sucio y despeinado, con unas ojeras amarillentas y una camisa medio abrochada y de un brillo dudoso –apenas si se apreciaba algún color que no fuera el que deja una mancha sobre otra.

–Pase, Jefe, está usted en su casa –el aliento pastoso a alcohol flotó unos instantes antes de llegar a la nariz de Urbina.

Al menos la educación no la había perdido, pensó el expolicía.

Urbina rechazó la mano que le ofrecía y se percató de la falta de varias piezas dentales en aquella boca que desprendía un aliento a vino de tetra brik y de unas uñas negras como si se las limpiara con la punta de un lápiz.

–Mira Romeo…

–Hacía tiempo que nadie me llamaba así… ¿Se acuerda de cuando nos íbamos de putas? La que liábamos. Eran buenos tiempos, ¿eh?

–Si, eran buenos tiempos. Pero hombre ¿cómo has llegado a este estado?

Al principio, Romeo no supo a qué se refería, y al ver cómo su antiguo confesor miraba a su alrededor descubrió aquel miserable apartamento como si no fuera suyo.

–¿Has mirado el aspecto que tienes? ¡Esto parece una pocilga y tú el guarro!

Se miró agachando la cabeza, todo lo que le daba el cuello, y siguió así hasta que su mirada llegó a los pies.

–Coño, Juan, qué tiquismiquis te has vuelto –aquí soltó una risotada, como si la última cogorza que había tenido todavía no se le hubiera pasado.

–Venía a proponerte un trabajito. He montado un equipo para un trabajo, uno es un viejo conocido tuyo. Pero en este estado no me vales. Te daré un consejo de viejo amigo, ya que no has sido capaz de superar lo tuyo, si sigues por este camino, no te queda nada para irte al otro barrio.

–¿Y crees que me importa?

–Entonces no tardes tanto y pégate un tiro, al menos no darás más por culo. Si no quieres estar en esta sociedad como un hombre, ¿por qué vivir?

–¡Si tuviera una pistola me pegaba un tiro ahora mismo, delante de ti!

Urbina sacó una Beretta y se la ofreció, estaba seguro de que toda aquella bravuconería era producto del alcohol. Romeo la cogió y notó el frio tacto, la sopesó, pero no pudo sujetarla con aplomo, le temblaba tanto la mano, que estuvo a punto de caérsele, sin embargo, no fue capaz de mirarle a los ojos y se la devolvió con el mismo tembleque con que la había cogido.

–Aquí no hago nada, espero que algún día abras los ojos y te des cuenta de que te estás matando.–sacó la cartera y le dio cien euros–. Toma, por los viejos tiempos, haz lo que quieras con ellos, puedes comprarte cien paquetes de vino o intentar cambiar, eso ya no es cosa mía. Si crees que eres capaz de mear sin salirte de la taza, me llamas. Te doy tres días para que se te pase la mona, de estos –y le señaló el dinero– te pueden caer muchos más, si me ayudas.

AÑO 1936, DIARIO 8 (I)

El ambiente en el pueblo y por la provincia estaba muy enrarecido, las turbas de campesinos, habían tomado las tierras de sus amos, al grito de "la tierra para quien la trabaja". En algunos casos las autoridades pudieron devolverla a sus propietarios, pero en otros no daban más de sí. El Gobierno de derechas, que gobernaba con el apoyo de los ultraconservadores, veía cómo empeoraban las cosas, después de la rebelión de Asturias que, aunque fue la única que perduró en el tiempo, era una consigna para toda España. En casi todas las regiones españolas opusieron resistencia, aunque ninguna tan larga en el tiempo ni tan cruenta como la asturiana. Los huelguistas y los insurrectos no estuvieron coordinados. Todo aquello trajo unas nuevas elecciones en febrero de 1936, y de nuevo accedió al poder la coalición de izquierdas. El resultado no fue bien digerido por la derecha ni el ejército, quien quiso poner orden a su manera, sin respetar la libertad ni el resultado de los comicios.

En pleno verano, y tras el éxito del alzamiento que tuvieron las fuerzas rebeldes contra el Gobierno democrático salido de las elecciones del 16 de febrero de 1936, alguien llamó a las puertas de la posada de La Plaza.

Dada la hora tan avanzada y la ausencia de clientela, la puerta permanecía cerrada, así que fue Pedro quien en esos momentos estaba allí alojado con Dolores, quien acudió a abrir.

En la puerta, un matrimonio con una niña pequeña buscaba cobijo, al menos para esa noche.

En aquellos tiempos, donde todo era tan inestable, se cobraba por adelantado. El poco cuidado y la desesperación que se le advertía a esta familia le hicieron percatarse a Pedro de la cantidad tan grande de dinero que llevaban encima.

Desde el día del alzamiento por parte de los insurrectos contra el Gobierno democrático de la Republica, Pedro, su mujer y el pequeño recién nacido se habían instalado en una de las habitaciones de la posada, junto a lo único que le quedaba de su familia.

Al día siguiente, Santi ya estaba informada del detalle e invitó a los señores a desayunar con ellos antes de abrir al público.

Ya sentados a la mesa apareció Dolores, con su bebe de ocho meses en brazos, al que habían puesto de nombre Pedro, como su padre. Saludó a los señores, algo extrañada, y tomó asiento. Al poco, y como un torbellino, llego Josefa, qué con 12 años era una niña gordita y muy risueña. Al fin apareció Fuensanta, con una buena jarra de café y otra de leche, y al momento Pedro trajo unos roscos del baño, unos sequillos y tortas de manteca.

A los señores se les notaba el porte de los buenos modales, y como era normal la conversación giró alrededor de ellos.

Al final, se enteraron de que habían huido de su pueblo, que estaba a unos pocos kilómetros, debido a las amenazas de algunos hombres y al miedo. Evitaron dar más detalles, debido al desconocimiento de con quien simpatizaban aquellas gentes.

Media España contra la otra, y Jaén estaba prácticamente ocupada y defendida por fuerzas gubernamentales. El apoyo de anarquistas, sindicalistas y comunistas hizo que aguantara hasta casi el final de la contienda para ser conquistada.

Cuando cada uno volvió a su trabajo y la niña al colegio, Santi se reunió en la habitación de los únicos clientes que en aquel verano poseía La Plaza. Quiso ser lo más sutil posible cuando les abordo.

–Mi consejo, es que se queden en la habitación; si necesitan algo, mi cuñada o yo misma podemos atenderles. La cantina se llena de soldados y de transportistas que van y vienen por estos pueblos, si no les ve nadie, evitarán el peligro. La comida se la puedo servir a una hora razonable aquí en la habitación, pero la cena tendrá que ser cuando cierre el local, ahora, en verano, se demora bastante. A mitad de tarde os puedo traer una merienda, sobre todo por la niña.

—Nuestra intención es llegar a Granada, a casa de unos familiares. ¿Usted nos podría ayudar?

A Santi le pilló por sorpresa la pregunta.

—Déjeme que lo piense, alguna solución habrá, aunque con esta guerra… Veremos cómo.

Fuensanta solo pensaba en el fajo de billetes que le había dicho su hermano que tenían y en cómo hacer que cambiaran de propietario.

Granada estaba en manos de los golpistas, aunque en aquellos primeros meses el trasiego de gentes de un lado a otro era bastante permisivo.

Un tío de Dolores tenía una camioneta, que utilizaba para transportar mercancías o llevar los utensilios y herramientas al campo, para podar los olivos y otras faenas.

Fuensanta, que lo había contratado para otros menesteres, desde que lo conoció en el convite de la boda, lo citó para que fuera a la cantina. Le contó lo que ella había pensado y le preguntó por cuanto sería capaz de llevar a esa gente hasta Granada o algún pueblo donde estuvieran los nacionales, como se hacía llamar el ejército rebelde.

—Mira, Fuensanta, en estos tiempos por menos de cien pesetas no lo hago. Por menos de nada te pegan un tiro.

—A mí me parece bien, pero lo tengo que hablar. Estate preparado para cuando yo te diga, que ese dinerillo no te vendrá nada mal —sabía que para un viaje así, en tiempos normales, el precio era muy exagerado, pero en esta época cada uno valoraba las cosas a su manera. Al poco tiempo fue a reunirse con la familia.

—Miren, he encontrado una manera de sacarles del pueblo, llevarlos a Granada o a algún pueblo, donde dominen los nacionales —los ojos del cabeza de familia se iluminaron—. Pero es muy peligroso y el precio es desorbitado, no sé si lo podrán pagar.

—Diga cuánto y veremos si lo podemos pagar.

—Me piden trescientas pesetas por cada uno de ustedes, novecientas en total.

—Es un precio... descabellado, eso no es posible. Debe de haber otra forma, negocie con ellos un precio más bajo —pero su mujer miró a la cara de Santi y supo que no iba a negociar, por algún motivo, sabía que la codicia de aquella mujer no tenía límites.

—Déjenos un momento a solas, en media hora, le contestaremos.

Fuensanta supo en ese momento qué sí disponían de tanto dinero, en caso contrario su reacción hubiera sido otra muy distinta. Se lamentaba de que quizá se hubiera quedado corta, pero ahora era imposible modificar el precio. Eso sí, si descontaba las cien pesetas del transporte, tenía un beneficio de ochocientas. Una sonrisa se instaló en su cara mientras pensaba en el poco esfuerzo que le había costado ganar lo que ni en tres años había sacado limpio de su negocio.

A la media hora Fuensanta llamaba a la puerta de la habitación.

−Antes de pagarle, necesitamos saber cómo nos va a sacar de aquí, y como va a ser ese viaje. Queremos garantías, solo pagaremos una vez estemos allí

Fuensanta sacó todo su arsenal, antes de ofuscarse o cometer una tontería que le podría amargar el negocio. Todo su cuerpo entro en un estado de ansiedad que supo disimular, pero en su interior iba apareciendo la envidia que sintió, ante aquellos gemelos a los que cuidó, por todo lo que tenían y todo lo que ella no pudo poseer. También recordó las burlas de los vecinos ruines, casi tan pobres como ella, y la afrenta de los hombres que se creyeron superiores por ser ella una mujer. De la ignorancia, que solo le trajo problemas. Del mar de pobreza en el que siempre había navegado. Ahora era el momento de resarcirse de todo aquello, y empezaría por estos ricos, que en otro tiempo se creyeron tan valientes y que ahora demostraban ser solo unos mediocres negociantes. Vio nacer en su interior un deseo irrefrenable de poseer todo de lo que ellos habían disfrutado en esta vida; si hubiera podido ponerse en su piel para sentir la felicidad y el orgullo de pisotear a los más indefensos... Pero ahora era ella la que estaba disfrutando.

−Miren ustedes, ya saben quién esta dominando por aquí. Si les pillan a ustedes, no sé lo que les pasará, pero yo también me estoy arriesgando; si alguien se entera de que estoy ayudando a paisanos míos a cruzar al otro lado... Ya le he dicho que yo no pongo los precios, pero soy la que da la cara por ustedes, así que, si no quieren, no seré yo quien delate a los que les pueden ayudar. Cuando acepten las condiciones y paguen el dinero, les contaré cómo será todo. Si no tendrán que buscar ustedes la forma de salir de aquí.

Al fin, el matrimonio se miró entre ellos, mientras Fuensanta le hacía carantoñas a la niña, que tendría apenas 6 años.

–Está bien, ahí va, está justo –aun así Santi lo contó, y se quedó con las ganas de saber de cuánto más disponían. Esta vez no dejó que se viera nada más de dinero. Posiblemente ahora ya lo custodiaba su mujer.

–Esten preparados, esta noche subirán a un vehículo en el viajaran escondidos en la parte de carga, así que, mejor que no hagan ruido si ven que se detiene. Por donde van a ir todavía no hay controles, que nosotros sepamos, de hecho, seguimos recibiendo mercancía desde aquel lado. No les quiero engañar, cuanto menos sepan del señor que los llevará y él de ustedes, mucho mejor para todos. No den nombres, no pregunten, así nadie podrá delatar a nadie.

A las dos de la mañana llamó a la puerta de la habitación. El matrimonio salió con la niña dormida en los brazos de su padre. Se dirigieron hacia la puerta cuando Fuensanta les detuvo, la mujer se quedó helada.

Se trataba de un poco más de extorsión, les pedía la cuenta de la estancia en la posada.

–Son veintiséis pesetas –y al cobrarlas, con la mala cara que puso la mujer, Santi les dio envuelto en un papel de estraza unos sequillos para el viaje. Al cogerlos la señora no le dio las gracias, sin embargo, Santi sintió una satisfacción dentro de su cuerpo, únicamente comparable al sabor de la venganza.

Todo salió bien. Alrededor de las diez de la mañana el buen transportista se presentó para cobrar en la cantina, y en un apartado recibió sus bien ganadas cien pesetas. Fuensanta le invitó a una jarrilla de vino y a unos chorizos de orza con pan. Tener contento a aquel hombre, que casi era parte de la familia, pensaba que le reportaría más beneficios.

Dado que la vida seguía su curso, y como al pueblo no llegaba el fragor de la guerra, aunque sí el dolor de las madres cuando les traían la mala noticia de la muerte de un hijo, a los pocos días la cantina volvió a abrir, solo que los tertulianos, ahora eran más viejos. Seguramente eran los mismos de siempre, pero ahora ya no estaban rodeados de los jóvenes.

Aquel hombre entró por la puerta de la cantina, y algún que otro parroquiano, haciéndose el despistado se levantó y desapareció. Su vestimenta, ya de por sí, merecía respeto, con aquel tres cuartos de piel negra, seguido de dos soldados tan mal encarados que asustaban solo de mirarte.

—Buenos días.

—A la paz de Dios —contestó Pedro desde el otro lado de la barra.

—Gracias, pero aquí Dios no pinta nada, Pedro.

Que aquel desconocido supiera su nombre no le hizo ninguna gracia.

De entre medio de las mesas se acercó Santi, con vasos vacíos.

—Y qué se le ofrece, buen hombre.

—Eso ya es otra cosa, Fuensanta —también sabe el nombre de su hermana, pensó Pedro, solo falta que sepa el de mi mujer y el de mi sobrina.

Aquel hombre con gafas redondas y ojos tristes, pero de sonrisa fácil, se había fijado en ella unas horas antes, nada más llegar al pueblo. Fue cuando empezó a preguntar por ellos y dar así un buen golpe de efecto al presentarse. Fuensanta no era una belleza tal cual se entendía en los cánones de la mujer perfecta, pero siempre había tenido ese algo, esa chispa de mujer capaz de encandilar, de atraer la mirada de un hombre.

—Desearía una habitación para mí y una doble para mis hombres.

Fuensanta también se había fijado en él, hacía demasiado tiempo que no yacía con un hombre, y tal y como lo recordaba, la experiencia con José le había salido demasiado cara. Sin embargo, desde que se instauró la República, parecía que las mujeres, al menos eso decían en los periódicos, tenían más poder, incluso se decía que algunas eran diputadas en las Cortes. La Iglesia no parecía que importara tanto, solo algunos acérrimos pretendían que la mujer solo pudiera ejercer de ama de casa.

Los ojos de los dos se cruzaron varias veces, y varias veces se rehuyeron como dos adolescentes.

−Y se puede saber, como debo dirigirme al señor.

−Recuenco, todo el mundo me llama así.

−Pues, sígame, señor Recuenco −y al decirlo remarcó las sílabas, mientras le sonreía. Él, por su parte le guiñó un ojo, y le dedicó una fría sonrisa a un preocupado Pedro.

La relación entre ellos fue un flechazo, no como con José. Este comunista no tenía el cuerpo de aquel sinvergüenza, pero si sabía jugar con esa mirada de pillo, una sonrisa picarona y un acento que, como él le dijo, contestando a la alusión de ella, en Valencia, de dónde provenía, "todos tenemos el mismo", lo que le produjo a Santi una gran carcajada.

Lo que ella no sabía es que aquella sonrisa y aquella mirada se podían convertir en muy desagradables a los ojos de los que él interrogaba. Cuando daba una orden, esta se cumplía sin rechistar.

La primera pregunta que le hizo en la intimidad a Fuensanta fue por qué su hermano no estaba en el frente. Le contó un poco la historia del porqué, fue madre soltera y la necesidad de ayuda en el negocio, de lo delicada que estaba su cuñada, de la mala vida que llevaron, hasta que al fin pudieron levantar cabeza. Supo cómo decir las cosas, para que creyera que estaban del lado de la República; recordó como discutían en la cantina unos contra otros y aprovechó aquellos comentarios; hablo mal de los señoritos, alabó a la clase obrera y después miró fijamente a los ojos del militar. Por la cabeza, lo que se le pasó a aquel comisario fue que era más importante que su hermano estuviera en el frente que cuidando de la vida de su esposa, hijo y hermana.

Recuenco se quedó serio, no le parecía que fuera justo que otros estuvieran en el frente y Pedro no, sabía que los reclutamientos obligados lo eran para el engrose y refuerzo del ejército: también sabía que se practicaba en ambos bandos. No todos los que subían a los camiones camino del frente estaban convencidos de que aquella guerra fuera la suya.

Estuvo dudando, sabía que Santi no le engañaba, aunque de esas historias conocía a cientos, y no era lógico hacer ahora una excepción. Los que fueron a filas voluntariamente tenían todo su reconocimiento, pero también lo tenía, aquellos que no deseaban la guerra, ni siquiera el empuñar un arma. No todo el mundo pensaba en la guerra como la solución, tanto en un bando como en otro.

Dos días después, Pedro llevaba una cartilla militar para el avituallamiento de la retaguardia, perteneciente a intendencia.

−Si alguna vez tu hermano tuviera que dar cuentas al bando contrario, él no consta en ningún registro, es una cartilla que le he hecho yo, pero que solo lleva el cuño y nada más, sin embargo, si algún mando de nuestro lado le ordenara o pidiera ayuda, tendrá que obedecer, aunque solo sea por cubrir las apariencias. Si esto se alarga esperemos que nadie se dé cuenta. Estos primeros meses con los voluntarios tendremos suficiente, pero me da a mí, que esto irá para largo y al final tendrán que obligar a ir al frente a todo el que esté disponible y sea capaz de cargar con un arma.

LA VUELTA A LA VIDA

Faltaba poco para que acabara la primavera y entrara definitivamente el estío jienense, seco, pero ardiente; esos veranos en los que hasta las ocho de la tarde no se ve un alma por las calles. Sin embargo, en mayo todavía se encendían los braseros, bajo aquellas mesas camillas con sus enagüillas, al caer la noche.

Rocío se veía incapaz de seguir leyendo aquellos diarios, que no se parecían en nada a lo que ella tenía entendido de lo que fue la historia de la familia. Hizo un alto en la lectura, se veía sobrepasada. Estaba de bajón, la ruptura con Rodrigo la estaba deprimiendo en demasía. A veces lloraba, su cuerpo se lo pedía cada vez que le venían recuerdos de la ilusión de futuro con Rodrigo.

Decidió dar un vistazo a aquel otro libro, del que no sabía si sería un diario o no, y su sorpresa fue que hasta aquel momento no se había percatado de lo antiguo que era. La primera fecha que le apareció encabezando una hoja era 1764. Estaba escrito en francés, y aunque la tinta permanecía visible, en algunos párrafos parecía desvanecerse por un color gris blanquecino. Dado que conocía a la perfección el idioma, decidió darle una oportunidad a aquel libro que por lo visto había permanecido, generación tras generación, en poder de aquellas mujeres.

Rocío pensó en que, si su tía bisabuela era analfabeta, quizá fuese su bisabuelo Pedro quien lo guardara, aun a sabiendas de que lo hacía por alguna vieja superstición. Dudaba de que supiera francés, por lo que no sabía el motivo de su conservación. La curiosidad empezó a corroer su conciencia y pensó que le dedicaría el siguiente esfuerzo a traducirlo.

Como la mayoría de sus amigas seguían con sus parejas, realmente no le apetecía quedar para salir, era consciente de que todas le preguntarían por Rodrigo, y no le apetecía contar, a unas y a otras, todo lo que había y estaba pasando, por culpa de la ruptura de su relación. Cogió el móvil y localizó a Falak, le preguntó si podían verse y dos horas después estaban tomando una cerveza en el bar del hotel, donde ponían unas tapas más que aceptables. Y allí se desahogó, le abrió sus sentimientos a su nueva amiga, le contó todo lo que le había sucedido con Rodrigo y como se encontraba ella en esos momentos.

−Tengo la sensación de que alguien me ha quitado el suelo de debajo de mis pies, y lo que me queda ahora son unas arenas movedizas que me están engullendo sin remedio −paró un momento para recuperar aliento−. No hago más que pasarme el día llorando, y si estoy en el trabajo, pensando en él. Y al llegar a casa rompo otra vez a llorar. La casa se me cae encima, y salir se me hace imposible. Hoy he decidido liberarme un poco de esta depresión, de este tirabuzón mortal hacia abajo en barrena, en el que estoy entrando, y darte la paliza, porque si no reviento.

Falak no sabía ni qué decirle ni qué aconsejarle, para ella era muy duro lo que Rodrigo le había hecho. Además, ella no había sentido todavía nada parecido por ningún chico. Lo único que se le ocurrió fue invitarla a salir con su pandilla esa noche.

–Venga, di que sí, así te distraes, llega reventada a casa y dormirás mejor.

Rocío empezó sonriendo y acabaron las dos descojonándose de risa.

Con varios botellines en la mesa, los otros clientes debieron de pensar "pronto han empezado estas, con la noche que les queda por delante".

Rocío le agradeció el gesto, pero declinó amablemente la invitación. Aunque se veía fuerte para aguantar el ritmo de aquellos adolescentes, sus ánimos les amargarían la noche.

–No me importa parecer vuestra madre, pero déjame que este en reclusión un par de semanas, a ver si reorganizo mi vida, y te cojo la palabra, pero luego no os quejéis si os voy acostando uno a uno –y volvieron a reír escandalosamente.

Cuando se acostó aquella noche, no durmió bien, tenía los pies redondos al llegar a casa, pero nada del otro mundo, la cabeza con tanto lio, más el alcohol… Estaba embotada y tubo pesadillas. Temió por la vida de Rodrigo. En un primer sueño apareció un tiovivo dando vueltas, con la música estridente de una feria y su novio sentado sobre un unicornio de colores chillones, enseñando la dentadura con una sonrisa exagerada y una mirada burlona, pasando vuelta a vuelta y él cada vez más difuso y demacrado. Soñó de nuevo con aquella casa de donde cogió los diarios. Estaba dentro y los cristales de las ventanas que daban al patio trasero dejaban ver unas sombras. La puerta se abría por culpa de un aire tempestuoso. Desde el fondo se oían los gritos de un cerdo que intuye su sacrificio inminente, y las ramas de la higuera que se precipitaban sobre ella, que como una estatua de sal se iba deshaciendo por el roce de las hojas. Se despertó con los ojos abiertos como platos, desorientada y con el corazón en la boca de puro terror. Se preguntaba, entre sueños, el porqué de aquel miedo que sintió en aquel caserón. Después de pensarlo en la oscuridad de su cuarto, decidió que tendría que volver a descubrir lo que tenía de terrorífica aquella casona, vieja y deshabitada.

AÑO 1936, DIARIO 8 (II)

De un tiempo a esta parte, a Fuensanta le traía al pairo lo que la sociedad pueblerina opinara de ella. Ojalá pudiera haberle dado un apellido a su hija, pero tampoco se trataba de vivir amargada toda la vida. Cuando se acostó con Recuenco, sintió la ansiedad del miedo al embarazo, sabía que ahora, con su propio negocio, lo tendría más fácil, pero aun así no se fiaba de su cuerpo, aún era bastante joven para poder criar. A sus 34 años todavía se consideraba hermosa y fértil, hasta que su amante sacó un condón, y dado que nunca los había visto él la tranquilizó, asegurándole que con esa funda se prevenían los embarazos. No le quiso decir que fueron creados para evitar las enfermedades venéreas, y que así los hombres pudieran seguir yendo a los prostíbulos y evitar contraer graves enfermedades como la gonorrea o la sífilis, que causaban grandes daños y tenían muy mala solución.

−A parte del whisky, es otro invento que nos han traído los ingleses. Si hasta en su cajita pone que son lavables y duran un año, son de goma −y en su cara apareció de nuevo una sonrisa picarona que provocó en Santi placer solo con mirarle.

Sin embargo, el amor surgió entre aquel comisario y Santi, en medio de una guerra cada vez más encarnizada. Los meses se estancaron, las dos Españas seguían desafiándose una a la otra, y los meses solo hacían que aumentar los muertos y las desgracias de cada bando, de cada familia cuando recibían las malas noticias del frente. Unos decían que Dios estaba de su lado, los otros que la democracia y la voluntad del pueblo, y otros cogían el fusil, sin saber ni a donde iban ni por qué disparaban, temiendo que en el punto de mira de su mosquetón estuviera un hermano.

Cada uno respetaba el trabajo del otro y así se llevaban bien, él no siempre estaba en el pueblo y no siempre dormía allí, por lo tanto, su guardia personal tampoco.

Las noticias que llegaban de la ayuda recibida por las potencias facciosas de Alemania e Italia ennegrecían el ánimo de las gentes de bien, tanto de una ideología como de otra; solo los más extremistas daban por bueno lo que pasó en Guernica con la aviación alemana arrasando y destruyendo todo un pueblo con bombas incendiarias.

El 11 de agosto de 1937, en plena refriega y bajo el avance de los nacionales, en todo el frente menos en aquella zona, donde resistieron el ataque y Recuenco tuvo que emplearse a fondo, en su condición de mando, nació Purificación. Lo hizo bajo el signo de la tristeza y la depresión. Aquel fue el segundo ángel que Dolores trajo al mundo para que al menos fuera la débil luz de una oscuridad tan tétrica y amarga como perenne en el corazón de aquellas gentes.

Josefa se encargaba de cuidar de su primo Pedrito mientras Dolores, que no tenía buena cara después de aquel parto, intentaba recuperarse del esfuerzo titánico. Su salud era precaria. Tuvieron que hacer buenos caldos y cumplir con el reposo estricto que le mandó el médico.

Su posada y cantina iban viento en popa, gracias a la influencia de Recuenco con otros estamentos militares allí no faltaba nada, al menos lo más esencial, tanto en alcohol como en los alimentos básicos: patatas, harina, huevos y algo de legumbres, unas veces alubias, y otras garbanzos o lentejas. La excusa era simple, cuando los soldados que estaban al cargo de él, podían descansar del frente iban a La Plaza, y el poco dinero que tenían se lo gastaban allí. Por supuesto, Santi se cuidaba muy mucho de hacerles un precio especial. El militar quería que su gente estuviera contenta. Y ella ya les cobraba bien a otros clientes, por encima incluso del precio en tiempos de paz. Con los alimentos que le sobraban, pues allí llegaban en demasía, hacían estraperlo con los transportistas que pasaban con sus camiones y con los que intercambiaba mercancías, combustible, telas o conservas enlatadas u otros comestibles que luego revendía a precios muy altos.

Una de aquellas tardes en que Recuenco y sus secuaces no transitaban por las calles del pueblo llegó Pedro con unos señores, y tras la mínima señal de Fuensanta fueron dirigidos a una estancia que tenían reservada para estos casos. Su hermano llegó empapado, pues fuera caía una tormenta desaforada. La oscuridad de las nubes hizo que la noche se adelantase. El pueblo estaba a oscuras y no querían ser un punto visible para unos posibles ataques aéreos. Pedro había cometido una locura, trajo a dos familias en la misma noche y las dispuso en dos aposentos distintos. Los ojos de Santi echaban chispas, y no era propio de él arriesgarse tanto. A aquellos clientes especiales se les reconocía por la mirada, unas veces cabizbaja, otras desperdigada, como si regresaran de cien años atrás; caminaban como sonámbulos, todo dependía de qué era lo que habían visto y el miedo que hubieran pasado. Pero estos recién llegados todavía la tenían erguida y bien altanera.

Sabía quién eran aquellos señores, eran del pueblo, de los de mucho postín. El mal tiempo se llevó a los pocos clientes de la fonda a sus casas, y cuando la cantina cerró solo quedaban unos pocos soldados que medio borrachos y cansados que apenas se percataban de nada, solo de las dos jarras de vino que les sirvió Pedro −esto por cuenta de la casa, les decía−, mientras Santi fue a su encuentro. Los conocía de cuando servía en la casa donde cuidó a aquellos gemelos. Las dos familias eran íntimas de los señores. Pedro las separó en habitaciones distintas y Santi se preparó el guion, no sin antes amonestar a su hermano, aquello era muy peligroso.

–¿Qué hacen ustedes aquí? ¡Es muy peligroso, suerte que no está ahora quien ya saben! –ahora venía el teatro, tenía que hacerse la víctima para que aquellas personas, tuvieran que estar agradecidas el resto de sus vidas–. Saben que me ponen en un compromiso, esto tiene que acabar, a mí me pueden fusilar. Ha sido una locura, nos están exponiendo a todos.

–Estamos desesperados, Fuensanta, ya sabes que nosotros no hemos hecho nada malo a nadie, y si alguien nos ha pedido alguna vez ayuda, le hemos ayudado–. Entonces recordó cuando eran tan pobres y pidió prestado para su hermano mayor, que necesitaba a un médico. No fueron ellos los que no se lo prestaron, ni siquiera eso importaba, pero su hermano y sus padres murieron. Lo intentó a base de remedios caseros que los vecinos le decían, para que luego se los llevara aquella gripe, que ahora había oído nombrar a otros como la gripe española.

–Mire, solo me arriesgo, y conste que cada vez está la cosa peor, a cambio de la cantera de arena y el almacén. En sus manos dejo la decisión.

Tuvieron que pensar poco, a sabidas de que estaban expropiando propiedades, y ya lo daban por perdido.

–Entonces, si estamos de acuerdo, mañana llamaré al notario y se firmaran los papeles; pasado mañana buscaremos la fórmula de llevaros hasta Granada. Ahora tendréis que quedaros aquí y no saldréis de la habitación para nada. Por si necesitáis algo, cada cierto tiempo Pedro pasará para preguntar. Es muy importante que nadie se entere de vuestra presencia. Después atendió a la otra visita.

Aquella gran señora que no hacía tanto todos le rendían pleitesía, ya no parecía tan orgullosa de su status. Ahora era ella quien rogaba que le ayudara.

–Pásanos al otro lado–decía–sabemos que ya lo has hecho antes.

–Entonces sabrá qué es lo que pido a cambio.

–¿Cuánto?

–No, no es cuánto, es qué.

La mirada de la señora se nubló, todo el pueblo sabía que a su marido lo habían asesinado una horda de anarquistas unos días antes, sin apenas tener un entierro tranquilo, ya lo velarían sus lágrimas en otro momento. Ahora estaba rogando que salvara su vida y la de sus dos hijas. Además, por lo que se oía de otros casos, de monjas y curas asesinados, todo daba miedo, y los que podían huían con lo puesto,

–Lo que esté en mis manos te lo daré.

–Usted valore lo que vale mi servicio y cuánto valen sus vidas.

A una seña de la madre una de las hijas metió la mano bajo su falda y sacó una bolsa de tela, que dio a su madre.

–Coge lo que creas que valen tus servicios–.

Seguía hablándome de tú, y yo inconscientemente a ella de usted, pese a su posición desfavorable, pero ella lo había mamado desde la cuna, no podía echárselo en cara, había cosas que nunca cambiaban, pero algún día me hablarían de usted. Mi pulso se aceleró al ver el contenido de la bolsa: varias piezas de oro, pendientes y anillos, pero lo que más me impresionó fue un camafeo de oro con la imagen de la patrona de las cuatro villas, a la que yo proceso tanta devoción. Estaba claro que la virgen me había mandado aquellos tesoros para que se los custodiara yo. Cerré la bolsa y no devolví nada.

  A punto estuvo la "gran señora" de protestar, pero ¿acaso no valía la vida de sus hijas todo el oro del mundo? Además, tenía todas las de perder, para ella Santi era poco menos que una arpía, y no sabía lo que podría ser de ellas si, a un grito suyo, alertaba a los soldados peor vestidos y harapientos que hubiera visto jamás, bebiendo en la cantina. De hecho, estaba convencida de que esos salvajes serían los que se habían echado el mosquetón al hombro, en busca de gente honrada, para quitarles sus tierras y sus bienes, quizá incluso fueran los que habían disparado a su marido. Ya no interesaba nada excepto salvar su vida y la de sus hijas, mientras aquella bolsa permaneciera en sus manos. No tenía ninguna garantía de que respetara el acuerdo, excepto lo que la gente decía de su eficacia, todo era un riesgo en estos tiempos, quizá acto seguido las denunciara a aquellos anarquistas, que sabe Dios qué les harían a sus hijas. Quiso desechar este último pensamiento.

Detrás de ellas, el hermano de Fuensanta miraba y esperaba órdenes.

−Llévatelas al almacén, dales cobijo. No saldrán de allí bajo ningún pretexto hasta que vayamos a buscarlas −le dijo mirando a los ojos de la gran señora−. Mañana por la noche saldrán para Granada, allí estarán a salvo.

Pedro organizó la salida del pueblo de aquella familia, junto con el ya conocido conductor, primo de su mujer. Ahora las cosas se fueron poniendo más cuesta arriba, tenía que llevar un dinero para sobornar a posibles controladores; incluso la ruta había variado, los caminos entre las montañas eran más tortuosos y llenos de peligros, por la desconfianza entre los dos bandos. A los viajeros los dejaban en una zona en la que se exponían a recibir un buen susto o un tiro, dependía de los nervios del centinela que se encontrara guardando el camino a aquellas horas de la noche. Aquel conductor les decía que gritaran algo así como "Arriba España" o "Viva Dios y la patria", cosas que se le ocurrían, quería sentirse orgulloso de sí mismo al pensar que todos los que trasladó habían llegado vivos. El precio iba subiendo mes a mes, y cada vez se hacía más complejo llegar a una zona nacional sin recibir un tiro por el camino, daba igual de donde viniera la bala, esta haría el mismo daño.

Dos noches después apareció Recuenco. Era evidente que él y sus guardias venían rendidos, y aun así fue a buscarla, la necesitaba, era su consuelo, su vuelta a una vida irreal a la que nunca podría volver, Fuensanta era su tabla de salvación, el mundo se iba a pique y ella era donde se podía agarrar, lo que no sabía era cuánto resistiría, antes de hundirse.

Hicieron el amor, se cuchichearon palabras dulces, se dieron caricias consoladoras y besos capaces de cerrar heridas, pero las cicatrices que ya estaban no las podían borrar. Cayó rendido entre pesadillas y duermevelas sin apenas descanso.

Los meses habían pasado y dejaban un rastro de hedor y sangre allí donde llegaba el militar. Cada vez la moral estaba más minada, los medios eran más escasos, los heridos se hallaban peor atendidos y los desertores cada vez eran más. La cruda y dura guerra estaba cayendo del lado contrario a sus ideales, sentía el aliento podrido del enemigo, sus colmillos estaban llegando a las trincheras de la República y la magia de la libertad, igualdad y fraternidad poco a poco se iba desvaneciendo para dar paso a un futuro lleno de ira y venganza.

—En las reuniones que realizo con mis superiores me informan de las depuraciones a los cabecillas que el otro bando realiza en los pueblos que, según ellos, van liberando de las hordas rojas –sonrió amargamente, con la mirada puesta en el humo amarillo de su cigarrillo, que ondeaba en el aire bajo la tenue luz de la bombilla escuálida de la habitación–. Unas veces por venganzas, otras por ser los artífices intelectuales del arengo a las masas. Así que nos instigan para que nosotros hagamos lo mismo con los que están tras nuestras líneas.

Mientras, Pedro era el que se encargaba de engatusar a unos y otros, para hacer el negocio de los que querían pasar al otro lado. Tenían que lidiar a espaldas del comisario, pero ahora, con el almacén que habían adquirido, podían diversificar los espacios y torear mejor al militar.
Recuenco, por su parte, sabía de las andanzas de los dos hermanos, dado que tenía muchos ojos que vigilaban las idas y venidas de unos y otros, la gente que le informaba de los señoritos y la gente que más tierras tenían. En una de esas informaciones salió el nombre de Pedro y, por tanto, de su hermana Fuensanta, a quienes se les acusaba de extorsionar a las familias más ricas.

PABLO Y NOELIA

Pablo quería borrar de la memoria de Noelia aquellos cinco días que había pasado con Rodrigo, lo tenía claro. Proyectó un viaje totalmente distinto, estaba convencido o eso quería creer él, que todo se fastidió, cuando le enseñó los billetes de avión con destino a Paraguay. Ahora el viaje sería por la Costa Azul francesa, para acabar unos días después en París. El viaje iba a durar unos diez días, y estaba seguro de que a la vuelta ella echaría a aquel intruso de sus vidas.

Aquel viaje no pasó inadvertido para el presidente de la compañía, que como era normal quiso saber por qué su hijo abandonaba tantos días el timón de la empresa, y recurrió a su jefe de seguridad para que le informara.

Pese a los esfuerzos de Urbina por suavizar el relato de los hechos, don Pablo Aguirre tomó cartas en el asunto.

–De todos los movimientos que hagas, según lo que te pida mi hijo, quiero que me informes antes a mí, Juan, no creo necesario recordarte nuevamente esta petición. ¿Estoy hablando claro?

–Más claro imposible, don Pablo.

–Pues entonces quiero un informe de todo lo que ha sucedido hasta ahora, ponte a ello inmediatamente.

El jefe de seguridad se quedó pensativo, aquella llamada que hizo tendría que funcionar.

Pablo era hijo único y su padre le prometió a su mujer en el lecho de muerte que cuidaría de él el resto de su vida. Le proporcionó todo lo necesario para que fuese el mejor en todo, para lo que le procuró los mejores colegios, los mejores profesores, idiomas, carreras y másteres de Economía, y Derecho, y ahora estaba preparado para ser el sucesor perfecto. Lo que nunca pudo cambiar en él es su carácter sumiso, que al principio fue un gozo para su padre, hasta que se dio cuenta de que obedecía a todo el mundo. Por lo tanto, tenía que protegerlo, sabe Dios en que manos podía caer su hijo por incauto.

A partir de su conversación con Urbina, don Pablo le mandó investigar a Noelia para saber desde cuando esa sanguijuela estaba chupando del bote. Lo daba todo por bien perdido, si fuera capaz de abrirle los ojos a su hijo y demostrarle que solo estaba allí por su dinero.

Su esposa murió por culpa de un cáncer fulminante, ni siquiera duró dos meses una vez descubierto. Aquella mujer, que para don Pablo era todo bondad y ternura, se llevó con ella todo lo bueno que podía haber tenido él. A partir de entonces solo se dedicó a engrandecer su empresa, a cuidar de su hijo y a pisotear a la competencia, hasta desbancarla por los métodos que fueran necesarios.

Noelia estuvo todo el viaje encantadora, solícita y servicial. El buen tiempo los acompañó e hizo posible pasear por las calles de Niza. Tuvo el detalle de no comprar nada para Rodrigo, ni nombrarlo. Luego, en París, a punto de volver, pasearon por los Campos Elíseos y subieron a la Torre Eiffel. Ante el encanto de aquellos días y la felicidad con la que pasaron horas y horas juntos, Pablo dio por ganada la guerra ante su contrincante, consideró que Noelia había decidido seguir con él. Tan seguro estaba de ello que estuvo tentado de llamar a Juan Urbina para que abandonara el seguimiento y la investigación. Pero pensó que sería más efectivo si se lo ordenaba en persona.

Noelia, por su parte, solo estaba actuando, por dentro deseaba estar con Rodrigo, e incluso cuando hacía el amor con Pablo soñaba que aquel que la estaba besando y acariciando era su amor verdadero, y no el impuesto a base de vendérselo. Aunque disfrutaba haciendo el amor, solo era sexo; desde un principio su interés por aquel ricachón fue y seguía siendo el dinero, y lo que recibía era mucho más de lo que podía gastar, así que fue ahorrando y mandando a su madre, pero aún faltaba un último esfuerzo, un último pago, ese que haría que obtuviera lo que ella había deseado y que había rehabilitado su hermano, los apartamentos en Asunción.

A la vuelta en Madrid todo resultó una locura, el trabajo se había acumulado, tenía que leerse un montón de expedientes, otro tanto de informes; durante aquellos diez días se le habían almacenado los mensajes y las llamadas, a los que ahora debía atender y contestar. El ring del teléfono lo sacó de la concentración en la que estaba con tantos asuntos que atender.

–Pablo, su padre al teléfono.

–Vaya momento, pásemelo. Gracias, Elisa.

–Buenos días, hijo. ¿Cómo han ido esas vacaciones?

–Muy bien, me hacía falta un buen descanso. Ya te contaré, tengo que darte una buena noticia.

Ahora don Pablo puso su mejor tono de voz.

–Muy bien, hijo –interrumpió–, ven el sábado a cenar y hablamos. Y ponte con el trabajo, que ahí encima tienes un montón de contratos, y hay que darles solución… ¡ya!

A Pablo le hubiera gustado adelantarle a su padre que estaba enamorado y quería presentarle a Noelia. Pero daba igual, sería una sorpresa, se presentaría con ella, sabía que al principio no le parecería bien, pero acabaría aceptándola.

Lo primero que hizo Pablo al colgar fue llamar a Noelia.

–El sábado cenamos juntos, tendrás que ponerte muy guapa, allí donde vamos es un sitio especial con gente muy especial.

AÑO 1938, DIARIO 9

El trasportista, aquel hombre que con su camioneta trasladaba a los que caían en las garras de los hermanos, cada vez estaba más preocupado. Las rutas que todavía quedaban abiertas eran cada vez más peligrosas, tenía que atravesar al menos una línea de fuego tanto a la ida como a la vuelta, ya que últimamente los dejaba en tierra de nadie, aunque encaminados hacia donde se encontraban los que se hacían llamar los nacionales. Había ganado bastante dinero con aquellos viajes, pero ahora era difícil convencer y sobornar a los vigías; solo la comida era moneda de intercambio, el hambre y las malas condiciones hacían estragos en el carácter de las personas, cada vez más irascibles, el dinero no sofocaba nada de aquello, lo principal era acallar a aquel enjambre de abejas que les zumbaba en los estómagos y cabezas.

A finales de aquel verano, en una noche sofocante de calor, hizo su último viaje, esta vez no paró, siguió hacia delante con los pasajeros. El ruido que hacía el motor se expandía por los recodos de aquellas montañas, el eco lo difundía a cualquier guerrillero que anduviera por la zona, y era un blanco claro: demasiado fácil, grande y atronador. La falta de comida se hacía notar en las filas de los republicanos, solo comían legumbres, casi siempre lentejas o alubias, no se podía adquirir nada en los comercios. Tampoco es que los ánimos estuvieran muy alegres, por lo que se oía, el bando de los rebeldes estaba ganando terreno, iban mejor equipados, tenían la ayuda de alemanes e italianos. Estaban triunfando. Aunque él era ya una persona entrada en años, creía que aun eran capaces de llamarlo a filas. Para que me den un tiro, pensó. Como no era militar, no desertó, cambió de zona o quizá de infierno.

Fuensanta supo que a aquel hombre ya no lo volvería a ver cuando este le pidió que le pagara aquel viaje antes de salir.

Después de aquello, y con un patrimonio que consistía en varias propiedades, entre las que se encontraba el almacén y la cantera, una huerta con su fuente, una importante cantidad de dinero y objetos varios y de distinto valor, se le iba a añadir el mejor consejo que quizá nadie le dio, aunque ella no lo supiera todavía.

La tarde que Santi subió a la habitación de su amante abrió la puerta despacio para no hacer ruido, ya que pensaba que estaría durmiendo la siesta. Fue el principio de un trágico final.

Recuenco tenía su pistola montada y en su mano derecha. Miraba al suelo, como quien reza, apocado, con la espalda doblada, con los ojos cerrados. Tan sigilosa había abierto la puerta Santi que él no se percató de que había entrado y seguía ensimismado, alzando el arma hacia su sien. Entonces, un sexto sentido le hizo reaccionar. Tenía la cara mojada por las lágrimas.

Santi se acercó como se acercaría una madre al ver a su hijo sufriendo. Le separó la pistola de la cabeza y le bajo la mano, y aunque no se la quitó le abrazó, le tomó la cara con las dos manos, le dio besos por toda ella, lo tumbó suavemente sobre el colchón y se quedó junto a él. Notó como tubo unas pequeñas convulsiones en el pecho. Seguía llorando, ahora en silencio. Luego se quedó dormido. Entonces Santi le quitó la pistola que todavía seguía en su mano, y se arrulló junto al único hombre que la había amado en su vida, que la cuidaba y que no cesaba de demostrarle su nobleza, al cuidar de ella y, tuvo que corregir sus pensamientos, de todos ellos.

Cuando por fin se despertó, Santi, aquella mujer que con otros era huraña y desconfiada, estaba allí a su lado, observándole con aquellos ojos claros en medio de aquella cara morena, que le miraban con respeto y agradecimiento. Se besaron e hicieron el amor, sin hablar, sin necesidad de nada más que estar juntos, como si fuera esa la última vez antes del juicio final.

Cuando se quedó solo, por la cabeza del soldado y antiguo policía en Valencia, hombre taciturno y de pocas amistades, pasaron sus antiguos amigos, don Fernando su antiguo comisario, y su mujer, tan atenta con todo el mundo; Ramón, su compañero de fatigas, y

Aurora, la novia de este, difunta de manera tan trágica. No sabía nada de ellos y los echaba de menos. Ahora ya lo veía todo claro, sabía que iban a perder la guerra, como perdió el contacto con ellos. Otra vez la sombra de la tristeza se cernía sobre sus pensamientos, su corazón seguía herido, la realidad era aplastante y sus ilusiones desperdiciadas durante tanto tiempo, sangre y dolor, pero al recordar el calor de Santi quiso desechar aquellos malos augurios.

Aquel día había amanecido con unas nubes negras, igual que su alma. Bajó a buscarla, la cogió de la mano y se la llevó a un apartado.

–Fuensanta, escúchame lo que te voy a decir, sé de tu amor por el dinero, pero en cuanto puedas ve deshaciéndote del dinero republicano, porque dentro de nada no valdrá. Aprovecha el negocio que tienes y ves cambiándolo y quédate con el que impongan ellos. Atiéndeme puede que esto no sea la declaración más romántica que pueda existir, pero para mí eres la mujer de mi vida, y si pudiera me casaría ahora mismo contigo, pero la nobleza con la que me tratas no me permite hacerlo

A Santi se le iluminaron los ojos por un momento, y al segundo le cambió el gesto de su rostro. Quizá aquello fuera lo más cerca que iba a estar de que alguien le diera un apellido a su hija. Bajó la cabeza apenada.

—Te quiero, si es lo que querías oír, como no he querido antes a nadie. He estado a punto de volarme los sesos para que no te hicieran daño, si te relacionaban conmigo —se quedó expectante, ahora necesitaba saber, qué ella le comprendía—. La guerra está perdida, es imposible que esto dé un vuelco y recuperemos todo lo perdido, cada vez estamos peor, ellos nos derrotan batalla tras batalla, y van ganando terreno, posiblemente hasta que nos tiren al mar Mediterráneo. No quiero que seas la viuda de Recuenco, ni que te señalen en el pueblo como una cooperadora de los rojos.

Fuensanta se desilusionó, pero no como cuando le engañó José. Se tapó la cara con las manos, apoyó su cara contra el pecho de aquel hombre y, después de tanto tiempo, lloró, como una niña pequeña que acaba de perder su juguete preferido.

Pasados unos minutos, y entre los brazos de él, hablaron de cosas mundanas, de la gente del pueblo, pero la sombra de la guerra lo enturbiaba todo, lo aplastaba sin misericordia. Sin embargo, entre aquellos nubarrones todo empezó a cobrar vida, de nuevo se impuso lo práctico y la conversación derivó al presente, y este sugería que se pusieran a cubierto de la fina lluvia que empezada a caer.

—Cuando finalice la guerra, intenta pasar lo más desapercibida posible y que tu hermano que haga desaparecer el carné que le agencié. Tenéis que alabar a los nuevos gobernantes. Lo importante será sobrevivir, esquivar las habladurías y la envidia de tus vecinos. No sabemos cuán vengativo será el ejército que llegue al pueblo, posiblemente respeten a la población civil, pero no sabemos, hasta qué punto ni cómo. Pero allí donde llegan primero los regulares y la guardia mora, nadie está seguro. Tienen manga ancha para hacer lo que quieran.

Vienen tiempos muy malos, difíciles para la libertad, España se ha quedado huérfana y nadie la querrá; la hemos destrozado entre todos. El odio ha sido la causa principal para que se desatara esta guerra, no importaba la República, ni las ideas políticas, solo el odio de unos a otros. Nosotros, al caciquismo del fascismo y la religión; ellos, a la ruptura de clases sociales y al Gobierno por parte del pueblo. Tendré que salir huyendo y no puedes venir conmigo.

Mientras el cielo se oscurecía y aquellas nubes pasaban de grises a negras sobre sus cabezas, un trueno reventó el silencio, y la fina lluvia se volvió gruesa, como si se fuera a desplomar un diluvio sobre el pueblo. Fuensanta sintió que el invierno se le metía en su cuerpo, cómo sus huesos se llenaban de frio y melancolía.

ROMEO

Siempre había vivido más tiempo en la calle que en su casa. Huía siempre que podía de las peleas de sus padres, de los gritos y de alguna paliza que otra; aquel par de borrachos eran la comidilla del bloque, así que cuando salía del portal intentaba irse lo más lejos posible. La vida le fue enseñando poco a poco quien era, un despojo de la sociedad. Nunca acudía al colegio y apenas sabía las cuatro reglas, leer lo justo y lo justo para contar con los dedos. Una noche no volvió a casa, durmió en un parque, y durmió tranquilo, sin sobresaltos ni gritos que lo despertaran a media noche, y pronto se vio vagando por las calles, al principio pidiendo, luego robando, luego detenido, luego mayor de edad, luego en la cárcel, luego huérfano y al fin confidente del señor inspector.

Urbina fue quien le puso el mote de Romeo, era el acrónimo de su nombre, Roberto Méndez Olmo.

Desde que estuvo bajo el amparo del policía, su vida mejoró. Con 20 años, tenía muchos exámenes aprobados de la carrera de la vida, todo lo había aprendido en la calle, sabía cuándo se iban a poner las cosas feas, cuándo podía vacilar a cualquiera, e incluso a quien le podía birlar la cartera haciéndose pasar por borracho. Los de su misma calaña confiaban en él, porque jamás se dejaba ver en su barrio con el policía, siempre se citaban lejos de su barrio, y así vio cómo vivían los ricos, los pudientes, aquellos para los que él pasaba totalmente desapercibido, y a los que envidiaba la vida monótona y tranquila, sin prisas, sin llantos, sin gritos ni palizas, o al menos no lo demostraban.

Un día se enteró de que sus padres habían muerto. Nunca se preocupó de cuándo ni cómo ni por qué, pero heredó aquel piso destartalado, antiguo, aunque sin cargas. Quizá fue lo único bueno que habían hecho sus padres por él. Sería por ese sentimiento de tener un hogar donde vivir y morir que tenemos todos los españoles, le dijo el policía que le informó.

Cuando el inspector necesitaba su información le pagaba una minuta que tenían establecida entre ellos dos, además, si se encontraban en cualquier bar, siempre pagaba el Estado, como le decía su policía favorito. Por aquel entonces Romeo era atractivo, vestía decentemente y su poca cultura lo compensaba sabiendo cuándo tenía que callar y solo escuchar. Alguna vez que otra, cuando la operación acababa con éxito, gracias a la información que él había aportado, el inspector le ofrecía un extra en un puticlub, al que al Jefe le debían favores, o eso pensó, dado que nunca le vio pagar.

Allí la conoció, era la mujer más hermosa que jamás hubiera conocido, Irina. Era rusa, bueno, eso le dijeron, y apenas hablaba algo de castellano. A él le gustaba tomarle el pelo: yo Tarzán; tu, Jane, por la forma en que se expresaba. La visitaba siempre que podía reunir el dinero que ella costaba, sabía que se había enamorado de una puta, pero era lo que había, no podía remediarlo, jamás había sentido eso por nadie, por ninguna otra mujer. Era rubia, con ojos grises; tendría su misma edad, y un cuerpo impresionante. Pasaron meses, cogieron primero confianza, luego amistad, luego él se enamoró y ella siempre estaba dispuesta a estar con él, incluso cuando pasaba el tiempo establecido, que no siempre dedicaban al sexo. Poco a poco, se hicieran uña y carne, él le enseñaba el idioma y ella a él algunas palabras en ruso.

Un día se presentó solo en el club, tenía dinero y pidió estar con ella. Le ofrecieron otra, pero él la rechazó, solo quería estar con Irina.

−Irina no está disponible, si no quieres otra, vete de aquí − aquel ruso, lleno de tatuajes, medio calvo y bastante grueso, no tenía ganas de discutir y fue tajante.

−Puedo pagar −y mostró un puñado de billetes−, por favor, solo quiero a Irina.

El otro ruso, que seguramente ejercía de portero o guardaespaldas, o chulo de putas, o todo a la vez, y que hasta el momento había estado callado detrás de su jefe, a una seña de este salió y levantó en volandas al españolito que no obedecía, y después de unas frases de su gordo patrón lo depositó fuera del club.

−Tu suerte que Juan ser tu amigo.

Y Romeo, al ver la forma de hablar como Irina, dijo: "Boris, es que en Rusia ¿¡nadie sabe hablar bien!?".

El manotazo que le soltó aquel armario de cuatro puertas le hizo caer y rodar por el suelo, mientras le oía escupir unas palabras que no las entendía ni su puñetera madre.

No obstante, Romeo se quedó merodeando en la distancia, hasta que llegó un coche particular del que se bajó un individuo con un maletín. Aquello le extrañó tanto que buscó una cabina para informar al inspector.

Al día siguiente, cuando volvió a llamarle para ver lo que había averiguado, este le comentó que ese hombre era un médico y lo que había hecho era una revisión médica a las chicas del club.

–Por lo visto, eso me ha dicho Grigor, cada cierto tiempo lo hacen para comprobar que no tienen ninguna enfermedad, ya sea venérea o no. Mira, Romeo, eso es algo habitual en este mundillo, se va con cuidado, pero todas pueden tener un fallo, y eso no pueden evitarlo.

–Entonces ¿a Irina no le han hecho daño?

Del otro lado del teléfono se oyó un titubeante "No, al menos eso es lo que me han dicho". Como el inspector desconocía el amor que se profesaban ambos tortolitos, continuó con su explicación como si tal cosa, como si no le fuera a influenciar nada de lo que le dijera.

–En este mundillo…Romeo no le des más importancia, ellas no pueden elegir… ¿Romeo, estas ahí? –pero este no llegó a oír la explicación que le quería dar el policía, había soltado el auricular y salió enfadado de la cabina, con el mundo e incluso con su protector.

Mundillo, iba murmurando, que te parece. Estúpido policía. Al decir *mundo* en diminutivo todo es permisible. Él era un ignorante, pero sabía que en ese mundillo la vida de las chicas era un infierno. Se lo explicó ella en una de aquellas conversaciones. Sabía que Irina se habría defendido, su genio no dejaba lugar a dudas, era cabezota, y eso le hizo recordar cuanto la quería. El contacto con aquel mundo le abrió los ojos, todo era una farsa, las chicas actuaban, luego lloraban, por la ausencia, por la distancia, por sus seres queridos, por sus añoranzas, hasta que el tiempo y el maltrato las doblegaba poco a poco. Comprendió el daño que se les hacía, no importaba lo risueñas que fueran, ni lo dispuestas que estuvieran a complacer al cliente, todo era una mentira. Ahora estaba preocupado por Irina, había oído que las movían de establecimiento en establecimiento, para que los clientes, no se aburrieran viendo siempre a las mismas, y cada vez eran peor tratadas. Temía no volverla a ver –¡no, ahora no!–. Los chulos nunca eran mejores que en el club anterior, de hecho, podían ser peores, para que ninguna se descarriara.

Romeo e Irina se enamoraron de esa forma en la que solo dos despojos humanos podían llegar a enamorarse, pensando que a peor no podían ir. No tuvieron en cuenta lo que los rodeaba, ella era esclava de una red de trata, y él era un don nadie que jamás podría aspirar a liberarla a cambio de nada, aunque creyeran que el amor podría superar todos los obstáculos que se les presentaran en su camino hacia la felicidad, esa que ellos mismos habían construido, en aquella jaula que era el cuarto de aquella casa burdel, presos de su propia ignorancia y de su amor. Así, lucharon como dos adolescentes que se rebelan contra sus padres, pero la realidad era mucho más cruda que la justicia.

El caos se instaló en su vida a partir de aparecer el cadáver de Irina en un vertedero de la Cañada Real. La versión oficial era sobredosis. Pero había sido por asesinato, lo sabía con certeza, aunque lo quisieran encubrir. Podría tener el perfil de una prostituta, pero no el de una yonqui. En la investigación policial, según le contó Juan, encontraron raro que la mujer no presentara otros signos de adicción a la droga, solo aquel pinchazo, el causante de su muerte, y la jeringuilla prendida en su brazo como prueba del delito.

Le dijeron que siempre hay una primera vez y puede que muy mala suerte.

Romeo interpuso una denuncia contra el local donde ella trabajaba y vivía como posible autor de su muerte, aunque él lo aseguraba. Se impuso la impunidad de un negocio ilegal encubierto por resquicios legales.

Una madrugada se presentó en la puerta del prostíbulo, preparado a prenderle fuego con una garrafa de gasolina, pero abandonó la idea al pensar que podría morir alguna de las mujeres que allí trabajaban. Se fue entonces directo al coche del tipo gordo y calvo que dirigía el local, lo conocía bien, era un BMW de color negro, en alguna ocasión lo había visto subirse a él, con la complicidad del matón que le abría y cerraba la puerta. Rompió un cristal, tiró dentro la lata de gasolina sin el tapón y luego prendió fuego a un pañuelo de papel que lanzó al interior del vehículo. Se separó lo más rápido posible del vehículo, pero la deflagración de la lata, que aun contenía mucha gasolina, le pilló por sorpresa. Una llamarada muy potente se extendió por los tapizados y el salpicadero, un humo negro como su futuro salía por la ventanilla, que ahora era una columna de fuego al exterior.

Romeo, enganchado al alcohol, no sabía cómo borrar la imagen de Irina de su mente –¡no, ahora no!–. Se había echado a la mala vida, como le diría más tarde el inspector.

Pasado unas semanas y tirado en la cama como una piltrafa, oyó como le reventaban la puerta de aquel piso viejo que ocuparon un día sus padres, y entre los efectos de la resaca vio entrar a Boris, el guardaespaldas del ruso gordo y calvo. La paliza duró hasta que perdió el conocimiento. Cuando despertó distinguió con dificultad varios dientes esturreados por la sabana manchada de sangre. Apenas podía abrir un ojo y le dolía todo el cuerpo de cintura para arriba, estaba convencido de que lo habían dado por muerto o que pensaron que iba a morir. Tenía una herida abierta en una ceja y le costó mantenerse en pie. Había usado su cuerpo indefenso como si fuese un saco de boxeo. Luego, su vida fue todavía a peor, y no es que no quisiera vengar esa paliza, es que el vino le quitaba las fuerzas para pensar y razonar, y cuando no estaba bajo sus efectos solo quería volver a echarse en los brazos de Baco. Aquel cuerpo fibroso pero enclenque, llevaba encima todo el dolor y la dureza que la vida le había entregado desde niño. Sin embargo, era de los que se agarraban a un clavo ardiendo, a un soplo de aire para seguir respirando y sobrevivir.

LA ÚLTIMA CENA

Pablo estaba en el vestíbulo de su casa esperando a Noelia. Se sirvió una copa de vino blanco, no quería tomar nada más fuerte, quería estar a la altura debida con su padre.

Noelia bajaba por las anchas escaleras con el vestido que él le había regalado el día que discutieron. Estaba preciosa, elegante, le quedaba ceñido como un guante, era imposible no enamorarse de esa mujer, y no le mentía cuando le decía que parecía una actriz de Hollywood.

Emprendieron el corto viaje hacia la casa paterna, y al abrir con su llave el asistente que salió a recibirles, le indicó a Pablo que su padre le estaba esperando en su despacho.

Se presentó con Noelia en la habitación, su padre estaba acompañado de otro señor al que no reconoció en un principio. Los dos hombres se levantaron por cortesía al verla y Pablo quiso aprovechar para presentársela, pero su padre apenas le dejó hablar, se disculpó ante el otro invitado y los sacó a los dos del despacho.

−Discúlpenos, señorita…

−Noelia, papa, Noelia…, te la acabo de presentar.−le contesto malhumorado.

−Mire, Noelia, la verdad es que todo ha sido culpa mía, hoy tenemos entre manos un asunto familiar muy delicado y a la vez muy personal, no es mi intención ofenderla, pero quiero que entienda que no es la noche más apropiada para que usted esté presente. Insisto, la culpa es mía por no informar mejor a Pablo, pero como le he dicho es un asunto delicado –explicaba a la vez que le hacía una seña a su asistente personal, que estaba unos metros, retirado–. Por favor, pide un taxi a la señorita y encárgate de que ello no le ocasione ningún trastorno.

En menos de 15 minutos Pablo se encontró sin Noelia y en el despacho de su padre, en compañía de aquel hombre, al que poco a poco iba recordando. Era empresario, y había leído una entrevista que le hicieron en *Cinco Días*, en la que habló sobre la capacidad de recuperación en el mercado de exportación; después de haber pasado una crisis tan aguda su flota de transporte se reinventó para cambiar la mercancía, que ya no demandaban en el extranjero, y adaptarse al negocio de la alimentación, primordialmente agrícola, que era lo que se demandaba fuera de nuestras fronteras.

–Pablo, te presento a Alberto, es amigo desde la universidad. Lo que vamos a tratar esta noche con él te afecta tanto a ti como a las dos familias en general, pero quiero que escuches antes de que digas alguna estupidez o pongas el grito en el cielo. Es nuestro deseo concertar un matrimonio entre la hija de Alberto, que por cierto es una mujer muy hermosa, y tú.

Ante la perplejidad que reflejaba Pablo en su cara y el gesto de separar su cuerpo de la mesa en la que estaba apoyado, don Alberto creyó oportuno intervenir.

–Mira, Pablo, al fin y al cabo, esta vida es en sí misma un negocio. Espero que no pienses que somos unos miserables al proponerte esto, somos personas respetables y respetadas, tenemos unos intereses comunes, sentimos hacia nuestras esposas el máximo respeto, no es nada indecoroso, y ya te puedo adelantar que el amor que ahora no ves por ningún lado aparecerá con el tiempo, con los hijos, a los que siempre querrás, y a los que procurarás, como es nuestro caso, lo mejor.

Su padre tomo el relevo.

–No dudes, hijo mío, de que solo hemos pensado en lo mejor para vosotros, en vuestro futuro y en el que le daréis a vuestra familia y las generaciones venideras. No solo conseguiremos un patrimonio mucho más grande, sino que dominaremos el transporte, tanto por aire como por tierra, y en ningún momento nos faltará mercancía para transportar, no queremos que el futuro corredor del Mediterráneo nos gane la mano, pero ese es otro tema que abordaremos más adelante.

Don Alberto se levantó, estrechó la mano a Pablo y, con una educación exquisita, salió del despacho.

–Os espero fuera, me imagino que tendréis que dirimir algunos flecos.

Encima de la mesa, como por un descuido, había quedado una fotografía de la hija de don Alberto, era evidente para Pablo que aquella era una estratagema urdida por su padre, no podía significar otra cosa, le estaba enseñando la "mercancía".

–Pablo, en el lecho de muerte, le prometí a tu madre que siempre cuidaría de ti –y un semblante serio, si cabía todavía más, se instaló en su cara–. Espero que todo el amor que depositó en ti, y mi confianza, no la tires por la borda. Sé que ha habido otras chicas en tu vida, incluso la monada que has traído esta noche, y seguro que crees que es la mujer de tu vida, pero debes pensar que quizá no todas han estado contigo por amor, sino por interés, ya te aseguro que Isabel –señalando la foto– no es de esas, a ella no le hace falta nuestro dinero.

Pablo se daba cuenta de que poco a poco, nadie le había dejado hablar, de que le habían arrastrado a aquel rincón donde ellos lo zarandeaban a su antojo. Y ahora, como los buenos púgiles, quería zafarse de la esquina con un par de golpes seguros y certeros.

–Papa, por educación y por no hacerte un feo, me voy a quedar a cenar, pero si has firmado algún acuerdo por escrito con ese señor ya puedes ir rompiéndolo. Mientras Noelia esté conmigo no habrá otra mujer en mi vida. No sé si he sido claro hablando. Está vez estáis negociando con mi vida, mis sentimientos y los de la hija de… ese señor –resaltó la palabra con desprecio–. Puede que a mí me quiera convencer, pero creo que a ella la vende por un puñado de millones.

Se dirigía hacia la puerta cuando intervino su padre de nuevo.

–Antes de salir del despacho, quiero que veas algo –del primer cajón de la mesa sacó una carpeta–. Me hubiera gustado no llegar a esto, creo que alguien debía abrirte los ojos.

Pablo abrió la carpeta, donde había un montón de fotos de Noelia con Rodrigo. Y un montón de informes, incluso de lo que ella había hecho con el dinero que Pablo le asignaba, lo que tenía en la cuenta y lo que mandaba a Paraguay.

–Todo eso ya lo sabía, y han cambiado las cosas, ahora Noelia ha dejado a ese otro –le costaba decir su nombre–, y todo será distinto desde ahora. Por su cabeza pasó la traición que le había hecho el jefe de seguridad.

Entonces don Pablo sacó un pen, lo insertó en el ordenador y reprodujo un audio con las conversaciones telefónicas más recientes entre Noelia y Rodrigo. El semblante del hijo fue cambiando, rabia y odio empezaron a instalarse en su corazón, al mismo tiempo que expulsaba el amor y el cariño que por ella le quemaban y que creyó reconquistados.

AÑO 1939, DIARIO 10 (I)

La guerra estaba tocando a su fin. El frente de los nacionales estaba conquistando los pueblos uno a uno, sin remedio, ante unas famélicas tropas republicanas que se replegaban en retirada. Marzo se estaba acabando, el pueblo nunca fue primera línea de batalla. El avance de los rebeldes ya era una apisonadora, allí donde llegaban imponían un impuesto enmascarado como si fuera una donación, pero todo el mundo tenía que estar en la lista. Se admitía dinero o cualquier joya, preferentemente si era de oro; la excusa era financiar la campaña y devolver a la Iglesia todo lo que se le había robado. Era una amenaza cuando en el bando o panfleto que se repartía por el pueblo se anunciaba que no habría una segunda petición de colaboración.

Entonces Recuenco apareció por el hostal.

—¡Santi! —gritó desde la puerta, buscándola con la mirada.

Salió de la cocina asustada. Él sabía que la represión alcanzaría a todo el que hubiera colaborado con los rojos.

—Ahora si ha llegado mi fin, o me voy o me fusilarán, no te puedo llevar, ni siquiera me puedo permitir perder más tiempo, me retrasarías y tampoco sé que va a ser de mí.

El militar hablaba sin orden, quería decir tantas cosas a la vez. La quería, pero se iba sin ella. Mientras, sus dos inseparables soldados habían subido a la habitación a por sus objetos personales.

Fuensanta subió a la habitación con su soldado, como cariñosamente le llamaba, y le ayudó a recoger sus últimas pertenencias. Tras un largo beso no fue capaz de articular palabra. Lo vio partir a toda prisa, pensando esta vez por su vida y la de sus acompañantes. Solo se giró una vez para despedirse, pero ya no se distinguían los rasgos faciales a través del cristal del automóvil.

El 1 de abril se dio por finalizada la Guerra. El alzamiento había triunfado, ahora las depuraciones eran la noticia que corría de boca en boca, por todos los pueblos de alrededor, casi en silencio. Nadie se atrevía a contradecir lo que se estaba haciendo, el miedo, la propia supervivencia y las venganzas de los vencedores contra los vencidos hacía que la convivencia fuera un milagro, de un día para otro habían cambiado las tornas. Parecía que el sol solo salía para unos pocos, los de antes, los de siempre. Al final, y después de todos los muertos, de tanto sufrimiento, todo iba a quedar igual que estaba.

Fuensanta echó la vista atrás. Después de tantos años, al menos los suyos estaban ahí, todos juntos, su hija Josefa ya tenía 15 años, su hermano había cumplido los 30, y su cuñada, aunque seguía delicada, procuraba mantener el tipo y cuidar de sus hijos, Pedro y

Purificación. Solo quedaba ella con 38 años, camino de la cuarentena y sin un hombre que cuidara de ella, ni siquiera su hermano, al que le reconocía otras virtudes, pero no la de dar estabilidad y seguridad a la familia.

Las noticias de otros pueblos llegaban antes que los diarios, de hecho, algunas no salían en ellos, la censura militar se instalaba en cada rincón de cada pueblo, con hombres afines al nuevo régimen que denunciaban a personas que habían colaborado con el enemigo, o simplemente por pura venganza, por su ideología; cualquier infracción a las nuevas normas, servía de excusa para pasarte una temporada a la sombra o recibir una paliza. El nacionalcatolicismo se imponía como algo indiscutible, hasta se creaban cementerios para los extranjeros no católicos, la iglesia española tenía en sus manos el poder de la venganza y lo empleó como siempre, contra los más desfavorecidos. Por miedo se volvieron a llenar sus templos, y desde sus púlpitos se arengaba al mantenimiento del nuevo orden, se rezaba por los caídos, los de su bando, por José Antonio Primo de Rivera. Otra vez las primeras filas estaban reservadas para los nuevos dirigentes, y otra vez un lado del templo para los hombres, otro para las mujeres; también en los colegios se separaba por sexo a los niños, con el crucifijo en el centro y los retratos de Franco y José Antonio a cada lado, presidian las aulas. Nadie se atrevía a bromear siquiera con esta imagen, cuando en las clases de religión, impartidas por sacerdotes o monjas, se recordaba que Jesucristo estuvo en la cruz flanqueado por dos ladrones. Muchos de aquellos niños eran huérfanos de padre, otros incluso habían perdido a toda su familia. Con la nariz llena de mocos, con los pantalones cortos y los pies en unos zapatos, que la mayoría de las veces eran de otra talla, y casi siempre sin calcetines, formados en el patio antes de entrar, perfectamente alineados, los niños cantando el Cara al Sol, como medicina para todo, incluso contra el hambre.

Uno de esos días de primavera en los que la lluvia es la protagonista y las tormentas teñía de plomo el cielo, la cantina estaba totalmente vacía, como los peores años del negocio. La tarde prometía ser tediosa. La gente sabía de la colaboración de Fuensanta con los militares y ahora nadie quería relacionarse con ella. Fue inmediato el desapego a las jarrillas de vino entre los que alababan a la República y los que ahora alardeaban de su patriotismo por España. Por aquella puerta había entrado toda clase de hombres, y ahora apareció mojado como un perro abandonado don Rafael. El grito de Santi al verlo fue desgarrador. Este apenas se podía tener en pie. Sus ropas donde no rotas simplemente no había. Tenía la cara arañada y sus manos temblaban. Sus zapatos apenas eran unos trozos de piel, le sangraban los pies. Tenía la mirada de un loco.

Cerró la puerta a cal y canto, buscó una manta y se la echó por encima, lo sentó en la mesa de la cocina, junto al crepitar de la lumbre, le sirvió un vaso de aguardiente y no lo dejó solo hasta que las manos dejaron de temblar. Al fin pudo articular palabra.

–Han matado a Pascual y a Rafi, Trini… está muy grave, y Angelita, desaparecida –Santi se tapó la boca y con las dos manos y empezó a llorar–. No he podido hacer nada. Cuando alguien ha identificado al soldado que lo ha hecho, he intentado matarlo, pero se me han echado encima sus brutos compañeros y me han dado una paliza. Creo que creían que estaba muerto. He revivido gracias a la lluvia, después de estar inconsciente durante no sé cuánto tiempo. He estado toda la noche andando desde Úbeda, sin saber a dónde ir. Cuarenta kilómetros andando y preguntándome por qué aquel loco decía que Rafi era suya, suya y de nadie más.

–Por casualidad, no se llamaría Saturnino.

–Pues sí, ahora que lo dices. Al separarnos unos le llamaban Satur, me imagino que… ¿Cómo lo sabes?

–En la época que estuve trabajando allí un tal Saturnino, que era hermano de Rafi, muy mal encarado, vino a llevarse a su hermana, pero Pascual se lo impidió, porque ella no lo quería ver ni en pintura, pero él tenía mala sangre y vino varias veces más, siempre diciéndole a Rafi: "Por tu culpa ha muerto padre, de vergüenza". Se la tenía jurada a todos los que impidieron que su hermana regresara a su casa.

—Antes de desmallarme oí decir que venían hacia aquí. Si lo vuelvo a ver, lo rajo; aunque sea lo último que haga en mi vida. Yo quería a esa gente, me ayudaron mucho y durante mucho tiempo.

—Ahora vas a descansar, te voy a buscar ropa limpia y de lo otro ya te puedes ir olvidando, Dios hará su parte en su momento. Si te vuelven a ver, quien sabe lo que te harán.

Santi puso un puchero de agua y cuando estuvo caliente le lavó las heridas, le puso unas gasas en las heridas más escandalosas, le vendó los dos pies y lo acompañó a la habitación más cercana. Rafael se apoyaba en los hombros de ella mientras repetía, como si de un rosario se tratara, con voz queda y pasmosa, "Te voy a matar hijo de puta".

La mañana siguiente amaneció de nuevo con un cielo encapotado, cargado de nubes negras que presagiaban un día lluvioso y todavía con frio.

Mientras Rafael seguía en los brazos de Morfeo agotado y maltrecho en aquella cama de sábanas limpias, Santi había preparado el desayuno y el resto de la familia se iba uniendo alrededor de la mesa. Las caras eran largas por las noticias que había traído su amigo. Pedro cogió en brazos a su hijo mayor, mientras Dolores se ocupaba de Puri, que con casi 2 años era una niña muy despierta y alegre. En ese momento se oyeron unos fuertes golpes en la puerta de la cantina, y unos gritos desgarrados y groseros.

Los niños se asustaron y la más pequeña y Josefa, contagiados por la seriedad de sus mayores se pusieron a llorar.

Fuensanta se levantó despacio, mandó a los niños arriba y, con toda la naturalidad posible, dentro del miedo que sentía, fue a abrir la puerta pensando en lo peor, por un lado, en si había sido denunciada, y, por otro, en si alguien había visto entrar a Rafael y los culpaban de darle cobijo, eso también los podría poner en un aprieto.

—Buenos días tengan ustedes, en que puedo servirles.

—De momento queremos comer, y luego ya hablaremos de todo un poco, verdad, ricura —tras decir esto aquel soldado, mientras ingresaba en el establecimiento, intentó tocarle el culo, a lo que Santi respondió soltándole un bofetón. La mano del soldado se levantó como un resorte y, enfadado aún más por las risas de sus compañeros, le devolvió el guantazo a Fuensanta, que acabó por los suelos y con el labio partido. Pedro, que seguía la escena unos metros más atrás, se lanzó contra aquel bruto, pero acabó con varios puñetazos propinados por todo el grupo, aquello no parecía que fuera a acabar muy bien para los hermanos, hasta que una voz, potente, mandó parar los golpes y, como si del dios de la guerra se tratara, aquellos soldados se cuadraron y se quedaron inmóviles. Se trataba de su capitán, quien se paseó ante ellos como pasando revista. Con uniforme impoluto, guantes de piel, unas botas relucientes hasta las rodillas y una fusta bajo la axila. La gorra de plato en la mano, con sus tres estrellas de seis puntas, dejaba al descubierto un pelo negro impregnado de brillantina, ojos grandes y negros, con rasgos helenos.

Ayudó a levantarse a la maltrecha dueña del local, mientras Pedro, todavía enrabietado, hacía malos gestos contra los ahora obedientes y quietos soldados.

−No se lo tenga usted en cuenta, señora…

−Soy señorita, Fuensanta, Santi para los conocidos −ahora, haciendo caso de los consejos de Recuenco, intentaba ganarse a aquel hombre que era el que llevaba la voz de mando.

−Son brutos pero buenos luchadores, solo me fio de ellos. Sé que lo que han hecho no está bien, y ellos también lo saben, no se le puede pegar a una mujer, por muy roja que sea. ¿¡Verdad Satur!?−gritó sin ni siquiera mirar al soldado.

La cara de Santi se quedó del color de la cera.

−Ahora Santi, usted va a ser buena, y nos va a poner de desayunar a todos, incluso a Satur, que yo me encargaré de que se lleve lo suyo. Aunque ya no sé qué le hará cambiar al bruto este, porque ya le he castigado de todas las formas posibles, pero es que es tan buen soldado en la guerra, que no lo quiero echar a perder. Y al príncipe que salió en su defensa le vamos a pedir, que se tranquilice, ¿sí? A continuación, alzó la fusta, que a modo de extensión de su mano la pasó como una caricia por la cara de Pedro.

Cuando hubieron desayunado, esta vez el capitán formó a todos los ocupantes de la casa, menos a Rafael, que seguía oculto en su habitación. Ahora estaba delante de unos ojos temerosos, a la expectativa e interrogantes. Les pidió los nombres a todos, incluso a los más pequeños.

–Mi nombre es Sabino Bocanegra, capitán del glorioso ejército español.

A veces cuando decía esta frase, algún que otro incauto sonreía o hacía gestos con los ojos o las manos, con lo que era una buena excusa para emprenderla a palos con él. Pero esta vez el miedo superaba al atrevimiento.

–Tenemos noticias de vuestra colaboración con el ejercito enemigo de la patria, de esos ateos y republicanos, asesinos de religiosos y gente de bien. ¿Qué voy a hacer con todos vosotros? A ver, Pedrito, ¿tú a que te dedicabas con esa gente?

–Verá, señor capitán, yo ayudo en la fonda y cuido de mi mujer y mis hijos –mientras hablaba miraba de reojo a su hermana–. También ayudamos a gente del pueblo y de los alrededores a escapar al lado nacional, con un pariente de mi mujer, que al final pudo quedarse en el lado…bueno.

El militar se le quedó mirando incrédulo, pero de donde se había sacado ese tipejo tamaña historia. Como no lo podía corroborar en esos momentos solo se le ocurrió recriminarle.

−Cuando te dirijas a mí, quiero que me llames capitán Bocanegra, nada de señor. ¿Está clarito?

−Si, señor −y de pronto se dio cuenta del error−, capitán Bocanegra.

Las mandíbulas del militar se tensaron, pero no hubo reacción ante la postura de sumisión que adoptó Pedro, con la cabeza baja y las manos cruzadas sosteniendo su boina.

Fuensanta no le quitaba ojo a la escena, y el capitán se percató de los ojos verdes de aquella mujer morena. Con el labio partido por el bofetón de su soldado estrella.

−¡Satur al orden, inmediatamente!

−¡A la orden mi capitán!

−¿Has visto lo triste que esta la señorita Santi?

−¡Si, mi capitán!

−¿Y qué crees, que puedes hacer para que se le pase y vuelva a estar contenta?

−¡Lo que usted mande, mi capitán!−Satur en todo momento se mostraba en posición de firmes. Ya había sufrido otros castigos y había visto de lo que era capaz con los correctivos a otros soldados que se habían sobrepasado, así que iba a acatar lo que le mandaran, sin rechistar.

–¿Acaso eres un moro de esos que han traído de África, de los que van violando y maltratando a mujeres españolas, por muy rojas que sean?

–¡No mi capitán!

–¿Cuántas veces te he castigado por cosas parecidas?

–¡Cinco mi capitán!

Mientras que la voz del oficial era suave pero directa, la del soldado era casi un grito.

Uno de los pequeños empezó a llorar, y con un gesto a modo de desdén con la fusta, sin apenas apartar la mirada de su subordinado, mandó que se fuera Dolores, que mantenía a la niña en brazos, y tras ella se fue su marido y Josefa, a indicación de Santi.

–Entonces, ¿qué puedo hacer contigo para qué te corrijas?

El soldado estuvo dudando si contestar o no, pero al fin, soltó:

–No lo puedo evitar, es superior a mis fuerzas –esta vez su tono de voz, fue bajo y sereno. El capitán sabía que decía la verdad, pero su conciencia, no le permitía que aquello que él consideraba una aberración contra la mujer, quedara sin castigo.

–Mira, Satur, creo que tú eres un cazurro, pero yo estoy empeñado en hacerte un hombre noble. Llevas desde el principio conmigo, lo suficiente para que ya supieras cuán desagradable es para mí esa actitud chulesca con las mujeres, y te lo repito –le dijo acercándose cada vez más a los ojos del soldado–, por muy rojas que sean. La mujer es la mejor compañera del hombre, la que lo cuida, la que le cura, la que remienda sus rotos y la que lo alimenta y le da los hijos; debe ser complaciente con su hombre, no le discutirá nada de lo que él le mande, y será temerosa de Dios y limpia, pero, si la maltratas sin motivos, entonces tú serás castigado y en el juicio final nuestro Señor te castigará. Resulta que voy a estar muy a gusto en esta fonda, la comida estará de rechupete, así que mientras estemos en esta casa tú vas a tener dos capitanes, ¿sabes quién será el otro?

–¡No mi capitán!

–En estos momentos la tienes delante, la vas a cuidar como si fuera yo, a ella no le faltará de nada. Irás a intendencia y traerás todo lo que necesite para que nos pueda alimentar bien, qué digo bien, muy bien a todos. Hay que ser generosos y harás todo lo que te mande. Esto va a ser así, como si fuera una orden mía, hasta nueva orden. ¿Tienes alguna duda, Satur?

–¡No, mi capitán!

EL ADIOS DE PURI

Las semanas pasaron lentamente y el verano llegó como una cascada de calor sobre los tejados de las casas del pueblo.

Varios meses después del gran despertar de su abuela, Rocío se había empeñado en intentar recuperarla de nuevo. Desde tiempo atrás prácticamente ya no respondía a ningún estímulo, se le tenía que dar de comer, casi a la fuerza, y su memoria se precipitaba hacia un pantano de tierras movedizas, cada vez más sumido en el lado oscuro de su propia galaxia, allí de donde nunca se vuelve.

Fue entonces cuando, sin pensar por qué, le recitó aquel pensamiento que le había escrito, sin duda no esperaba que reaccionara, pero ella necesitaba decírselo, quería que supiera lo que significaba para ella.

Alzheimer.
¿Quién guardará tus sueños, si la nada ha penetrado en tu mente?
¿Quién cumplirá tus anhelos, si el genio de la lampara ya gastó tus tres deseos?
¿Quién oirá tus recuerdos, si tu voz rompió tus cuerdas vocales?
¿Quién sentirá tus caricias, si tus manos ya no lavan una a la otra?

¿Quién recibirá tus besos, si tus labios no son la luz de tu cariño?
¿Por qué tus ojos están vidriosos?
Ya no me miras con dulzura y comprensión.
¿Dónde quedará tu vida, crees que nadie te recordará?
¿Dónde irán tus añoranzas?
Sabes que son mías tus últimas inquietudes.
¿En qué rincón guardas a tus seres queridos?
¿En qué neurona estaré yo?
¿A caso hay otra vida? ¿Estás ahí ahora? ¿Se vive mejor?
¿Por eso no hablas, no miras, no tocas, no oyes y olvidas?
Al menos dame un último beso, el beso del adiós.

Con lágrimas en los ojos, guardó el papel donde había escrito aquellos pensamientos sobre aquella enfermedad tan monstruosa.

Solo se le ocurrió leerle alguna cita de los diarios malditos, como última posibilidad de hacerle retornar de aquel infierno donde la anciana era como un cero a la izquierda, sin sentimientos, y a lo que Rocío se negaba a admitir.

Remedios, su madre, la tomó de la mano y se la acarició. Con aquel gesto le decía que la *abu*, ya no era consciente de lo que pasaba, pero aun así se quedó con su madre y Amina, y siguió leyendo. En un momento determinado, hacia media noche, a Purificación le cayó una lagrima, pero esta vez no supo si era por la posición de la cara que mantenía su antecesora, con los ojos abiertos y pestañeando de tarde en tarde, o porque se había emocionado al recordar aquella época.

Rocío se fue quedando dormida, recostada en el sillón orejero y balancín que en su día usara su abuela para hacer costura. El sueño le llevó a los brazos de Rodrigo, y otra vez tuvo la sensación de que algo malo le iba a ocurrir, sin embargo, su orgullo en la propia pesadilla le impedía avisarle, quería castigarle por lo que ella estaba padeciendo, se sentía sola y menospreciada. Rodrigo se le acercaba, serio, malhumorado, echándole en cara que ya no le quisiera, la cogía del brazo y la zarandeaba.

–Rocío, despierta, hija. La abuela está muy mal. Amina ha ido en busca del médico.

Inmediatamente abrazó a la anciana, quería recordar el calor que tantas veces le había trasmitido aquella mujer, cuando ella era pequeña, unas veces jugando, otras tras una herida en la rodilla o una pelea con sus amigas, o simplemente para mostrarle su cariño. Rocío sintió el fino tacto de la piel ya cansada y quiso transmitirle su calor, pero la delgadez de aquel cuerpo no dejaba paso a nada que se pareciera a la vida. La muerte había llegado con grandes zancadas y se la llevaba de entre sus brazos.

El médico solo pudo certificar la muerte, entre los sollozos de Remedios y su hija, y las lágrimas calladas de Amina y su hija Falak, que quisieron acompañar a la familia en el trance. El padre de Rocío calmó a su hija con una caricia y unos besos, y la sacó de la habitación, mientras la memoria de aquel cuerpo inerte se perdía para siempre en el espacio de la nada.

ROMEO Y EL TRABAJO

Romeo reconocía lo bien que había gastado los cien euros que días atrás le había regalado Urbina. Fue lo mejor que hizo en su vida. Los usó para reengancharse a la vida. Daban mucho de sí, si sabías cómo emplearlos. Compró ropa y unas zapatillas en una tienda de segunda mano. Pasó por la Casa de la Caridad, la asociación que procuraba por la decencia y la salud de los más desfavorecidos, donde se homenajeó con una ducha y un corte de pelo totalmente gratis. Y comió, comió decentemente en un bar de barrio, donde la comida era casera y el menú era digno de un currante. Con su teléfono antediluviano buscó el número de su antiguo mentor, que se había quedado grabado. Habían pasado los tres días que le dio para reponerse, y ahí estaba, aseado y limpio, aunque las manos le temblaban como si estuviera en invierno.

–Jefe, estoy preparado. Puedes contar conmigo.

La voz que Urbina reconoció al otro lado de la línea parecía serena y segura.

–Pues entonces necesito verte para contarte de qué va el asunto. ¿Te acuerdas del bar El Hórreo, en la calle Juan Bravo? A las 8 p. m.

–A mandar, como en los viejos tiempos.

El jefe de seguridad personal de don Pablo, tenía un conflicto de intereses. El mandamás quería que

Noelia recibiera un castigo ejemplar, por haberse aprovechado de su hijo, por haberle timado tanto dinero, y lo ideal era meterla en la cárcel, acusada de algún delito, pero un buen abogado, según le aconsejó Urbina, la sacaría en nada, e incluso podrían tener una mala publicidad, si el problema se hacía público. Optaron por dejarlo pasar, de manera que ni un solo euro más pasara a sus manos. En eso Pablo junior estuvo de acuerdo. Aunque no sabía por qué, después de haber escuchado aquellos audios, todavía se conmovía al recordarla. Su padre se encargó de echarla de la casa de su hijo. Primero la amenazó con llevarla ante la justicia por lo que se mencionaba en los audios, y luego porque la casa estaba a nombre de la empresa y él era el dueño.

Pero el dilema venía por parte de Pablito, como era conocido en el círculo más familiar. Quería que al amante de Noelia, ese tal Rodrigo, se le diera una paliza, y a ser posible que no pudiera irse con ella, algo así como las piernas rotas, y si era algo peor tampoco le importaba. –Vamos a darle una paliza que lo dejará marcado para siempre–. Ahora ya no le importaba que Noelia lo relacionara con él, casi prefería que se diera por aludida, pues era ella la que había provocado esa situación. Quería que se sintiera responsable de lo que le pasara a su amante. Lo único que importaba era que no fuera capaz de demostrar que él estaba implicado. Por eso, su nuevo equipo estaba formado por Romeo y

Boris, dos viejos amigos que eran como el agua y el aceite, su relación era de odio mutuo. Nadie de la empresa, ni de su departamento de seguridad, podía estar involucrado. Todo tenía que ser externo y de fiar. El propio Juan Urbina era el filtro, por lo que ellos dos deberían de ser de toda confianza.

Boris odiaba a Romeo porque por sus denuncias a la policía tuvieron que cerrar aquel garito. Su director tuvo que desaparecer una temporada y dar muchas explicaciones, primero a sus capos en la madre patria rusa y después a la policía, sobre por qué apareció el cuerpo de aquella puta. El incendio del BMW también contribuyó a que se hiciera más hincapié en las denuncias, al relacionar el propietario del vehículo con el prostíbulo. Aunque en menos de un mes se montó otro en otro punto de la ciudad, su jefe y protector tuvo que volver a Rusia, y él ahora trabajaba de portero en una discoteca, pasando frio en las madrugadas de Madrid.

El odio de Romeo hacía Boris tenía varias vertientes. Una por la paliza que le dio, que estuvo a punto de matarlo, y ahora le faltaban cuatro dientes que le hacían acordarse, cada vez que se miraba en un espejo, de que Boris era su responsable. La otra tenía que ver con lo que le sucedió a Irina. Era evidente que nadie la trataba como un ser humano, más bien era una máquina de hacer billetes, y eso no lo soportaba, en algún momento aquellas mujeres debían de poder dejar de ejercer, o al menos tener esa opción. Y lo hacía responsable de su muerte, fuera o no el ejecutor. Además, no aguantaba que aquel ruso de mierda le hablara a él como si fuera un despojo de la sociedad, que sí, que lo era, pero él no era ni eso, era otro despojo y encima no hablaba bien el castellano.

La cena en El Hórreo iba a cargo de Juan. Unos suculentos bistecs con guarnición de verduras, luego un gallo al horno, y todo regado con una botella de vino, reserva Marqués de Cáceres. Romeo miraba de reojo aquella botella, pero tuvo el suficiente valor de pedirse una Coca-Cola.

El local no era muy grande, por lo que la intimidad para tratar aquel tema no era la idónea, pero la comida era de calidad, así que el anfitrión lo hizo en voz baja, y los demás lo imitaron.

–El presidente, o sea, don Pablo, el que paga, quiere vengarse de la mujer que ha estafado a su hijo, de manera que se vaya de España y no le saque ni un euro más a su retoño. Como en las conversaciones ha descubierto que en su país ha comprado unos apartamentos y los quiere poner en alquiler, por ahí, y con la ayuda de sus amigos extranjeros, van a inutilizar las posibles ganancias, por ejemplo, mediante un incendio en esa construcción, una mala publicidad, unos inquilinos que no paguen y lo destrocen todo. En fin, él está muy ducho en todas esas malas artes.

Pero ahora el problema es el hijo, y ahí entráis vosotros, y vosotros, os lo digo desde ahora, estáis solos, no tenéis cobertura, estáis condenados a llevaros bien; si todo saliera mal, ni siquiera podréis justificar de dónde os ha salido el dinero, el mucho dinero que os voy a entregar en unos momentos.

Os explico. El hijo, o sea, Pablo jr., quiere que al amante de esa mujer, que ahora os daré información y nombres, le pase algo malo, cuanto peor mejor, aunque yo no llegaría a mancharme las manos en lo peor, quiero decir, que no sería bueno que muriera, y si eso pasara, mejor que no apareciera el cuerpo. También sería conveniente que nadie os reconozca, y que volváis a la vida normal sin malgastar, tendréis que controlaros y dejar pasar un tiempo para ello.

Las miradas de Boris y Romeo se cruzaron, el rencor que se tenían no había cambiado, incluso cuando abrieron con cierto secretismo el sobre abultado tamaño folio que Juan les había entregado, mientras este observaba los gestos de satisfacción de aquellos dos hombres.

A continuación, abrió su maletín y les entregó otro sobre, con información sobre la pareja y un teléfono desechable con los números pregrabados, de uno y el otro.

Juan se despidió de ellos convencido de que el dinero reduciría sus diferencias.

Cuando Romeo descubrió que el puticlub donde trabajó Irina había cerrado, una sensación de amarga victoria se adueñó por unos segundos de su alma. Como era defensor de pleitos pobres, empezó a sentir cierta empatía por el hombre al que tenía que joder la vida. Se vio reflejado en una pareja que luchaba contra lo inevitable, igual que Irina y él.

    Boris seguía preguntándose, por qué el Jefe necesitaba al capullo de Romeo, cuando él era perfectamente capaz de solucionar el problema del tal Rodrigo, y por qué Urbina se empeñó en que así fuera. Casi se arrepentía de no haber acabado con su vida cuando pudo, pero al parecer aquel desecho era como los gatos, tenía siete vidas y era terco en lo de sobrevivir. Sin embargo, como dicen por aquí, a la tercera va la vencida. Ahora solo pensaba de qué manera, podría deshacerse del socio y de paso quedarse con su dinero.

AÑO 1939, DIARIO 10 (II)

El señor Rafael, después de conocer la llegada de aquellos militares al mismo lugar donde él se escondía, y con la ayuda de Dolores, se escapó de la fonda por la ventana trasera de su habitación y puso tierra de por medio. Después intentaría averiguar qué había sido de Trini y Angelita allá en Úbeda.

Fuensanta había sido testigo del castigo impuesto a Satur, de quien solo sabía que era el hermano de Rafi y que la había matado, igual que al señor Pascual, y vete tú a saber si también a Trini, de la que no tenía noticias, o si habría superado las heridas infligidas por ese asesino. Así que, aun siendo analfabeta, no se creyó nada de lo que había presenciado, podría ser que, si le mandaba algo a aquel soldado, este le obedeciera, aunque sabía que siempre estaría protegido por el capitán. Seguro que sería el informante, por si se enteraba de alguna noticia; vamos, un chivato, pensó, un chivato del señor capitán. Lo peor de todo es que había un asesino bajo el mismo techo donde habitaba su hija, su hermano, su cuñada y sus sobrinos. Y matar en una batalla tenía justificación, pero matar a civiles, y a su propia hermana eso era el peor pecado del mundo, y no entendía porque el capitán lo había permitido, por qué Dios lo había permitido. Lo que sí que parecía claro es que Satur no la recordaba a ella ni a su hermano, de su paso por Úbeda, ya que ella siempre se mantuvo al margen, y él con evitar al señor Pascual, ya tenía suficiente. El miedo se instauró en su cuerpo y en su entorno, y cualquier precaución iba a ser poca frente a aquel criminal.

Santi estaba cocinando para los militares de confianza del capitán, más la familia, y por si debía servir alguna comida más, pues todavía paraba a veces algún transportista, o algún otro oficial comía allí, aunque no pernoctase. Estaba, por lo tanto, ensimismada con sus reflexiones y sus cantidades para que la cocción saliera perfecta.

–Fuensanta, le traigo buenas noticias –le susurraba el capitán Bocanegra, que se le había acercado sigilosamente por detrás, mientras ella permanecía sumergida en sus pensamientos y cocinando, lo que a Santi le asustó–. Resulta que hemos indagado, y es cierto, caramba qué sorpresa, su hermano no mentía, ustedes han ayudado a pasar a la buena gente a nuestro lado. Vaya, son una caja de sorpresas. También parece ser que no lo hacían desinteresadamente, claro está, que las cosas en tiempo de guerra no se hacen gratis, pero mis fuentes aseguran que han salvado algunas vidas de las fauces de esos rojos. Espero que su contribución a nuestra causa nacional sea pingüe. –Fuensanta tuvo que preguntar a Pedro y este consultar con un viejo diccionario el significado de aquella palabra. Estaba claro que tendrían que donar algo más que unas pesetas para que la mirada de los nuevos mandatarios se alejara de ellos.

Para el capitán no había distinción alguna, para él todos eran unos rojos despreciables, una panda de aficionados que querían dirigir un país, y lo único que habían conseguido era llevarlo a la ruina.

La fama de la compañía que comandaba Sabino Bocanegra había llegado a los generales que habían conquistado todo el territorio español, aunque todavía quedaba algún que otro reducto, que se había echado al monte. Recibió órdenes concretas para que estuviera preparado en el instante en el que se le requiriera en otro punto, para sofocar esos reductos.

El ambiente del pueblo había cambiado radicalmente, ahora los que se escondían o intentaban pasar desapercibidos eran los que anteriormente se hacían los gallitos, los que denunciaban a las milicias que comandaba Recuenco, a señoritos despistados, que todavía quedaban por la provincia. Fueron capaces de señalar a sacerdotes y monjas, para ver cómo pagaban la soberbia con la que trataban al pueblo inculto, al que siempre mantenían bajo el yugo del miedo a un Dios poderoso y vengativo que, vaya casualidad, hacía merecedor de todos los males al pobre, siempre pecador, mientras que al señorito le perdonaba todas las tropelías que fuera capaz de hacer, siempre que les llenara la barriga con buenas prebendas. Ahora, aquellos mismos estaban expuestos a pasar las peores penalidades, huir por salvar la vida y perderlo todo, al ser delatados por parte de aquellos que en este momento se encontraban protegidos por los vencedores, lo que hizo que muchos de estos se echaran al monte, intentar pasar desapercibidos en otras ciudades e incluso cruzar la frontera, para intentar salvar sus vidas.

La gente pobre y casi sin recursos había perdido lo poco que tenían, lo peor era que, según las noticias, sus hijos y familiares habían sido abatidos en alguna batalla, o se los habían llevado de sus casas, y ya no volverían de las cunetas o tapias de los cementerios donde habían sido fusilados. Ahora, todo aquel que no iba a los oficios religiosos de la Iglesia estaba mal mirado. La libertad individual había pasado a ser propiedad del nuevo Estado, y el Gobierno de los militares dio lugar a la dura dictadura, pese a que muchos pensaran que pronto volvería el rey y con él volverían las leyes y el Estado anterior, una vez devuelto el orden a las instituciones. Alfonso XIII, antes de terminar el conflicto, se había posicionado a favor de Franco, pensando que así podría volver a su país y recuperar el poder que le daba la Corona.

La fama de Fuensanta entre la gente del pueblo fue decayendo a partir del reparto de las cartillas de racionamiento. Ahora que el nuevo orden se había impuesto, ella había sabido dar la vuelta a la situación y gozaba de cierta protección por parte de los militares que se instalaron en su fonda, puesto que allí el capitán hizo derivar parte del avituallamiento destinado al racionamiento de los más necesitados. Los que se encargaban del reparto veían cómo la mayoría de aquellos suministros no llegaba para todos, mientras que en la fonda La Plaza, y con el beneplácito militar, sobraba y se derrochaba la comida. Eran una forma más de hacer negocio: el que quisiera comer tendría que pagar de más por su ración. Aquellas mujeres señaladas porque sus maridos o hijos habían luchado en el frente republicano eran apartaban de la cola de suministro básico que le ofrecía la cartilla de racionamiento, y se quedaban para el final, de modo que nunca lograban recibir el racionamiento, y al final tenían que subsistir de la generosidad de vecinos y familiares que sí habían podido recoger la comida de la cartilla.

Todo esto originó un mercado negro de alimentos, del que eran parte principal en el pueblo Fuensanta y su hermano. Otra vez, la guerra y sus miserias le proporcionaban la oportunidad de llenarse los bolsillos, a espaldas del capitán y esta vez a costa de los que aun tenían algún poder económico o vendían sus olivas miserablemente, cuando sus enseres más valiosos ya se habían terminado: cadenas y medallas de oro, plata, relojes, candelabros... La mayoría eran víctimas de la pobreza, y luego estaban los usureros, que se aprovecharon. Santi y Pedro no dejaron pasar la ocasión, lo que generó un odio en el alma de aquellas familias a las que la guerra había empobrecido, humillado y que incluso estaban muriendo de hambre.

Con la guerra terminada, no había necesidad de cruzar a nadie a ningún lado, pero la gente tenía que comer, por lo que el estraperlo y el contrabando se extendió allí donde más necesidad hubiese.

Satur pese a su condición de sumiso ante Santi, seguía con la mosca en la oreja, pensando que allí se tramaba algo que no acababa de descubrir. Y es que la dueña de la fonda, siempre a escondidas de los ojos del capitán y demás soldados, seguía intentando expoliar a los que ahora estaban señalados; con mucha astucia y cautela, se aseguraba de que si querían volver a tener más suministros deberían guardar el secreto. Su avaricia en esos tiempos era cada vez más grande. Codiciaba arrebatar todo lo posible a aquellos que se burlaron de ella y de su familia cuando ellos eran los más humildes y pobres del pueblo, eso hacía que sintiera un ánimo especial de superioridad; ahora ya no era la más pobre, esos ya lo sabían, en esta ocasión era ella la que se mofaba de la necesidad de aquellos, mientras que, sin querer saberlo, arruinaba la esperanza de vida de sus hijos y nietos, incluso de los bebés a los que sus madres no podían alimentar. Aquella era la España pobre, el residuo de la guerra, el prólogo de la pobreza cultural e intelectual de los tiempos venideros.

Una de las tareas que Dolores realizaba en la fonda era el lavado de la ropa, tanto la particular de toda la familia como el ajuar de la fonda, ya fueran sábanas, cortinas, manteles o servilletas. También se ganaba un dinerillo lavando el uniforme a algunos oficiales. Y mientras fuera verano, una agradecía el frescor del agua y la sombra que proporcionaba el lavadero, incluso el contacto con las otras mujeres que allí se reunían para hacer la colada diaria, y cuando faltaba alguna, dependiendo de quién fuera, empezaban los comentarios y las suposiciones.

En cierta ocasión a Dolores, mientras acompañaba en las canciones que una u otra empezaba tarareando, se le resbaló el jabón varias veces y otras tantas tenía que hundir el brazo hasta el fondo para recuperarlo, por lo que se mojaba las mangas de la camisa y parte del mandil. Harta de lo escurridizo de aquel trozo de jabón exclamó un "Me cago en Dios", y tan alto lo dijo que incluso el resto de las mujeres dejó de cantar. Algunas se rieron de lo graciosa que resultaba, tan rubia, con medio cuerpo mojado, y otras pusieron mala cara por lo soez de la expresión. Se quitó el mandil y dejó su pecho casi al aire, al llevar desabrochados los botones de la bata. Tanto por el calor como por lo mojado del vestido su pecho quedó marcado como si no llevara nada.

Dos días pasaron antes de que se presenta la guardia civil en la fonda, preguntando por Dolores.

–Pero yo no he hecho nada, ¿por qué me tienen que llevar?

–Usted, véngase con nosotros, y ya lo aclarará en el cuartelillo, hay una denuncia contra usted.

Fuensanta también intentó impedir que se la llevaran, pero todo fue inútil.

Cuando apareció Pedro, fue al cuartel a ver que se podía hacer.

Santi esperó a que vinieran los militares de sus asuntos con el resto de la compañía, dado que cuando mandó a Josefa a buscar al capitán, no le hicieron caso, más bien recibió los piropos y palabrotas de algunos soldados, al ver a la muchacha de 15 años, sonrosada y con unos kilos de más, paseando por aquellos lugares.

Las horas habían pasado lentamente. Pedro se desvivía en la cocina, hablando con Fuensanta.

−Me han dicho que la han denunciado por decir obscenidades contra Dios, y por escándalo público y exhibicionismo.

−Pero eso es totalmente impensable de Dolores, eso es alguien que nos tiene envidia cochina.

En aquellos momentos, Sabino Bocanegra entraba en la fonda y se dirigía a la habitación que se asignó al fondo del pasillo.

−Quédate aquí yo hablaré con el capitán, y seguro que nos ayuda.

Los golpes en la puerta de la habitación dieron paso a una voz grabe que dio el permiso.

Después de relatarle lo sucedido al capitán, Fuensanta le expuso la necesidad de que Dolores estuviera en la fonda, porque todos eran necesarios para su buen funcionamiento.

Era pleno verano, y Santi, próxima a los 40 años, seguía siendo atractiva y deseable. Aquellos brazos al aire y un escote que, como en sus mejores tiempos en Úbeda, dejaba entrever que sus pechos se mantenían firmes. Sabino Bocanegra había dejado de ser un santurrón hacía tiempo. Y las miradas lo dijeron todo: si quería su ayuda, tendría que dar algo a cambio, como ella hacía con sus tratos.

Aunque un poco extrañado, al militar no le costó mucho que ella cediera, simplemente ella también lo deseaba, siempre había sido la débil en estas circunstancias, desde José pasando por Recuenco y Sabino ahora, quien por otro lado demostró tener una actitud cariñosa y sensual con ella, un respeto que no había conocido, dentro de que no dejó de ser sexo consentido y satisfactorio para ambos.

Aquel hombre, pensó Fuensanta, estaba hecho de otra pasta, estaba claro que esa no iba a ser la última vez.

El capitán Bocanegra, llamó a uno de sus subordinados, le dio una nota escrita para que la entregara en el cuartel de la Guardia Civil y le dijo a Santi que fuera con el militar a recoger a su cuñada.

–Llévate dinero, por si tuvieras que compensar algo a estos guardias. En la nota solo les digo que la suelten, pero tendrás que compensarles, para que cierren el expediente, como si pagaras una multa. Eso no lo puedo evitar, así ellos se justifican.

Y Dolores volvió con la cabeza bien alta, pero rapada, con los pelos cortados como si los hubieran mordido.

LA SALIDA DE NOELIA

Después de la cena, Pablo la llamó. Era evidente que no estaba en casa. El ruido de fondo indicaba que estaba tomando una copa, seguro que en algún sitio distinguido al que la hubiera llevado él anteriormente.

–¿Estás con él? –fue la pregunta seca que le hizo, como si no quisiera conocer la verdad. Tampoco necesitaba saber nada más. Era como una última oportunidad, como la tabla a la que se agarra un náufrago, intentando encontrar un resquicio de amor o cariño por los años vividos.

Noelia vaciló. Para ella era algo tan evidente que no comprendía el porqué de ese interés.

–Si –acabó respondiendo.

–Mañana a primera hora –titubeó– te quiero fuera de mi casa.

Fue todo muy rápido. Pablo se presentó en su casa; ella no hacía mucho que había llegado. Después de pasar la noche con Rodrigo y dejarlo en la habitación del hotel, se percató que algo andaba mal, no porque todo hubiera terminado, que era evidente, sino por su cara, era distinta, y no porque no hubiera dormido en toda la noche, sino por el reflejo de la maldad en su mirada, eso fue lo que le dio miedo. Pablo se había presentado con dos abogados de la empresa, por si hicieran falta, aunque legalmente ella no era más que una invitada, que ya se tenía que ir de la casa.

Noelia le pidió permiso para llamar a un taxi y tiempo para recoger sus cosas. Pablo miró a los abogados, que asintieron.

—Tienes media hora.

Noelia pidió un taxi para dentro de media hora en la dirección acordada. No tenía miedo de dejarse ningún objeto de valor, su máximo valor no estaba en esa casa, sino en el banco, al que, desde su móvil, ordenó que hiciera una transferencia a Paraguay del total de su cuenta. Acto seguido, y como Pablo no le quitaba ojo de encima, volvió a llamar a la compañía de taxis, para anularlo, y marco un nuevo número.

—Rodrigo, por favor, ¿puedes venir a recogerme? ¿Sí? Gracias, ahora te mando la ubicación por WhatsApp.

Los ojos de Pablo se entrecerraron y se dirigió hacia ella con los puños cerrados. Uno de los abogados se percató de la acción y le contuvo, cogiéndole del brazo y hablándole de lo que aquello podía suponer.

Noelia, llena de rabia por no poder consumar el último esfuerzo económico, sacó todo su arsenal para desahogarse.

—Una vez le oí decir a un argentino que hay tres clases de hombres — ella sabía dónde hacerle daño—, y vos sos un cucharilla, porque ni cortás ni pinchás.

Pablo intentó desasirse del abogado, pero el otro ya había llegado a su lado para impedirle hacer ninguna tontería.

Noelia cogió su maleta y no quiso tensar más la cuerda. Abrió la puerta y, sin cerrarla, caminó por el jardín hasta la puerta automática, que daba por fin acceso a la calle. En ese momento alguien le abrió, por lo que intuyó que la vigilaban por la cámara de seguridad, y salió a lo que era el mundo, sin el respaldo del dinero ni la protección de un millonario.

Pablo la observaba desde la ventana del último piso de la casa, reconocía que seguía siendo la mujer más preciosa que jamás había conocido, pero quizá también la más avariciosa; si le hubiera contado a él su proyecto, la hubiera asesorado e incluso ayudado a mejorarlo, pero estaba claro que no formaba parte de su futuro, algo que ella sí tuvo claro desde el primer momento.

Aquella reflexión, solo hizo que la odiara más. Él le había ofrecido todo, y sin embargo ella le puso la condición de su libertad para hacer lo que quisiera, y ahora se sentía traicionado.

La recogió un Ford Focus antiguo de color plata. El hombre que lo conducía no parecía gran cosa. Este se bajó para ayudarle con la maleta, como haría cualquiera, y creyendo todavía que la estaban observando se lanzó a su cuello y lo besó efusivamente.

BORIS Y ROMEO

Boris tenía que averiguar dónde guardaba el dinero aquel desperdicio de hombre. Con la excusa de trazar un plan quedaría con él en un sitio donde, esta vez sí, pudiera quitarlo de en medio; él se consideraba suficiente para ajustar las cuentas del señorito Pablo con el tal Rodrigo. Una sonrisa bobalicona se le instauró en la cara.

Al salir del Hórreo ninguno de los dos dijo nada y tomaron caminos distintos, pero el ruso, en cuanto pudo, deshizo el camino andado y empezó a seguir a Romeo.

Ya era tarde, cerca de la una de la madrugada, cuando Romeo tomo un taxi, después de andar más de un cuarto de hora en dirección a su casa. Aunque no llegó a detectar que le siguiera alguien, la vida pasada en la calle le recordó que siempre debía de cubrirse las espaldas, además llevaba mucho dinero encima, demasiado como para que un cualquiera le amargara la vida, y menos aquel ruso de los cojones, de quien desconfiaba y al que le imputaba la muerte de Irina y el intento de quitarlo de en medio al menos dos veces. No pensó nunca en que ella fuera capaz de drogarse.

Borís, escondido en un portal, vio desde la distancia cómo el taxi desaparecía Gran Vía abajo y ya no le daba tiempo a volver a por su coche. Sin embargo, recordaba el domicilio donde le atestó aquella paliza y estaba seguro de que se dirigiría allí a esconder el dinero. Este podría esperar, cuando se deshiciera de él tendría tiempo de desmantelar la casa, al final, por muy bien escondido que estuviera, el dinero aparecería.

La llamada la recibió Romeo a los tres días de aquella cena, en la pantalla aparecía número desconocido, pero no fue Boris, sino Urbina, quien le informó de que en el plazo de unos días la pareja se iba a ir a Paraguay.
–Boris ya está informado, todo lo demás es cosa vuestra.
A través de la ubicación del teléfono de Rodrigo, el jefe de seguridad les informó de donde se hospedaban, y a las afueras montaron su vigilancia los dos asociados. Cada vez faltaban menos días, pero no encontraban el momento de pillar al mozalbete, como le llamaba muchas veces Romeo, mientras que a Boris le era casi imposible repetir, y darle la madre de todas las palizas para que dejara a Noelia y que esta partiera sola y disgustada hacia su tierra. Por ahí quería el señorito Pablo que empezara a sufrir.
Sentados en una cafetería frente al hotel, y sin quitar ojo a la entrada, aquellos dos personajes se pasaban la información, el que se iba a descansar a quien se quedaba.
–¿Sabes, mequetrefe?, para ese *molodoy* –a veces Boris mezclaba palabras rusas en mitad de sus

frases y rectificaba al ver la cara de Romeo–, quiero decir, joven, me sobro y basto para darle una paliza. No sé por qué han querido contratarte a ti, ganas de tirar el dinero, como decís aquí.

El marcado acento ruso le hacía sesear y poner erres y acentos donde no los había.

–Para lo mal que hablas, hay que ver que bien te sale la palabra mequetrefe, puto *továrich*.

Aquel comentario de Boris se le quedó en un rinconcito del cerebro, no era consciente todavía del porqué, como tampoco le encontró significado a aquel desprecio, siendo como era que les habían dado dinero más que suficiente, lo mismo a cada uno, según les informaron.

Pero la cosa no quedaba ahí, hoy parecía que Boris tenía ganas de tocarle los cojones. Empezó a recordar a su protector Grigor, aquel gordo con la cara roja como una sandía que fue reclamado por sus superiores en la madre patria y del que nadie había sabido nada más.

–Grigor era como un padre para mí, me sacó del lado de mis padres, unos putos trabajadores, pringados, para hacerme un hombre y ganar más dinero del que ellos juntos ganarán en toda su vida. Me trajo a *Spania* como su soldado.

Seguía destrozando todas y cada una de las palabras del castellano, que por otro lado empleaba con la entonación de un malvado de película de superhéroes. Romeo apenas si tenía cultura, ni comprensión de algunas palabras, pero las que usaba las dictaba correctamente al hablar, por eso se sentía superior a aquel que destrozaba la fonética; estaba convencido de que solo debía preocuparle hacerse entender en lo más cotidiano.

—Aquí trajimos a unas cuantas *mujieres* porque los *spanioles,* no entendéis. No sabéis educarlas, sois... cómo se dice... calzonazos, si eso —se reafirmó el ruso, y lo repitió—, unos calzonazos. Con una buena hostia, un ojo morado y siempre se vuelven cariñosas y comprensivas. Grigor me enseñó todo lo que sé, yo voy a montar mi propio *negosio* hablaré con mi gente allá, tengo un par de nombres que me dio, Grigor. Tendré mi propio soldado, y seré respetado por todos.

A Romeo se le encendía la sangre por momentos, sabía que de todo aquello solo era cierto lo de pegar a las mujeres, solo la avaricia, la explotación de ellas. No era muy listo, pero aquel hombre no tenía corazón. Y posiblemente disfrutara haciendo el trabajo que su jefe, el Gordo, como él lo conocía, no se molestaba en hacer, porque a esa clase de gente, una vez que arrastraban a la mujer a lo más bajo, allí de donde solo se puede salir con un pinchazo de heroína para olvidar la asquerosa vida en la que les han obligado a vivir y ser consideradas menos que un deshecho de basura, solo les interesaba el dinero que podían sacar, explotando el cuerpo de unas mujeres que podrían haber sido las princesas de cualquier hombre.

—Parece ser que con Irina eso no pudo ser y al final os estorbó —Romeo quiso sacar el tema para fastidiarle el argumento—. No creo que muriera de una sobredosis, como se quiso hacer creer.

—Siempre hay alguna excepción, alguien que necesita más de una hostia. Al final, si no rectifica, no compensan los problemas que causan con lo que deben recaudar.

—¿Eso pasó con Irina?

—Tú estás obsesionado con ella, pasó hace tiempo, no le des más vueltas —Boris no quiso entrar al trapo—. Ella se lo buscó, no debió drogarse.

—Pero estando embarazada porqué iba a drogarse. Según ella, no lo había hecho nunca.

—No le des más vueltas, al fin y al cabo, hubiera sido un hijo de puta —y soltó una carcajada ruidosa y desagradable—. ¿Tu entiendes chiste? —y lo repitió—. Un hijo de puta.

Después de que se fuera el ruso entró en su coche, que era desde donde vigilaban la salida del hotel y los movimientos de la parejita. Sabía que Boris había tenido algo que ver con la muerte de su amada, pero ni el inspector ni nadie se lo confirmaron. Preguntó en su entorno, sabía de otros que eran como él, pero nadie soltó prenda; o no lo sabían o no quisieron hundirle más, y poco a poco se fue perdiendo en el alcohol. Ahora tenía claro que estaba trabajando junto al asesino de su amada. Cada vez le costaba más no ajustar cuentas con él, pero necesitaba tener alguna prueba, alguna confesión. Desde niño, quiso enmendar los problemas de sus padres, al menos con el máximo rigor, y no caer en aquellas discusiones que acababan con violencia. Así, creía que si todo se comprobaba antes se evitaban muchos problemas.

Le quedaba bastantes horas de vigilancia, y si salían tenía que seguirlos siempre a pie, excepto si cogían el Ford Focus o un taxi. Se quedó adormilado sobre el respaldo reclinado. Era el efecto siesta después de comer solo en la cafetería. Aunque si le hubieran preguntado, habría jurado que estaba despierto.

Entre la nebulosa del sueño y la lluvia fina que empezaba a caer sobre Madrid y que fue empañando el parabrisas, se formaron unas hondas de agua con la cara de Irina, primero aquellos cabellos lisos y rubios como el sol, luego su piel blanca, impoluta, sus labios sonrosados y carnosos, y por último sus ojos grises, que en vez de evocar frio eran una nota de alegría y le daban al conjunto de su cara paz y tranquilidad.

Tras la costosa detención de una banda de butroneros, gracias a la información que Romeo le dio al entonces inspector de policía Juan Urbina, este recibió elogios de sus superiores e incluso el Ayuntamiento madrileño le propuso para entregarle la Cruz al Mérito. En una de esas huidas a la desesperada, al ser descubiertos cuando una alarma silenciosa se disparó en aquella joyería, las luces a lo lejos de los coches de la policía alertaron al conductor que estaba fuera esperando en el coche, y avisó a sus compinches; con tan poco margen para la huida, era probable que algo saliera mal. Atropellaron a una pareja con su bebé, que llegaban a su hogar a altas horas de la noche tras pasar varias horas en urgencias del hospital La Princesa, por unos cólicos que sufría aquel pequeñín. Fallecieron la madre y el bebé, mientras el padre sufrió una fractura craneal que le mantuvo en coma durante doce largos días, antes de fallecer. Aquel vehículo que circulaba sin luces se subió a la acera, después de un fuerte volantazo, al girar por una de aquellas calles. Todos los noticieros, ya fueran de prensa o de radio y televisión, se hicieron eco de la noticia. Esto hizo que aquellos que provocaron el accidente decidiesen dejar pasar el tiempo y esconderse. Pero siempre hay algún pequeño fallo, una llamada a alguien para que se tranquilice, o algún comentario desafortunado que llegó al oído de Romeo y de este al policía al que informaba.

Juan se quiso portar bien con el chaval, y como sabía que le gustaba aquella rusa le pagó en exclusiva un fin de semana, viernes, sábado y domingo, para que estuvieran juntos. Grigor le hizo un buen precio. A la policía había que tratarla bien.

En esos tres días enteros se enamoraron locamente el uno del otro, sintieron la libertad que el resto del mundo no sabe apreciar, porque lo de ellos, era lo anormal. Y vivir como dos personas normales, jóvenes y con esperanzas de futuro, ese que ellos crearon en esos días, les hizo afianzarse en su nuevo estatus social. Se prometieron amor eterno, como en los cuentos, pasearon por las calles como dos novios e hicieron el amor en un hotel y no en un burdel; comieron y rieron despreocupados, porque ellos iban a ser libres. Decidieron salir del pozo donde estaban y enfrentarse a la vida para ser felices.

Irina empezó a poner problemas en el prostíbulo, ya no quería acostarse con cualquiera, lo cual le costó un par de golpes en zonas que no estaban a la vista, y tuvo que claudicar. Romeo siempre que reunía dinero se presentaba para estar con ella, se cogían de la mano como si fueran dos adolescentes, se miraban a los ojos con tanta pureza, que apenas necesitaban nada más que estar juntos para ser felices. Desde su burbuja de amor planificaban su huida, la estaban ultimando, pero entonces ya no le dejaron verla. Luego apareció aquel matasanos, y la siguiente vez que la vio fue en el depósito de cadáveres. Cuando el inspector le llamó para informarle de que había aparecido el cuerpo, Urbina le acompañó a la morgue. Le aconsejó que no la viera en aquel estado, después de dos días no tenía su mejor aspecto, pero Romeo insistió y no se lo pudo negar. Se quedó con él y sintió cómo, poco a poco, Romeo se iba desprendiendo de aquella ilusión que había creado junto a Irina, aquella esperanza de una vida mejor; sintió como su estima se esfumaba de su cuerpo herido de muerte, por una trayectoria llena de tristeza y maltrato social durante años. El Jefe, como le llamaba Romeo, le puso una mano sobre su hombro y lo sacó de allí. Las lágrimas solo eran el reflejo de un dolor insoportable que jamás desaparecería.

Romeo dio un respingo en el asiento del coche. Después del tiempo que había pasado, aún se emocionaba al recordar a Irina. Se tocó los ojos húmedos por las lágrimas y se preguntó si era posible llorar en sueños. Maldijo su mala suerte, y como un autómata fue directo, bajo la lluvia, al recepcionista del hotel, le entregó con disimulo un billete de cincuenta euros y este le negó con la cabeza. Aquello quería decir que no habían salido y seguían en la habitación. Acto seguido y rompiendo las reglas impuestas por el expolicía, sacó su teléfono antediluviano y le mandó un SMS advirtiéndole de que Boris no era trigo limpio y de que estaba tramando algo raro.

LA DESPEDIDA DE ROCÍO

Rodrigo y Noelia acababan de cenar en el bar del hotel. Fuera, una ligera lluvia de verano había refrescado la noche. Eran pasadas las diez y se disponían a subir a la habitación, cuando en el teléfono de Rodrigo se recibió el aviso de un WhatsApp de Rocío, en el que le notificaba el fallecimiento de su abuela, y que al día siguiente era el entierro. Él sabedor del cariño que sentía ella por Puri sintió lástima y los recuerdos de buenos tiempos pasados volvieron sin remedio. Acaso, se preguntaba, estaría obrando bien. Sabía que estaba enamorado de Noelia, pero ¿era posible seguir enamorado de Rocío? Aquellos pensamientos siguieron en él por unos minutos más, hasta que tomó la decisión de comunicarle a su novia que se iba al pueblo al entierro de una persona querida.

−¿Realmente es preciso? Sabes que nos quedan solo unos días para irnos, y tenemos que cerrar varios temas. Y tú permiso de residencia... Pasado mañana tienes cita en la embajada, y mañana has de recoger el pasaporte, con el certificado libre de antecedentes.

−No te preocupes, si no lo recojo mañana, será pasado, antes de ir a la embajada. No creo que pase nada, esto es una obligación.

−¡Lo que creo es que tú quieres ir a ver a esa Rocío!

–Cálmate, Noelia, no sabes lo que dices, estás exagerando la situación. A esa mujer que ha muerto la conocía desde que era un niño.

–Si, igual que a ella, desde que erais niños.

–Es imposible hablar contigo, cuando te calmes y seas capaz de razonar volveremos a hablar sobre el tema. Ahora me voy a dar una vuelta y mañana por la mañana me iré al entierro, sí o sí.

–No deberías salir, ya sabes que Pablo nos la tiene jurada. Me amenazó directamente y pienso que estará detrás de nosotros, no sé de qué manera, pero quiere impedir que seamos felices.

–No creo que sea para tanto, te has llenado la cabeza de pajaritos y de miedos –cogió su cara entre sus manos le dio un beso en los labios–. No te preocupes, necesito que me dé el aire, descansa, el fresco me sentará bien, mientras tú recapacitas sobre esos celos infundados.

La mala suerte se cebó aquella noche sobre Rodrigo. Estaba de guardia Boris, quien al verlo salir apagó la radio del coche y se dispuso a seguirlo, armado tan solo con la llave de ruedas de su coche. Pensó que ese otro mequetrefe iba a dormir calentito y, como decían por aquí, le iban a llover hostias hasta en el cielo de la boca.

Rodrigo paseaba sin rumbo fijo, abstraído por sus pensamientos. Recordaba que debía volver al hotel, pero ese no era su único pensamiento. La imagen de Rocío se le apareció de pronto en su mente y optó por llamarla, sabía lo triste que estaría. Por educación y por los años que habían estado juntos se obligó a no dedicarle solo un mensaje por WhatsApp, ella no se merecía esa descortesía. Vio un pequeño parque solitario, penetró en su oscuridad y se sentó en uno de sus bancos. Puso su pantalla en modo videollamada y, al poco de marcar su número, la cara de Rocío apareció nítida y hermosa como siempre, a pesar de que sus ojos denunciaban la tristeza del torrente de lágrimas que había surgido. Después de dedicarse unos segundos simplemente a mirarse, hablaron de Puri, de las charradas de su abuela, de sus ocurrencias, de sus refranes y muletillas al hablar, y a Rocío se le saltaron otra vez las lágrimas.

–Me voy con Noelia a su país, solo me queda recoger el permiso de residencia –soltó de repente, aunque sin ánimo de hacerle daño, únicamente con la esperanza de ser lo más sincero y honesto posible con ella.

–Bueno, no es lo que esperaba, ya sabes que te sigo queriendo, y la idea de… quizá de no volverte a ver… no me hace ninguna ilusión. Aun así, espero que te vaya bien y seas muy feliz –intentaba contener de nuevo unas lágrimas que esta vez no eran por su abuela, sino por ella misma. Intentó cambiar de tema, no quería parecer una llorona, después de todo era su vida, y era consciente que ella todavía no lo había superado.

    Le preguntó que dónde estaba, por la oscuridad del entorno, y este le dijo el nombre de una estatua que había en la entrada al parque, y que estaba cerca de la calle de su hotel. Fue en ese instante, al desviar la mirada para coger un pañuelo, cuando vio una sombra detrás de Rodrigo. Intentó prevenirle con un grito, pero solo pudo oír un quejido de Rodrigo. Luego, unos movimientos raros en la pantalla, y de pronto todo se quedó en negro. Como ella había intuido, el teléfono cayó al suelo con la pantalla hacia abajo, sin embargo, podía oír los gritos de Rodrigo, y los de su atacante. Los gritos de Rocío solo los oyeron sus familiares, que estaban cerca de ella.

    Boris se puso el pasamontaña, y en cuanto vio que nadie rondaba cerca del pequeño parque se acercó por detrás del banco donde estaba sentado Rodrigo y le asestó un único golpe con la llave de ruedas en el hombro derecho. Fue entonces cuando el móvil se le cayó de las manos. La sensación de tener un brazo inútil y un dolor insoportable, al tener rota la unión del hombro con el humero y la clavícula, ya casi desvalido, lo demás fue coser y cantar para Boris. Una ráfaga de puñetazos en la cara, mientras le recitaba que aquello era por la traición de Noelia a Pablo, le rompieron la nariz, los labios y le hincharon los dos ojos. Bajó el nivel de sacudidas a la altura de las costillas, y entonces lo dejó sin aliento y con varias de estas rotas. Le dijo que si la volvía a ver lo mataría. Cuando aquel cuerpo quedó como un pelele tirado en el suelo, aun le atizó una patada en el estómago, y como si nada de aquello hubiera pasado Boris recogió su llave de ruedas del suelo, se dio media vuelta y se quitó el pasamontaña. Todavía tenía los ojos inyectados en ira y odio, el mismo con el que se había empleado con Rodrigo, cuándo al salir del parque no pudo ver más que una sombra a contraluz y a menos de dos metros.

Boris se alejó satisfecho, con aquel andar cadencioso que tienen los cuerpos curtidos en los gimnasios y en los cuadriláteros de boxeo.

Aquella iba a ser la noche en la que acabaría con todo, después desaparecería una temporada en la madre patria. Aportaría todos sus euros para conseguir que algún superior de Grigor le autorizara a montar su propio prostíbulo, él era capaz de hacerse un hueco en cualquier punto de Europa y de hacer prosperar su negocio.

El mequetrefe no tenía media hostia, como se decía aquí, así que le daría hasta que le diera el dinero y luego le partiría el cuello.

Boris volvió hasta su coche, no tenía prisa, ahora ya estaba el trabajo hecho. Se fue a su casa, llevaba dos días sin asearse por culpa de la vigilancia, y lo primero era lo primero. Nada más llegar preparó una maleta, escondió bien el dinero bajo el refuerzo del bolso de mano, que sí iba a llevar consigo en el avión, entre dos placas de cartón y por distintos bolsillos y en la cartera. Luego entró con su ordenador en internet y compró un billete del AVE para primera hora del día siguiente a Barcelona, y otro, más vale prevenir, para ir desde allí en avión a su Rusia querida. Acto seguido los imprimió.

Ahora era el momento de ajustar cuentas con el mequetrefe, ese Romeo que más parecía una Julieta. Demasiado tiempo con ese rencor dentro del cuerpo, desde que se deshizo de Irina y desde que, por culpa de Romeo, el protegido del inspector, su buena vida con su jefe Grigor se había echado a perder.

AÑO 1939, DIARIO 10 (III)

El Capitán Sabino Bocanegra era un militar de pura cepa. Se había condecorado en el ejército durante la dictadura de Primo de Rivera, desde 1924 hasta 1927 en las distintas batallas del Rif. Aquella guerra duraba desde 1911, y entre otros militares que ascendieron como la espuma se encontraba el ahora general Francisco Franco. Aquella guerra duró dieciséis años, y mientras que él solo estuvo los tres últimos años, Franco lo hizo desde el inicio, donde además fue herido en el vientre, aunque las malas lenguas decían que había perdido un testículo, pero a ver quién era el valiente que se atrevía a confirmarlo.

En cierto modo, Bocanegra se parecía a Recuenco. Después de terminada la guerra, su ocupación era dirimir quién merecía acabar ante un juicio militar, unas veces por incitar a la rebelión, que normalmente eran los civiles, intelectuales o sindicales, aunque no hubieran cogido un arma, y otras veces militares vencidos, que, según su graduación, eran considerados traidores o no a la patria; también influían sus actos durante la contienda, aunque en todos los casos los juicios sumarísimos destacaban por su falta de justicia. A los soldados sin graduación se les tenía que regenerar, dicho de otra forma, tendrían que reeducarlos, y para eso estaba el servicio militar:

aunque ya estuvieran licenciados volvían a hacerlo para el nuevo régimen.

Mientras el militar se ocupaba de sus tareas, Santi y su hermano, sacaron de su escondite todo el dinero nacional que habían ido cambiando por el republicano. Tenían en mente la compra de una casa con tres plantas de una viuda a la que se le quedaba grande, y a la que le faltaba para vivir.

Consideraron que habían logrado despistar a Satur y se dirigieron al notario, con quien cerraron la transacción. Y antes de volver a la fonda pasaron a regocijarse de su nuevo domicilio, toda la vida no iban a vivir de aquel negocio, y algún día aquella guerra acabaría definitivamente, pararían los fusilamientos y las amenazas y se podría vivir en paz. Cuando revisaron su nueva posesión, su nuevo hogar, descubrieron una casa en general adusta y simple, pero bien distribuida. Fuensanta salió al patio, en el centro destacaba el pozo, hasta el pozal y la cuerda con la carrucha quedaban en su sitio, algunas macetas de geranios en flor, un jazmín, y una pocilga que parecía no haberse llegado a usar. Los dos hermanos se miraron y sonrieron, allí faltaba un cerdo, y la sonrisa pasó a una carcajada triste, cuando Santi insinuó que era el sitio perfecto para Satur. Ahora que tenían un hogar para vivir, distinto de aquella casucha que reformó Pedro para vivir con Dolores, una casa decente, era el momento para trasladar aquellas joyas y enseres, apartarlas de los militares, de posibles suspicacias y de los ojos del asesino de Rafi. Tenían un bolso lleno de joyas, relojes de oro y monedas de plata de quienes huían de los rojos, y de los rojos a los que vendían la comida a cambio de prebendas, a falta de efectivo. No sería difícil sacarlas de la fonda, cuando Bocanegra y los suyos salieran a hacer de las suyas, aunque últimamente el criminal no les quitaba ojo. Pedro había cometido el error, de ponerse un anillo de oro de esos que tienen un sello con una inicial, la D cuando debiera ser la P. Él se excusaba diciendo que era por su mujer Dolores, pero hizo saltar la alarma en Satur, su desconfianza y su codicia, al hacerle pensar en si tendrían muchas más como esa.

En repetidas veces le vieron husmeando y saliendo de habitaciones en las que no debería estar, por lo que dedujeron que estaba buscando lo que para ellos significaba su tesoro. Ahora se tenían que cuidar muy mucho de que no sospechara de que también negociaban con la comida, que allí se derrochaba, y por la que los más humildes, aquellos que no podían siquiera pagar por un chusco de pan, se les caía el alma, al ver aquel despilfarro. Una cosa era que la comida no faltara en la fonda, por orden del capitán, y otra que a su espalda se hiciera negocio con ella.

Pasaban los días y las semanas y el calor se prolongaba hasta bien entrada la noche. Pronto la actividad de ocio de la tarde se fue retrasando cada vez más hacia la noche, hasta que un día el capitán le propuso a Pedro que entrara en una partida de cartas.

–Venga, muchacho, anímate, que nos falta uno para estar completos.

–Pues verá, capitán, yo quisiera, pero es que mi hermana y mi mujer me lo tienen prohibido.

–Pero, hombre, desde cuándo la mujer tiene que decirle a un hombre lo que este puede o no puede dejar de hacer. Está bien que se les escuche, pero luego uno hace lo que le viene en gana. Que no se diga, que quien lleva los pantalones en esta casa son ellas –le animaba Bocanegra.

Pedro todavía recordaba aquella partida que ganó y trajo tanto dinero, pero a la vez recordaba con lo que Dolores le había amenazado si volvía a jugar. Sin embargo, Pedro ansiaba volver a las cartas, era como si algún bicho le hubiera picado y como un autómata fuera incapaz de negarse.

Pedro se quedó recogiendo todo, hasta Satur se ofreció a ayudarle, para que las mujeres se fueran a descansar. Ya era más de media noche. En cuanto todo quedó recogido, se fueron los dos camino de aquella casona, ocupada por el grueso de los oficiales y suboficiales de distintas compañías para su descanso, aunque uno de los salones era donde se hacían las reuniones y, en este caso, donde se estaba jugando varias partidas.

Pedro echó mano de su memoria. Reconoció la casa donde su hermana ejerció de niñera y criada de aquellos mocosos gemelos que hoy serían de su misma edad, y se preguntó qué habría pasado con aquella gente, tan estirada y engreída. Ojalá pudieran verlos ahora. Al entrar en aquel salón se produjo un pequeño murmullo, hasta que Bocanegra les saludó, y como si fuera uno más de ellos gritó su nombre para que todos le oyeran y no tuviera que presentarlo uno a uno. El humo de los cigarrillos y de los puros enrarecía el ambiente, la pobre luz contribuía a que pareciese una escena de esas películas en blanco y negro que vio una vez en el cine de Úbeda. Algunas botellas de anís y coñac se repartían por las mesas. La mayoría de aquellos militares estaban en camiseta de *sport,* como se les llamaba a las de tirantes. El pelo del pecho sobresalía por encima de esta en muchos de aquellos hombres, que por otro lado podrían haber tenido cualquier otro oficio. Eran rudos, de mirada amenazante en cuanto tenían la baraja en sus manos, y todos sin excepción sudaban en aquella noche tórrida de pleno verano.

La partida tuvo sus altos y bajos para Pedro, pero si tuviera que hacer balance diría que iba ganando y se mantenía sereno. Bocanegra, por su parte, no tenía suerte y empezaba a perder más de lo que cualquier jugador pudiera desear. Satur estaba sentado detrás del oficial que estaba ganando, era un capitán de intendencia con fama de ser un gran tahúr, había desplumado a dos jugadores y Bocanegra se había retirado, sin embargo, Pedro resistía. En esta última mano, con las cartas que le habían entrado, cualquiera hubiera apostado a que no se podía perder, además, quería demostrar a todos estos militares que él era el mejor, y el orgullo de poder decir que los había derrotado era superior al premio que pudiera obtener.

Cuando la apuesta de Pedro era igualada por su contrincante, volvía a subirla y este le hacía lo mismo, la igualaba y volvía a subir. Como el otro jugador no cedía hubo un momento que a Pedro no le quedaba más dinero en la mesa.

—Pedro, ¿sabes lo que estás haciendo? —le preguntó Bocanegra, al verlo tan lanzado.

La sonrisa de Pedro no dejaba lugar a dudas, estaba convencido de ir a por todas, tenía esa mirada que no dejaba lugar a dudas que llevaba una buena mano, para que disimular ahora. Durante la partida creyó que un par de manos, aquel contrincante las ganó de farol; por lo que Pedro se creció en su apuesta.

—Si usted acepta, me juego el anillo de oro.

—No vale lo suficiente para igualar todo el dinero que tengo aquí.

—Si usted se fía de mí, le firmo un papel por la propiedad de la cantera de arena, contra lo que le quede.

—Si Bocanegra lo respalda, acepto. Pero si pierde mañana iré a buscarle a la fonda y de allí al notario.

Bocanegra sacó una pluma y pidió que le trajeran papel, e hizo firmar a los dos. Él lo hizo como testigo de aquella apuesta.

Todos los asistentes estaban alrededor de la mesa, nadie sabía lo que llevaban en sus manos, pero los que conocían al capitán de intendencia nunca le habían visto perder, era muy inteligente y se fijaba en el rostro de los contrincantes; algunos decían que era capaz de ir contando las cartas, las figuras, y que podía con poco margen de error, adivinar lo que llevaba el contrario.

Cuando al fin se mostraron las cartas, la cara de Pedro, que se había recostado sobre el respaldo de la silla, para que supieran que había ganado, cambió totalmente al ver las del contrario, que superaban las suyas.

Su cara se descompuso, cómo era posible que hubiera perdido con aquella mano. Apenas si podía ver los rostros de la gente. Algunos le dieron palmadas en la espalda, reconocían así que hizo bien en arriesgar. Y la cara de Satur era todo felicidad; se burlaba de él, le hacía muecas como si de un niño pedante se tratara.

Cuando se levantó para irse, el capitán de intendencia le devolvió el anillo.

–Esto te lo perdono, no quiero nada personal que me recuerde a mis contrincantes, yo juego por diversión. Has jugado bien, pero no has sabido parar, espero que te sirva de lección, en el juego nunca lo puedes ganar todo, pero sí se puede perder todo.

—Pero usted también ha apostado todo, y podría haberlo perdido.

—Yo solo puedo perder dinero, jamás hubiera apostado nada personal y menos una propiedad. En un momento determinado te hubiera igualado la apuesta y no me hubiera perdido en los brazos de la codicia. Mañana mismo pondré en venta la cantera, por si te interesa.

***

Rocío había acabado de leer los diarios, esos que conservaban sus hojas amarillentas y viejas, pero todavía firmes. La tinta, que había ido perdiendo su negrura inicial, aún permitía entender las palabras. Ahora encontró una serie de hojas sueltas, hojas que describían a unos personajes, como si el narrador hubiera hecho hincapié en detallar un suceso aislado o que no quiso introducir en su diario, quizá por siniestro o macabro, quizá por ser una pesadilla con la que no quisiera que se le relacionara, o simplemente porque era una historia contada por un tercero que nada tuviera que ver con la familia.

Solo le quedaba preguntar con sutileza a su madre si conocía la existencia de aquellos diarios, dado que su abuela ya era solo un saco hermético de recuerdo, que se perderían con ella. Ahora que Rodrigo ya no era un apoyo, se sentía incapaz de compartir aquellos diarios con nadie más.

Reme no tenía ni idea de la existencia de aquellos diarios, de hecho, insistió en que no existían, pese a que su hija le dijo que estaban donde la abuela le había dicho, en la casa de la chacha Fuensanta, apelativo que había oído utilizar en alguna ocasión a su *abu*. Rocío dedujo que, si se había mantenido tan en secreto aquellos diarios, posiblemente los escribiera Josefa, la hija de Fuensanta. Aquellas hojas guardaban la certeza de que, si aquella mujer fuera analfabeta, aquello constituiría una ventaja para que su hija tuviera cierta facilidad para escribirlos, y contarle a su madre lo que le conviniera, de ese modo no descubriría la verdad de lo que escribía.

Los problemas de Rocío aumentaron aquella noche de la videollamada, dado que Rodrigo no le contestaba a sus llamadas. La videollamada se había interrumpido de golpe y por un momento pensó que se le habría caído el móvil. Cabía la posibilidad que se le hubiera estropeado, de ahí la pantalla en negro, y sin embargo se centró en lo que había visto hasta entonces y en lo que escuchó segundos después de ver aquella sombra. No dudó más y llamó a emergencias, donde al principio y con los pocos datos que daba no sabían si hacerle caso, pero al insistir tanto y con tanta angustia pasaron el caso a la policía, no sin antes advertirle de que si se trataba de alguna clase de broma de mal gusto le traería consecuencias.

SATUR (hojas sueltas)

Satur se despegó del resto de hermanos, que tampoco eran trigo limpio y no quisieron preocuparse de su hermana. Se empeñó en buscarla por ser a la que le echaba la culpa de la muerte de su padre, de la vergüenza pasada. Al enterarse por parte de un vecino de que estaba ejerciendo la prostitución en Úbeda, juró que pagaría con su vida el daño que causaba a lo que quedaba de familia.

A su madre apenas si la recordaba, pues ya desde niño sentía animadversión hacia ella, la consideraba una persona débil, sin embargo, a su padre lo adoraba, era fuerte y siempre se hacía respetar. De él había heredado ese carácter, lo arreglaba todo con la violencia, sobre todo con los más débiles y las mujeres, a las que no soportaba y que consideraba que solo servían para follar y cocinar. Nunca se preocupó en averiguar el significado de la palabra *misógino* cuando aquel sacerdote se la dijo refiriéndose a su progenitor; había ido a buscarlo porque un feligrés le advirtió de la promesa sobre la venganza que había hecho sobre su hermana, y había jurado sobre el ataúd que limpiaría el nombre de su padre.

Cuando se inició la guerra no tuvo ninguna duda en qué lado se iba a quedar. Después de andar por media Andalucía con su capitán Sabino Bocanegra, persiguiendo a rojos, anarquistas y republicanos, luchando en varias batallas, y otras veces formando en la plaza del pueblo a la derrocada autoridad competente, para ajusticiarla al día siguiente tras un juicio sumarísimo y devolver el mando de la alcaldía al primer falangista que diera la cara, por fin, le acompañaba la suerte. Después de desearlo tantas veces y de comentárselo a su capitán, habían llegado a Úbeda y allí se iba a hacer justicia, por su padre.

La cara de Pascual fue todo un poema cuando vio a Satur atravesar la puerta de su casa. Intentó avisar a todos, pero al salir de detrás de la barra, que hacía las veces de recepción, el militar lo paró a gritos y con un tiro al aire de su Mauser. Al momento y tras unos gritos de miedo apareció Trini corriendo desde la cocina.

–¿Dónde está mi hermana? –preguntó mientras apuntaba a menos de dos metros al corazón de Pascual.

–Está en Baeza, ha huido a casa de unos amigos –la voz salía de la garganta de Trini como si se tratara de una niña asustada a la que van a reprender por desobedecer.

Sin embargo, los ojos de Pascual expresaban sorpresa, aunque seguía en silencio.

A punto estaba de descerrajarle un tiro cuando la voz de Rafi resonó a su espalda.

–Aquí estoy, dime que quieres que haga.

–Ahora ya nada.

Y sin quitar el ojo de la mirilla disparo al corazón de Pascual. Tras unos segundos de confusión, de gritos y sorpresas, enfocó su cañón a la cabeza de su propia hermana y disparó. Tras el ruido de los disparos, de fondo y como el rezo de una letanía se oía la voz de Trini: "Asesino, asesino…" Sin embargo, aquello no le causaba a él ningún efecto ni insulto; no eran los primeros que mataba a sangre fría, pero con estos había disfrutado, era el sabor dulce de la venganza, la satisfacción de una promesa cumplida, el día que enterró a su padre. Así que tendría que darle una lección a la vieja, y se ensañó con ella a base de golpes y patadas. Mientras, escondida en la esquina que bajaba de las habitaciones, con las manos apretadas en la boca, una Angelita aterrada, fue testigo mudo de todo.

Cuando llegó el capitán Bocanegra, los ojos del soldado todavía estaban inyectados en sangre. Fue en ese instante cuando a la orden de ¡para ya!, se detuvo antes de acabar con la vida de Trini, al menos por ahora.

La explicación que le dio era que esos rojos le habían atacado. Pero su superior no era tonto, no encontró ninguna prueba de que fuera así, como él le contó, ningún arma estaba cerca, ningún cuchillo u objeto que pudiera intimidar a ese bestia, tan acostumbrado a la batalla. Satur sabía que le iba a castigar, pero su satisfacción era tan importante que no le importaba, nada acabaría con la alegría que sentiría a partir de ahora.

Acostumbrado como estaba al bajo coste que suponía el castigo que le imponía el capitán, ahora estaba decidido a saber cuál era el secreto de los hermanos Fuensanta y Pedro, donde guardaban lo que él consideraba un tesoro.

En la partida de cartas de la otra noche, y pese a que fue el último en caer derrotado, el alarde de dinero en efectivo que Pedro hizo era demasiado para un pobre pueblerino, como quería hacerse pasar.

Había preguntado por el pueblo y lo único que sabía era que habían acumulado bastante fortuna a partir del inicio de la guerra. Recelaba de Santi pues se acostaba con su superior, pero al hermano le tenía ganas, no parecía que este fuera a durar mucho tiempo callado; si le soltaba unas ostias bien dadas, acabaría diciendo dónde estaba escondido su botín. Esta vez el castigo, podía ni existir, dado que no iba a pegar a una mujer, y del fondo de su memoria surgió una sonrisa malévola al recordar aquellas palizas.

RAFAEL (hojas sueltas)

Seguía en el pueblo escondiéndose y evitando a los militares, en general, y al tal Saturnino, en particular; también se cuidaba mucho de no ser reconocido por algunos de aquellos informantes del nuevo régimen que ahora campaban a sus anchas por el pueblo. Gracias al amparo de Fuensanta se iba reponiendo poco a poco de la tremenda paliza que había recibido.

Ahora se escondía en su propia casa, con la ayuda de vecinos y amigos que le ayudaron, dado que en otros tiempos él auxilió a tanta gente, sobre todo buscándoles trabajo; jamás le dio dinero a nadie, pero a todos les proporcionó el medio para que se lo ganaran decentemente.

Era un hombre fuerte, hecho a base de trabajar en el campo desde los 10 años; pese a todo, tuvo su oportunidad de poder aprender a leer y escribir, cualquier novela, periódico o panfleto que caía en sus manos lo devoraba, tenía un deseo irrefrenable por saber y aprender, procesaba desde su conocimiento todo lo que leía, y sabia distinguir entre el bien y el mal, la justicia y la diferencia entre clases sociales, y aunque nunca se declaró partidario de nadie, siempre ayudó a aquellos que creía que necesitaban otra oportunidad, o simplemente a aquellas personas que pese al trabajo, no tuvieron unos buenos patronos.

Nunca tuvo suerte en el amor, su único amor, al que siempre le dedicó su recuerdo fue María, aquel nombre tan escueto y sin embargo cuan profundo caló su amor por aquella novia, hermosa, alegre y dicharachera, que llenaba de satisfacción su vida y su corazón. Llevaban ya tres años de novios y estaban preparando lo que sería el día más feliz de sus vidas. Desde que festeaban ni un solo enfado, ni una sola mala cara, pero sin esperarlo la enfermedad se llevó todo y lo único que Rafael deseó en esta vida se fue para siempre con aquella gripe que llegó a España, aquella que se llevó a los padres de Fuensanta, a su patrón y a tantas y tantas personas, por lo general gente joven.

Ahora, una vez casi curado y con la promesa de que algún día vengaría la muerte de su primo Pascual, recibió la noticia de que Trini también había fallecido, por lo visto algo se había roto por dentro, algo aparte de su cariño por las personas, algún órgano machacado que no resistió, que no se pudo arreglar, y después de estar perdiendo sangre por la orina acabó llevándose la vida de aquella buena mujer.

De nuevo alguien precisaba de su ayuda, y como siempre no podía negarse a echar una mano a quien consideraba buena gente. Esta vez no era cosa de ofrecer trabajo, esta vez implicaba un riesgo que, si lo asumía y le descubrían, podía costarle la vida.

Aquella noche se atrevió a salir. Se había decretado el toque de queda desde las diez de la noche hasta la mañana siguiente. Estaban buscando a cuatro hombres y él era uno de los que sabían dónde estaban escondidos. Con la escasez de comida y la restricción de movimientos, cada vez era más difícil poder encubrirlos. Se trataba de un sindicalista, un alcalde y dos concejales de un pueblo cercano, que habían podido salir a tiempo, por no estar en esos momentos en sus puestos de trabajo ni en sus casas. Habían ido a ver unas tierras a las afueras, donde querían hacer una cooperativa para la recolección de la oliva y su posterior extracción de aceite. Aquello iba a ser una sorpresa para todos aquellos hombres que volverían sin trabajo de la guerra. Los tiros en la pared del cementerio les alertaron, solo quedaba gente mayor, los abuelos de los que se llevaron a la contienda, los que ahora daban su último suspiro a la sombra de la cruz del camposanto. Tan aislados vivían del mundo aquellos trabajadores que no se percataron de que los nacionales estaban a las puertas de la villa. En aquel pueblo no pasó nada, ni a favor ni en contra durante todo el tiempo que duró la contienda, sin embargo, aquellos ajustes sin sentido, aquella crueldad desmedida, eran la nueva España, la depuración del diferente, del que pensaba distinto. Al unísono decidieron huir por piernas del lugar, abandonando a sus familiares más cercanos. Tenían familia y amigos en el pueblo de al lado, donde no eran tan conocidos y donde pudiera ser que todavía no hubieran llegado los militares.

    Rafael entró a La Plaza, cuando faltaba cinco minutos para las diez de la noche. Antes estuvo vigilando y se cercioró que todo estaba tranquilo. La cara de Santi no estaba para muchas bromas, pero se alegró al ver que estaba recuperado. Se abrazaron y el calor que emanaba de aquella mujer recompuso su ánimo.

–Fuensanta, vengo a pediros ayuda.

En aquellos momentos apareció Pedro y su mujer Dolores, que también traían las caras largas, demasiado para lo apacible que parecía todo.

Pedro se alegró de verle, pero rápidamente bajó la cabeza ante la mirada censora de las mujeres.

–¿Qué pasa aquí, a qué vienen esas caras tan largas?

Entonces le explicaron lo que había pasado con la partida de cartas, y lo lejos que había llegado al perder la cantera.

–Nos ha señalado Rafael, el muy imbécil tenía que dar la nota, en vez de pasar desapercibido. ¡Y lo único que se le ocurre decir es que llevaba muy buena mano! Esa cantera era un seguro de vida para nuestra vejez, para subsistir él con su familia, ¡pero no, no le bastaba! Las veces que le advertimos de que el juego solo trae malos vicios, malas compañías, pero a él le gusta, lo lleva en la sangre, como el borracho que no puede dejar de beber.

Dolores se puso a llorar y la criatura que llevaba en brazos la imitó.

—Hasta su mujer le había amenazado en abandonarlo si lo volvía a hacer. Pero nada, ni por esas ha sido capaz de rectificar.

Vamos a ser la comidilla del pueblo, lo peor es que no podemos optar a la recompra, porque nos hemos comprado una casa y no nos queda un chavo.

El ambiente estaba tan tenso que Rafael no se atrevió a comentar nada. Pedro ya sabía que había hecho mal, pero él mismo no estaba muy convencido de rectificar, más bien pensaba en que en otra ocasión, con un poco más de suerte, podría recuperar lo perdido.

Por fin Santi rompió el silencio y, bajando la voz, le preguntó en que podían ayudarle, siempre que no les pidiera dinero.

—No, no, dinero no, lo que necesito es vuestro ingenio y algo de comida.

Y sin citar nombres ni lugares les explicó que tenía que llevarse a aquellos hombres lo más lejos posible. Sus familiares le habían pedido su colaboración, y debía ayudarlos a llegar a un puerto o quizás a una frontera. Pero como él no sabía cómo necesitaba su consejo y experiencia.

De allí solo se llevó un ato de tela lleno de comida, con la condición de que no dijera que se lo habían dado ellos; en cuanto al resto de la ayuda debía comprender que en esos momentos ni siquiera podían ayudarse a ellos mismos.

BOCANEGRA (hojas sueltas)

El capitán siempre intentaba vivir al minuto. Esta forma de vida la adquirió de batalla en batalla, incluso de guerra en guerra; el ser militar le había condicionado su forma de ser y de ver las cosas. En el fragor de la lucha se conocía a los hombres. Muchos de sus compañeros habían sucumbido ante el miedo, unos lloraban, otros temblaban antes de salir de la trinchera, y los menos enloquecían al ver caer al de al lado.

Recordaba su primer combate, allá por los secarrales de Marruecos, y cómo el comandante de su regimiento les habló; casi nadie le escuchaba, todos estaban considerando íntimamente lo que les podía pasar, pensaban en sus familias, otros solo movían los labios encomendándose al altísimo, pero hubo una frase que él si interiorizó, la grabó en su mente, por si hubiera ocasión trasmitirla a sus soldados: "El miedo está ahí, como una inmensa mierda, cada uno es libre de coger todo el que quiera. Si cogéis poco lucharéis con valentía, si cogéis mucho, el que peleará con valentía será el enemigo." Aquel día él cogió bastante mierda, pero la vida a veces no quiere entregarte a la muerte. Nunca había matado a nadie, y con la bayoneta calada en su rifle ya descargado se enfrentó a aquel moro que tenía delante y que había cogido más mierda que él. El miedo le hizo titubear y le dio ese segundo de ventaja que Bocanegra no desperdició; después de clavarle el acero hasta la boca del cañón, todo fue como si una niebla se hubiera posado en sus ojos: desapareció el miedo y lucho como un poseído, como lo haría un salvaje para salvar su vida, como un ancestro suyo en una batalla medieval; solo importaba ser una bestia más feroz que la que tenías enfrente.

El comunicado que le había llevado el soldado encargado de la radio le ordenaba un último esfuerzo, un grupo de soldados rojos se habían refugiado en la zona de la cañada Real de Malafatón, en los términos de Carcelén y Alatoz, en la provincia de Albacete. Este núcleo de soldados todavía estaba bien provisto de munición y víveres, y plantaban una fuerte resistencia a los militares que se acercaban a reducirlos, por lo que le ordenaban que con su compañía fuera a reforzar y aniquilar aquel reducto.

El capitán ordenó al corneta que llamara a formación, para informar a la tropa del próximo destino, pero sobre todo precisaba de su pelotón favorito, el más experimentado en estas lides, aquel del que formaba parte Satur, el que solucionaba la mayoría de acciones y llegaba donde otros no podían llegar; eran los que actuaban con tal ferocidad que no eran hombres, sino bestias, esas a las que después de la batalla él se encargaba de decirles donde estaba el límite, y al compartir una buena botella de coñac con ellos, de alguna forma, se sentía como su protector, su mecenas, dándoles su apoyo; por eso, cuando alguno de ellos caía en combate, la unión era más fuerte y, con ello, el odio y el rencor hacia el enemigo más elevados, al nombrar a los caídos antes de cada batalla.

Pero aquella mañana, al pasar lista, su otro yo, aquel con que formaba tándem, no estaba, y eso sí que era raro. Mandó a sus compañeros que removieran cielo y tierra si fuera necesario, ¡pero que aparezca ya! –gritó–. Era posible que se hubiera perdido por el pueblo en una de sus correrías y no hubiera oído la corneta; el mismo fue a buscarlo a La Plaza.

La respuesta de Pedro no convenció al capitán, así que buscó a Santi. Como de costumbre, y dada la superioridad de la que era portador en aquella fonda, se presentó de improviso en la cocina.

Una muchacha bastante hermosa estaba junto a ella. La conversación entre susurros que mantenían se interrumpió al momento de entrar y él se dio cuenta.

–Fuensanta, estoy buscando a Satur –los ojos de la nueva muchacha se desviaron hacia el suelo–. ¿Sabes si le ha pasado algo?

–No, claro que no; no sé dónde está, ni me importa dónde está ese bruto.

–A lo mejor, si lo sabe la señorita.

–La señorita es una amiga que acaba de llegar de Úbeda. Le presento a Angelita.

–Mucho gusto, ¿no sabrá usted nada de mi soldado desaparecido? –insistió el capitán al ver la reacción de la muchacha cada vez que nombraba a Satur.

Ella negó con la cabeza, sin soltar palabra. Fue su antigua compañera la que contestó.

—Capitán Bocanegra, ya le he dicho, que acaba de llegar, ni siquiera sabe quién es.

—Sé que me estáis mintiendo, lo noto, pero tengo demasiada prisa, tengo que preparar a ciento veinte hombres, y mañana nos vamos de cacería, así que si no aparece antes de esta noche tú y yo hablaremos en serio —y señaló con el dedo a Santi.

Las horas pasaban y Satur no aparecía. Todo estaba preparado para salir al alba. El capitán se presentó a las nueve de la noche de nuevo en la fonda, y al no encontrar a Fuensanta la emprendió a tortazos con su hermano, hasta que este le dijo que estaba en la dirección de su nueva casa.

PABLO

El teléfono de Pablo sonó cerca de la media noche. Lo cogió sin darle importancia a que sonara a aquellas horas. La llamada era de la policía, le informaban de que su número lo habían encontrado en el móvil de una mujer llamada Noelia y que en estos momentos estaba en el hospital con una fractura craneoencefálica, y que así lo habían hecho porque constaba en su móvil como AA Pablo, por lo que suponían que, si a ella le pasaba algo, él era el elegido para contactar. Le pidieron su dirección y se presentaron en su casa.

Pablo empezó a hacer preguntas al inspector, como si de un concurso se tratara; apenas contestaba el policía que estaba al otro lado y él ya le hacía otra pregunta.

−¿Dónde está ingresada? ¿Qué le ha pasado? ¿Ha sido un accidente?

−No, ha sido una agresión.

−¿Una agresión?, ¿pero cómo ha ocurrido?

−Tranquilícese, señor Aguirre − antes de llegar al domicilio ya se había informado de quién era este contacto−. Ahora déjenos trabajar. Empezaremos por usted. ¿Dónde estaba hoy entre las ocho y las diez de la noche?

−Aquí en casa −y, con apenas un hilo de voz, preguntó−. ¿No pensarán que he sido yo?

—Tenemos que ir poco a poco, descartando, hasta quedarnos solo con los verdaderos sospechosos. ¿Tiene testigos que lo puedan corroborar?

—No..., bueno sí. He estado trabajando por videoconferencia con la oficina de Barcelona, toda la tarde, hasta las ocho y media. Luego, hasta que me llamaron ustedes, estuve preparando informes y he hablado un par de veces con los abogados de la empresa y con mi padre.

—Por favor, denos el teléfono de alguien que haya estado en la conferencia de su oficina de Barcelona.

El subinspector que le acompañaba se encargó de efectuar la llamada y de confirmar que era cierto lo que decía.

—De momento nada más, solo le puedo decir que apareció en un parque malherida, y que fuimos avisados porque a un hombre le habían dado una paliza y que apenas podía hablar. Este también está ingresado y también tiene en su teléfono el número de la señorita. Por cierto, una última pregunta. ¿Qué le une a dicha señorita?

—Hemos sido muy amigos, incluso estuvo viviendo una temporada aquí.

—Señor Aguirre, le dejamos descansar, pero posiblemente más adelante, necesitemos hacerle más preguntas.

Pablo se sentó en el sofá, cabizbajo, creía que había sido claro, solo se podía tocar al tal Rodrigo, cómo habían sido capaces de hacerle daño a ella, ella que le tenía como persona de contacto por si le pasaba algo, como le había indicado la policía. ¿A caso todavía le quedaba un pequeño resquicio de amor hacia él? Necesitaba saber lo que había pasado, era intolerable ese fallo.

Llamó a Juan Urbina, y a base de gritos le contó lo que le había dicho la policía. Le pedía explicaciones, le exigía que le informara del estado de Noelia, y quería esa información ya.

Cuando cortó la llamada, estuvo a punto de lanzar el teléfono contra la pared, pero se retuvo al pensar que le podían llamar otra vez. Lo siguiente que hizo fue llamar a su padre, por si él había ordenado esa agresión, pero esta vez la voz de su padre sonó tan convincente y extrañada que tuvo que creerle cuando le negó cualquier participación en aquel ataque. Acto seguido, y por indicación de su padre, llamo al abogado de la familia, al que volvió a contar todo lo sucedido.

A las tres de la mañana, recibió la llamada de Juan Urbina, no eran buenas noticias. Noelia estaba en coma.

JUAN URBINA

Después de hablar con Pablo, pensó en informar a su padre, pero lo descartó para más tarde, quería tener la máxima información posible. Ahora tenía que averiguar lo que había fallado, por lo que empezó a hacer llamadas, primero a Boris, que no le contestó, luego a Romeo, que tampoco le cogía el teléfono, así que decidió llamar a sus contactos en el cuerpo, para enterarse de la gravedad del caso. Después se presentó en el hospital Princesa, que era donde habían llevado a los dos agredidos.

De lo que le informaron sus antiguos compañeros había una cosa extraña, o al menos curiosa, el aviso había sido dado desde un pueblo de Jaén por una tal Rocío, qué por casualidad estaba hablando por videollamada a través del WhatsApp con Rodrigo y fue testigo desde su pantalla del principio de la agresión a este. De Noelia no sabían nada. Fue al llegar la unidad cuando descubrieron el cuerpo de la chica.

Por fin, a eso de las dos de la mañana, Romeo le cogió el teléfono. Su voz parecía sofocada, como si le faltara el aire para respirar.

—¿Qué ha pasado Romeo? Tengo a mi jefe dándome patadas en el culo desde las doce de la noche, y tú y Boris sin cogerme el teléfono, ¿qué mierda habéis hecho?

—Yo... seguir sus instrucciones al pie de la letra, Jefe. Acérquese a mi casa y se lo contaré.
—Mejor coges un taxi y vienes te espero en la mía.
—En estos momentos es lo único en lo qué no puedo obedecerle, y prefiero no contárselo por teléfono.

La cerradura de la puerta del piso de Romeo estaba reventada, Urbina sacó su arma, la misma que le ofreció en su día para que se pegara un tiro, un arma que heredó de sus tiempos de policía y que no estaba registrada. Siempre la llevaba encima, al ser el responsable de seguridad de la empresa, nunca estaba de más por si hubiese necesidad o un imprevisto. Al entrar vio, bajo la luz de una lampara supletoria, el cuerpo herido de Romeo. Tenía una brecha en una ceja que sangraba, igual que la nariz, con los labios partidos y toda la camiseta manchada de sangre, aunque no parecía que fuera muy grave. Había un machete en el suelo y un par de sillas volcadas, y entonces lo vio, era el cuerpo de Boris, maniatado a un viejo radiador, tenía la boca sellada con un trapo y una cinta adhesiva, los pies inmovilizados con bridas de plástico y una cuerda que subía hasta el cuello y aparentemente ni un rasguño. Juan se preguntaba cómo era posible que le hubiera derrotado. Los ojos de Boris estaban esperanzados por la llegada de Urbina, sabía que era su mejor baza, después de haberse visto superado por aquel mequetrefe.

Urbina se puso en cuclillas para hablarle.

—Hola Boris, ya, ya..., sé que no puedes contestarme. ¿Has sido tú el que ha hecho la faena de Rodrigo?

Boris, confundido, pero con seguridad, contestaba moviendo afirmativamente la cabeza.

—Un buen trabajo, si señor. Está ingresado, pero saldrá de esta. Según mi información, no tiene ni idea de quién le ha agredido.

El ruso le sonreía con la mirada.

—¿Qué pasó luego, te vio alguien?

Otra vez contestó afirmativamente con la cabeza, a la vez que gemía intentando explicarse.

—No... no te preocupes, ves confirmando, ya faltan pocas preguntas. ¿Había alguien encapuchado a la salida del parque?

Volvió a mover la cabeza de arriba abajo.

—¿Quién era, un hombre o una mujer?

Esta vez, perplejo, subió los hombros, a la vez que negaba con la cabeza. Y en sus ojos apareció la preocupación. Se preguntaba qué tenía que ver aquello, él solo quiso no dejar testigos.

—¿Qué? —intervino Romeo—. Yo no sé nada, Jefe. Terminé mi turno de vigilancia y él se quedó vigilando, como nos dijiste. Ha venido aquí a robar mi dinero, el que nos pagaste —su voz sonaba sincera—.

Deliraba con que tenía que coger un avión, que yo era un inútil y que él solo había terminado esta mierda de trabajo.

Ahora Boris movía negativamente la cabeza, pero el herido le arrojó el billete de avión a la cara.

—¡O sea, que todo ha sido cosa tuya, pedazo de imbécil! ¿Sabes quién es la chica a la que has roto la cabeza y está en coma?

Los ojos de Boris se agrandaron como platos, comprendió al fin que había roto la primera regla, no tocar a la chica. Gemía, quería explicarse, disculparse y a la vez matar a esos dos mequetrefes que le estaban retrasando su huida de España. Removía sus muñecas para zafarse de las ataduras, pero Romeo había hecho un buen trabajo, apenas había holgura para intentar aflojar aquellas bridas de plástico que le cortaban la piel.

Juan se incorporó quejumbroso, empezaba a notar los años sobre su cuerpo. Se estiró una vez de pie apoyando sus manos en los riñones, y al momento hizo una llamada.

Cuando Pablo le dijo que no había perdón, que tenían que pagar su incompetencia, supo que se tendría que deshacer de aquellos dos parias de la sociedad. Era el precio por fallarle, él era responsable de aquella operación, aunque sabía que el padre de júnior habría felicitado al ruso misógino de los cojones, pero su avaricia lo había estropeado todo.

El antiguo policía sacó de nuevo su pistola y apuntó a la cabeza de Boris.

–No, Jefe, aquí no, se oiría el disparo, y alguien te puede ver. La puerta seguía entreabierta, con el marco astillado.

Urbina pensó que era un pobre infeliz, la intención era acabar con los dos, dejar la escena como si fuera un robo o ajuste de cuentas, en algún momento encontrarían el dinero y asunto resuelto. Pero no era tan sencillo, tenía la conciencia tranquila y podía dormir por las noches, gracias a no haber hecho cosas como la que le pedía Aguirre júnior. Durante sus veintiséis años en el cuerpo siempre fue primero un policía y luego un inspector ejemplar. Pistola en mano, la voz de Romeo le sacó de aquellos pensamientos.

–Déjamelo a mí, tengo pendiente un ajuste por lo de Irina. Tu ya has hecho bastante, y si no hubiera sido por ti, aun estaría en los brazos del tetrabrik. Si te implicas, saldrá a la luz tu empresa y el nombre de sus dueños. Además, ya nos dijiste que a partir de ese día estábamos solos–. Romeo había percibido algo raro en la mirada de su protector, algo que le hizo tomar la iniciativa. Sabe Dios por qué no le gustaba lo que podría venir después.

Romeo se fue hacia Boris y le dijo algo al oído. Algo que le llevaba directamente a la muerte, algo que le hizo removerse, si cabía más, sobre sí mismo y retorcerse como el rabo de una lagartija recién cortado.

Urbina guardó el arma, le miró a los ojos y supo que se encargaría de Borís. Se quedó con la duda de qué era lo que le había susurrado al ruso. Luego sintió vergüenza de cómo había sido capaz de pensar qué matando a Romeo, hubiera solucionado el capricho de Pablito. Miró a Romeo con cierta benevolencia, aquel despojo humano, hecho a sí mismo en la calle, sin el apoyo de nadie, dejado de la mano de sus padres, invisible para las instituciones, forjado en cientos de vicisitudes, acompañado por la ausencia de amigos y extraños, hasta hacerse un hueco en la sociedad, aquel le iba a sacar las castañas del fuego, como cuando era su informante. Otra vez su mirada comprensiva analizó que realmente Romeo se había convertido en un hombre, no sabría decir si bueno o malo, pero parecía que su sentido de la justicia no era del todo erróneo, según el código que le había enseñado la calle, el de la supervivencia.

–Romeo, cuídate. Mañana, mejor dicho –rectificó tras mirar el reloj–, hoy es la final del Mundial. Lo dicho, cuídate.

EN LA CASA (hojas sueltas)

La noche estaba echando encima de la larga tarde de verano su manto de estrellas sin luna. El calor y el sofoco aún tardarían en salir por la puerta de la madrugada.

Después de aquellos enloquecidos y fuertes golpes en su puerta, Fuensanta, no sin miedo, tuvo que abrir al capitán, quien, con tres soldados que se encontró en su camino y que él mismo había mandado a buscar por el pueblo a Satur, irrumpió como un torbellino.

–¡Buscad por toda la casa! –y mirando a la mujer–. Espero que no tengas nada que ver con la desaparición de mi soldado.

Santi negaba con la cabeza, pero estaba temblando por dentro. Hacía calor y, aunque su blusa estaba empapada, intentó que no se notara su nerviosismo, este no era el momento de flaquear.

Las horas fueron pasando. La búsqueda fue de palmo en palmo, revisando posibles tabiques falsos, moviendo armarios, camas, revisando la chimenea e incluso desmontando la alacena.

Los dos soldados que bajaron de los pisos de arriba negaron con la cabeza, a requerimiento de su superior. Sin embargo, el tercero le gritó desde el patio.

—Mi capitán, aquí han hecho una pocilga recientemente, el suelo está echado de hace poco.

—Sabino, por eso estaba aquí, he venido a ver como lo había dejado el albañil, a darle el visto bueno —así quiso justificar Santi su presencia en la casa.

—No me cuentes historias. A ver, entre los tres, coger ese pico y a cavar. —A continuación, se dirigió otra vez a Santi, primero con una sonrisa y luego con una amenaza—. Espero que sepas lo que has hecho; si está ahí, te mato aquí mismo.

Habían pasado más de dos horas. Los tres soldados estaban exhaustos, se habían turnado para ahondar, después de romper una buena capa de duro suelo, más de metro y medio de profundidad de una tierra pedregosa. Pero tuvo que ser el capitán quien se atreviera a reconocer que allí no estaba enterrado.

A penas miró a la que, hasta hacía pocos días, era su amante. Estaba convencido de que ella sabía más de lo que decía. Pero uno de los soldados le comentó a su capitán que Satur le contó que su pueblo no estaba muy lejos, no fuera que se hubiera ido a visitar a su familia. Pero el capitán no le creía capaz de hacer ese viaje, no sin el amparo del ejército, al menos sin pedirle permiso. Sabía de algunas deserciones, en ambas filas, y por motivos distintos; unos por ideología, otros por miedo a estar en el bando equivocado, al ver cómo se desarrollaba la contienda, o por volver simplemente a sus casas a cuidar de los suyos, o a morir con ellos. Pero la desaparición de su mano derecha en la batalla no era algo propio de él, alguien que disfrutaba haciendo daño y matando a los demás, algo que compartían en secreto, solo que él era más sofisticado, vengativo, le gustaba ver el miedo en los ojos antes de ejecutar su particular tortura. Un último vistazo a la porqueriza le hizo pensar que allí mismo podría arrojarla viva y rellenar el hueco, pero aquella mujer tenía algo que le embrujaba, algo por lo que, aun sabiendo que sus ojos mentían, era incapaz de hacerle daño.

Sin apenas darse cuenta, la noche había gastado su luna y la claridad de la incipiente madrugada estaba dando paso a un nuevo día de calor sofocante.

Sus órdenes, aquellas con las que siempre había cumplido, le hicieron abandonar la casa con los tres soldados. Sin despedirse y con la mente puesta en levantar a su compañía al alba, para liquidar aquel foco de maquis que no habían aceptado la rendición de una guerra ya acabada.

***

La batalla había sido muy dura. Sabino Bocanegra se cambió de uniforme, se puso uno limpio, su asistente le había embadurnado las botas que ahora brillaban, se puso su gorra de plato con sus tres estrellas doradas de seis puntas y cubrió aquel pelo negro repeinado y cubierto de brillantina. Salió de la tienda. El sol cubría el resto del campamento y tuvo que reconocer que, pese a la ventaja que poseía, pese a su superioridad numérica y armamentística, fueron sorprendidos en distintas acciones de guerrilla por aquellos republicanos que ahora, y después de cinco días de escaramuzas y fuertes combates, permanecían presos o yacían muertos.

Había perdido más hombres de lo esperado en aquellas escaramuzas. Eran ellos los que espoleaban a los guerrilleros hasta que los cazaban uno a uno, pero en aquella ocasión habían sido sorprendidos por unos soldados que demostraron tener mucha experiencia.

Cuando al médico de la compañía le dijeron que interrumpiera las curas de los vencidos que estaban heridos, todos supieron que aquel día era tan bueno para morir como cualquier otro.

De rodillas frente a una de sus propias trincheras, los ojos de los soldados acostumbrados a ver morir e intentar ver nacer un nuevo día, ahora solo miraban a la nada, esperando el tiro de gracia; otros los cerraban y se santiguaban, sabían que no iban a bajar de aquellos montes con vida. El capitán se puso al lado del soldado que iban disparando a la cabeza. Pistola en mano se cercioraba de que caían dentro y de que no quedaran solo malheridos, por si había que darles el tiro de gracia, dado que se fijó en que aquel soldado cerraba los ojos al disparar. Por el rabillo del ojo se percató de que uno de aquellos hombres tenía una fotografía entre las manos, parecía que estaba en paz, ajeno a los disparos que cada vez estaban más cerca. Si algunos intentaban levantarse para salir corriendo, otros soldados los abatían, sin embargo, a este se le dibujaba una leve y tranquila sonrisa. A Bocanegra le pudo la curiosidad y, después de detener los disparos, le pidió que le enseñara la fotografía, él también sonrió, se la devolvió, le cogió la pistola a su soldado, la amartillo y a punto estuvo de descerrajarle un disparo en la frente, pero eso hubiera sido demasiado fácil para aquel que iba a morir, sus miradas se cruzaron, incluso los ojos de la fotografía parecía que intimidaban al capitán, que paró la ejecución del resto de los detenidos. Se movió una ligera brisa, las ramas de los árboles modularon el sonido del viento, el silencio acompañó a aquellos afortunados, era como si la losa de una tumba se hubiera cerrado y aquellos muertos, por equivocación, se hubieran quedado vivos; parecía que nada de lo que había sucedido allí hubiera pasado. La vida volvía a tener sentido para Bocanegra, la fotografía de Santi en manos de aquel republicano le hizo cambiar el estricto sentido militar por el asombro de las vueltas que puede dar la vida. Acto seguido, mandó que trasladaran a los supervivientes al pueblo más cercano, para que fueran ejemplo de lo que les pasaba a todos aquellos que no cooperaran con el nuevo régimen.

    Una vez en Alatoz, que era el pueblo donde estaban asentadas varias compañías del ejército, subieron a unos camiones a aquellos detenidos que tuvieron la suerte de librarse de la muerte. Y aquel soldado que tanto le asombró con la fotografía aún le deparó otra sorpresa al gritar desde el camión.

—¡Matarife! ¡Sé que eres el Matarife!¡y te pillaran algún día! —los gritos iban dirigidos a un soldado de la compañía del capitán Sotomayor, casi deforme, descomunal y siniestro, diría Bocanegra al que veía por primera vez.

—¿Dónde se los llevan, mi capitán? —preguntó uno de sus soldados, que había combatido con él codo con codo en esta última batalla.

—Primero les iban a dar paseíllo, pero nuevas órdenes han cambiado su destino. Ahora hace falta mano de obra, en un sitio que van a llamar el Valle de los Caídos. No sé yo si será peor —dijo en voz alta, pero sin dirigirse a nadie.

Aquellos reductos de insurrectos le hacían mantenerse alerta, después de semanas en que la victoria total sobre la República había dado por finalizada la guerra. Todavía se preguntaba dónde estaría Satur, o más bien que habría sido de él. Llegó a mandar aviso a su casa, por si ellos hubieran sabido su paradero. Todo le llevaba a pensar que el misterio estaba en aquel pueblo, en aquella fonda y en aquella mujer de ojos claros y tez morena que aparecía en la foto que aquel soldado llevaba en las manos, como si de un escapulario se tratara.

14. ANGELITA (hojas sueltas)

Rafael volvió a Úbeda en busca de ayuda, esa que Santi le negó para aquellos prófugos.

–Demasiado riesgo para una gente que no conocemos de nada.

Aquella frase la llevaba rumiando varios días, él nunca había hecho distinciones entre la buena gente, ¿acaso eran peores por no conocerlos?, ¿debían perder la vida simplemente por ser unos extraños?

Cuando llegó a La Estación, Angelita estaba dentro malviviendo, aterrorizada, atendiendo a unos comensales de los que tenía que aguantar improperios e insultos. Ella hacía lo que podía desde la cocina, y sin casi provisiones servía unas mesas mal ataviadas. Aquellos que en otro tiempo eran clientes suyos, ahora pretendían usar sus favores a cambio de no denunciarla.

Rafael se unió a la joven con una sonrisa. Se descubrió la cabeza y guardó su gorra en su propio cinturón. Le sugirió en voz baja que se quedara en la cocina, mientras él servía las comandas en las mesas. Se alzaron algunas voces en contra del nuevo camarero, pero al fin se acallaron al ver que no surtían efecto.

El único familiar vivo de Trini y Pascual cerró La Estación, tomó del brazo a la muchacha y juntos volvieron al pueblo. Después de esquivar a los militares, pudo entrar en La Plaza y hablar con Pedro y Santi. Esta vez, le miró a los ojos:

—Te parece Angelita una extraña, o tampoco serás capaz de ayudarla.

Las dos mujeres se abrazaron y lloraron juntas. Hablaron de sus recuerdos, de Cova, Trini, Pascual y cuando lo hicieron de Rafi, Angelita volvió a llorar, eran más que amigas, más que hermanas, se amaban y compartían sus penas y sus alegrías. El día que Satur disparó a su hermana, la mitad de su corazón murió con ella.

Ahora los dos necesitaban cobijo, al menos por una temporada. Tenían que dejar enfriar los recuerdos de los ubetenses; la intención de Angelita y Rafael era volverse a hacer cargo del negocio de Úbeda. Lo estuvieron hablando, serían socios, él procuraría el orden y la sensatez a aquel establecimiento, y ella dejaría de ejercer, se dedicaría a la cocina hasta que pudieran contratar alguna ayuda; no estaban los tiempos para retar a nadie, ya se estaban encargando de apretar sus botas contra el cuello del vencido, ahora primaba sobrevivir.

Fue entonces, cuando a Santi se le ocurrió que Angelita y Rafael se cobijaran en su nueva casa. Había oído que los militares iban a desplazarse hacia el este, donde solo quedaban algunos pequeños reductos de republicanos y anarquistas. Había que resistir unas semanas, quizá unos meses, y si se habían calmado las aguas, intentar volver a Úbeda. Él era el pariente más próximo de Pascual y Trini, y esperaba poder arreglar los papeles para heredar el negocio.

AL ABRIR LOS OJOS

Rocío recibió la llamada de la policía, unos tres cuartos de hora después de haberles avisado. Rodrigo estaba en el hospital, pero consciente, le habían pegado una paliza de aúpa, según la jerga que utilizó el oficial que la llamó.

—No se preocupe señorita —le repetía el agente ante la insistencia de Rocío—, lo superará. Quedará algo magullado, pero de esta sale; ha tenido mucha suerte gracias a su aviso, los médicos han podido atenderle con rapidez y minimizar los daños.

—¿Se sabe quién ha sido y porqué lo ha hecho?, ¿le han robado?

—No... —y la voz del policía dudó antes de preguntarle—. ¿Conoce usted a una señorita que se llama Noelia?

Rocío se sorprendió, dado que, en su última conversación, recordaba que Rodrigo la había nombrado, pero se preguntó que tenía que ver ella en todo aquello.

—Quizá sea su novia, pero no le podría asegurar, yo no la conozco personalmente, ¿qué le ha pasado? —no quería poner en un compromiso a Rodrigo.

—Nada nada, no se preocupe. Quiero agradecerle su cooperación ciudadana, y si tuviera que hacerle alguna otra pregunta la llamaré.

—De acuerdo, bueno ya las horas que son... Mañana enterramos a mi abuela, mi intención es ir a ver a Rodrigo a Madrid, después del sepelio.

—Me pasaré yo también por el hospital, a ver si su novio nos puede ayudar de alguna manera. Igual nos vemos.

—Perdón, no es mi novio, ya le he dicho que quizá ahora sea de la tal Noelia; lo hemos sido, pero ahora solo somos buenos amigos. De hecho, le estaba notificando la muerte de mi abuela cuando paso todo esto.

—Entonces no la molesto más. La acompaño en el sentimiento.

—Gracias.

Las pocas horas que quedaban de noche las pasó intranquila, no descansó lo suficiente y soñó con su abuela, era la que se le aparecía por detrás de Rodrigo en aquel oscuro parque; luego una mujer ayudaba al herido, le besaba y lo curaba, unas veces era su cara, otras la de la Parca. Entonces se despertaba y le costaba conciliar otra vez el sueño.

Cuando abrió los ojos, entraba el sol matutino por la ventana. Sus padres le habían dejado descansar. Cuando la noche anterior les contó en el tanatorio todo lo sucedido a Ro, su padre le apretó la mano en señal de cariño, y su madre la miró con dulzura, sabían que era un mal trago dentro de su relación, pero era un trago amargo que solo podía digerir ella, y solo así, si las cosas no se arreglaban, el tiempo sería el que haría aquella digestión.

Después del entierro y las condolencias de los vecinos y amigos de la familia, Rocío se escabulló, no sin antes disculparse con la gente allí presente, y emprendió su viaje a Madrid.
Eran las once de la noche cuando entró en la habitación. Una tenue luz mantenía parte de esta en penumbra, pero pudo ver los daños en su cara. Rodrigo dormía tranquilo, posiblemente bajo los efetos de algún relajante, y tenía un vendaje alrededor de su pecho y hombro, seguro que tendría rota la clavícula. Dejó su pequeña bolsa en el suelo y se sentó a su lado, en un sillón reclinable pero aun así incomodo, después de quince minutos ya no sabía cómo ponerse. Esta vez lo poco que durmió lo hizo tranquila, sin sobresaltos ni pesadillas, estar cerca de él siempre le había proporcionado esa paz.
Rodrigo despertaba poco a poco del reparador sueño. Primero intuyó claridad antes de abrir los ojos, pensó que sería de día, pero cuando al fin abrió los ojos lo primero que vio fue la cara de Rocío ante la suya, una sonrisa amplia, unos dientes perfectos y aquella mirada limpia y sincera. Intentó sonreír, pero le dolía todo el cuerpo; le había cogido su mano, y a él solo se le ocurrió decirle que sentía lo de su *abu*, no haber podido asistir al sepelio. Ella le dio un beso en la frente,

era de las pocas zonas que no estaba hinchada o magullada.

Al momento entraron dos enfermeras y le pidieron a Rocío que saliera para que ellas pudieran curarle. Mientras ella esperaba en el pasillo, apareció el inspector de policía, acompañado de otro agente de paisano. Al intentar entrar en la habitación ella les indicó que estaban curándole.

—¿Es usted Rocío?

—Si y ustedes, supongo, son de la policía.

El inspector ya tenía cierta edad, y una cara amable; al compañero, mucho más joven, se le veía impetuoso, con el móvil en una mano y en la otra un boli y una libreta para tomar notas.

—¿Tienen alguna novedad? —insistió Rocío sin mucha confianza, dado que ella seguía pensando que fue por robo con fuerza, bueno, mucha fuerza, dado el estado en que había quedado Rodrigo, pensó.

—Estamos siguiendo varias pistas y unas declaraciones de uno de los recepcionistas del hotel donde se alojaban.

—Alojaban, en plural —matizó el joven aspirante a subinspector, recién salido de la academia.

El inspector no se inmutó, solo miraba los ojos de Rocío.

—Pues tendrán que avisar a la señorita que estaba con él, porque por aquí no ha venido nadie, no sé si llamar a sus padres o dejar que lo haga él mismo.

Esta mañana se ha despertado, en el mismo momento en que las enfermeras me han hecho salir de la habitación.

—Pues tendrá que esperar otro momento más. Nos disculpará, pero ahora vamos a pasar nosotros —le comunicó el inspector—, tenemos que hablar con él.

En ese instante salían las enfermeras, preguntándose a que habitación tenían que ir ahora. La conversación con Rodrigo no fue tan corta como Rocío pensó. Fueron solo unos quince minutos, pero a ella se le hicieron interminables. Al salir, los agentes se despidieron de Rocío, y cuando esta entró Rodrigo lloraba desconsolado. Entre lágrimas le contó lo que le había pasado a Noelia la misma noche, cuando salió detrás de él, por lo visto ella tenía razón en lo de no salir del hotel, y ahora se echaba la culpa de su muerte.

Cuando pasó el médico las caras tristes, después de la fatal noticia, seguían presentes entre aquellas cuatro paredes, ni siquiera el anuncio de que al día siguiente podría tener el alta hospitalaria les hizo sentirse más aliviados.

—Si los resultados de los análisis nos confirman que no tienes nada más roto por dentro, podrás irte a casa y seguir el tratamiento y las curas en el pueblo.

Al día siguiente, con la ayuda de Rocío, recogió sus pertenencias de la habitación del hotel. Antes de salir por la puerta el recepcionista le entregó un sobre que contenía una nota. En ella alguien que no firmaba la nota, y a quien se le dotaba no contar siquiera con un vocabulario básico, le venía a decir que sentía no haber podido evitar la desgracia, y que quien lo había hecho había pagado con su vida, también que se encargaba del sepelio y de que su cuerpo llegara a su país con su familia a través de una funeraria, y el anonimato que da el dinero.

La mirada de Rodrigo hacia el recepcionista fue suficientemente clara para que este le contestara que ese sobre con su nombre había aparecido encima del mostrador. Quizá incluso con unos billetes pegados para que le llegara la nota. Rodrigo no entendía nada de aquella misiva, tan inquietante; él no conocía a nadie en Madrid, nadie que supiera y, además, tuviera el valor de ejecutar una venganza en su nombre, aun así, le hizo llegar el sobre al inspector, por si aquello podía solucionar el caso. Por un momento pensó que fue cosa del hotel, para que él se sintiera mejor y no tuviera una sensación negativa de este después de lo que le había pasado con el hotel.

La policía investigó algunas cámaras de algunos establecimientos cercanos al parque y, según la ruta desde el hotel, en una del cajero de un banco se apreciaba pasar a Rodrigo y, segundos después a aquella bestia, un fotograma de apenas medio segundo que pudieron imprimir y donde se vislumbraba el perfil de una cara, la de Boris. La experiencia del inspector hizo pedir al informático que estaba manipulando la cámara que siguiera unos minutos más en el mismo punto, hasta que vio pasar a Noelia, quizá el último medio segundo de vida en el que alguien la vio viva, antes de que aquel salvaje se la quitara.

Dos días después, una nota del depósito de cadáveres reclamaba la presencia del inspector para una identificación. Cuando el inspector le preguntó al forense quién le había dado su nombre, este solo le pudo decir que fue una llamada anónima, pero que era un caso que él llevaba.

El inspector no quiso seguir tirando del hilo, uno que se podría romper en cualquier momento, dado que lo primero que pensó fue que detrás de todo estaba la familia Aguirre. Pero, cómo demostrarlo. Después de leer el informe del forense sobre un tal Boris, reconoció aquel cuerpo como el que aparecía en la cámara del cajero tras Rodrigo. Muerte por sobredosis, otra que no cuadraba con las marcas que deja la heroína, ni las que dejaron las bridas de plástico en sus muñecas. Solo un pinchazo y a la primera... sobredosis. Era irónico pensar en una coincidencia que ocurrió meses atrás, con aquella prostituta rusa que no tenía otra marca que se pudiera achacar a la heroína. ¿Qué pasaba últimamente con los rusos y el caballo?

EL ÚLTIMO PECADO

El viaje fue lento entre las paradas, por dolor y la incomodidad que sentía todavía en su cuerpo. Las explicaciones que no pidió ella, sin embargo, él si le dio. Rocío y Rodrigo volvieron juntos al pueblo. Todo seguía igual. La luz del verano confería una claridad especial a aquellas paredes, unas blancas y otras de color de piedra.

–Ro, por favor, no quiero que mis padres me vean así. ¿Podría quedarme en tu casa unos días? Si no te parece bien, lo entenderé, sé que te he hecho mucho daño, pero nunca supe cómo evitar que sufrieras. Por otro lado, seremos la comidilla del pueblo, de nuestros amigos, también están tus padres, sobre todo tus sentimientos y la opinión que tengas de mí.

–Por eso no te preocupes, mis padres solo quieren lo mejor para mí, y no tendrán en cuenta lo que diga la gente. Tú no puedes pedirme eso, pensando en el qué dirán; siempre hemos sido amigos y nos hemos ayudado, no puedo dejar que pases este mal trago solo, llámame tonta, pero después de todo lo que ha pasado entre nosotros solo sé que siempre tendré tu amistad.

Ya en el pueblo, después de varios días con las curas en el ambulatorio y su tratamiento a base de antinflamatorios su cuerpo fue sanando. El tiempo se encargaría de curar su corazón.

Rodrigo acarició el pelo de Rocío cuando esta le recogía un vaso de agua con su cañita para sorber. Luego cerró los ojos y ella le acercó los labios a la mano, luego a su boca, y él, sin abrir los ojos, pensando en otros labios, le admitió el beso. Lo demás vino solo. Poco a poco, hicieron el amor. Para ella fue como recuperar el amor perdido, para él, la despedida de Noelia. No olía a canela, ni su voz era la misma, pero con los ojos cerrados la veía a su lado. Rocío, pese al deseo del amor perdido, sentía la frialdad de Rodrigo, aunque prefirió seguir y pensar que quizá aquello que terminaba, no fuera solo sexo para él.

−Gracias−y al decirlo, Rodrigo se arrepintió, porque no las daba por lo que acababan de hacer, sino por cómo había sucedido−. Necesito tiempo para curar todas mis heridas, las físicas y las del corazón. Aunque te haya defraudado, siempre te querré, sabes que siempre has sido todo para mí. Necesito tiempo.

−Yo también lo necesito, para todo menos para seguir siendo tu amiga, eso lo seré siempre. Voy a empezar por darte deberes. Lee estos diarios y luego hablaremos de qué haremos con ellos.

−Te los he ordenado lo mejor posible, con ellos venían todas estas joyas.

Rocío le enseñó el contenido de la caja, solo una de las joyas aparecía en los diarios, al menos que ella supiera, un anillo con la letra D grabada a modo de sello. Le llamó la atención un camafeo con la figura de la Patrona. Era realmente hermoso, todo de oro, en relieve y perfectamente labrado, relojes, pendientes, anillos y pulseras. Le extraño en demasía la fotografía de un militar con uniforme de la República. Estaba deteriorada, tenía grietas y estaba impresa sobre un grueso papel acartonado y duro; por detrás rezaba una pequeña dedicatoria; "A mi amor Santi, de tu valenciano".

Pasadas unas semanas y casi recuperado de sus heridas, Rodrigo volvió con sus padres. Se despidió con dos cartas, casi con lágrimas en los ojos, y aprovechando la ausencia de Rocío.

He leído los diarios, y puedo asegurarte, que no creo que le puedan hacer daño a nadie, después de tanto tiempo. Demasiado dolor para tener que guardarlo en el recuerdo. Posiblemente solo si los haces públicos sirvan para que los jóvenes de hoy entiendan lo malo de la guerra y lo malo de no vivir en una democracia. Si estuviera en tu lugar los quemaría, vendería las joyas y las donaría a una ONG que luchara por una buena causa.

El diario que está en francés, por cierto, bastante deteriorado, tiene manchas de humedad, me ha costado mucho traducirlo, dado que se pierde la tinta, como evaporada, y utiliza palabras antiguas que posiblemente fueran de uso en siglos pasados; debe de ser de algún familiar muy antiguo vuestro, creo por lo que narra, que sería un matrimonio de apellido Galey, que se instaló en Úbeda, y que he deducido que se dedicaba a capar asnos y caballos. He indagado en internet sobre ese nombre y parece que hay un pueblo o aldea en el lado de los pirineos franceses con ese nombre. No puedo decirte si fue su hijo u otro descendiente de ese matrimonio al que le pusieron el sobrenombre de Joselillo el Capaor. Hay algunas hojas que están muy deterioradas y se pierde el hilo en la narración, que si es cierto que está configurada a modo de diario dado que en algunas hojas siempre empieza por la fecha. Puede que vinieran con el ejército de Napoleón, o quizá antes, dado que hay indicios de ese apellido en fechas anteriores, pero nunca antes del siglo XVIII.

La primera carta estaba dentro del sobre, pero este estaba abierto, por lo que fue la primera que leyó, la segunda tenía el sobre cerrado, por lo que intuyó que sería algo así como una despedida.

Rocío, nunca podré agradecerte todo lo que has hecho por mí, desinteresadamente y sin pedir nada a cambio. Estoy seguro de que te he defraudado como persona y como amigo. Solo puedo decirte que me enamoré de Noelia y que nunca había sentido nada igual por nadie, ni siquiera por ti. Ahora necesito pasar el duelo de la mujer a la que he amado como nunca creí que pudiera hacerlo.

Hoy no soy capaz de poder decirte si algún día volveré a sentir ese amor por alguna otra mujer, aunque quizá tú también descubras ese sentimiento por otro hombre que no sea yo. Será entonces cuando comprendas lo que intento decirte, aunque espero que nunca sepas por lo que estoy pasando en estos momentos. Noelia fue todo para mí, siento que la vida no tiene sentido sin ella. Iré al trabajo, volveré a respirar, pero dudo que vuelva a vivir, al menos, como vivía cuando estaba junto a ella. Me pregunto qué sentido tiene estar en este mundo sin ese amor. Quizá el tiempo duerma este dolor que siento, pero nunca podré olvidarla.

Espero que sigamos viéndonos por el pueblo, que la vida vuelva a juntarnos, como antes, que ojalá no hubiera tenido que hacerte sufrir, que la vida ajusta sus cuentas con quien hace daño a un inocente, posiblemente yo esté pagando la soberbia y el egoísmo con el que te traté. De nuevo te pido perdón.

Recibe un beso muy fuerte, y estoy seguro de que de alguna forma te compensaré lo que has hecho por mí. A veces la vida da esas vueltas para que comprobemos con qué facilidad somos capaces de equivocarnos con las personas y con el amor.

EL PATIO DE MI CASA

Rafael salía de vez en cuando a interesarse por aquellos que seguían escondidos y a los que, por desgracia, era imposible ayudarles a escapar. Todo se había vuelto un torbellino de denuncias. Las familias que habían sido simpatizantes del anterior Gobierno legítimo ahora eran perseguidas, espoliadas e incluso fusiladas; no hubo piedad para nadie, ni mujeres o ancianos se libraron, y las tapias de muchos cementerios se mancharon de sangre inocente, de revanchas innecesarias. La codicia por poseer lo del prójimo no fue denunciada por la Iglesia, que se victimizó, que justificó sus muertos para perdonar a los que, con su beneplácito unas veces y cerrando los ojos en otras, mataban injustamente en una limpieza política fratricida.

En una de aquellas salidas de Rafael, unos ojos lo descubrieron saliendo de una casa cualquiera del pueblo. Aquellos ojos creyeron ver un muerto andante. Cómo era posible, si lo había dado por muerto, solo el efecto del vino, le pudo haber nublado la certeza de que lo había matado, y sonrió para sí mismo al pensar que esta vez no iba a ser tan descuidado.

Aquel día lo dedicó a vigilar la casa hasta que lo vio volver, entonces pensó que esa noche le haría una visita. Esto era una cosa entre ellos dos, aquí no debía intervenir nadie más, ese hombre se había presentado en Úbeda para matarle y ahora era él quien lo iba a cazar. Quién se había creído que era al presentarse así, ante sus compañeros, y acusándole de ser un asesino. Rio por dentro al pensar en lo mal que se lo iba a hacer pasar cuando le tuviera delante. Le recordaría cómo mató a su hermana Rafi, al cabrón de Pascual y la paliza que le dio a la vieja.

−¿Qué haces aquí? −fue la pregunta que le hizo Satur a Santi, cuando esta le abrió la puerta, después de aquellos golpes tan repetidos y fuertes con la aldaba, y en medio del silencio que imponían los militares llegada cierta hora en la noche.

−Estoy en mi casa, ¿tú que quieres?

La apartó de un manotazo y se metió dentro, como si no existiera, mientras iba pensando que acabaría cazando dos pájaros de un tiro.

Rafael seguía escondido mientras oía la conversación, pero esta vez no permitiría que también le hicieran daño a Fuensanta. Todo se precipitó cuando este salió y se enfrentó al asesino de sus primos, pero la rabia le impedía ser todo lo eficiente que hubiera querido. Tras asestarle una serie de golpes, una vez repuesto de la sorpresa, Satur pasó de la defensa a un ataque eficaz y rotundo. Santi, por su parte, se abalanzó sobre la espalda del soldado intentando que parara, colgada de su cuello. La vio salir de cara hacia ellos, pero él no la reconoció, no sabía quién era. Se deshizo casi sin esfuerzo de Fuensanta, y en ese mismo momento el acero de un cuchillo le atravesó el estómago. Aquella muchacha, que tendría la edad de su hermana, le miraba con odio, y se preguntó si sería la hija de aquel al que había golpeado, el mismo que mientras él se encogía de dolor intentando taponar la herida le arrebataba el cuchillo a la muchacha y se lo volvía a clavar, esta vez en el corazón, provocándole una herida mortal.

Los tres se miraron. Angelita estaba en *shock*, Rafael se mantenía a su lado e intentaba convencerla de que había sido él quien lo había matado. Fuensanta reaccionó y en voz baja intentó que reaccionaran, había que hacer algo con el cuerpo; la decisión fue enterrarlo en el patio, ningún otro militar sabía de aquella casa y nadie más tendría que saber de lo que había pasado, ni siquiera su hermano Pedro, esa era la mejor protección que podrían darle, solo ellos eran los responsables y a la vez garantes de sus propias vidas.

Todo se precipitó al día siguiente. Rafael buscó los materiales y trajo cemento y arena, los utensilios ya estaban en aquella casa, pico, pala, llana y paletas. La pocilga necesitaba un suelo más contundente para que se limpiara mejor. Esa sería la excusa.

Cuando Rafael estaba picando el suelo Angelita les advirtió de que, si algún vecino hubiera oído algo y les denunciaran, ahí sería el primer sitio donde buscarían.

—¿Pero dónde lo vamos a esconder? —casi suplicó Fuensanta.

—En la otra punta, donde hay solo tierra y flores.

Tras la higuera quedaba un recodo de aquel irregular patio, y allí lo enterraron. Casi a plena vista, la tierra que sacaron la camuflaron bajo el suelo de la pocilga.

Al día siguiente, Angelita y Santi estaban hablando en susurros de su nueva ubicación, otra vez en La Plaza, hasta que se fueran los militares, y de que podría ayudar a servir en las mesas, al menos hasta que volvieran a Úbeda. Fue entonces cuando el capitán irrumpió en la cocina y preguntó por Satur, dada la urgencia de tener que salir a cumplir las órdenes, y porque este no aparecía por ninguna parte.

EL PECADO DEL AMOR

El pecado de Romeo e Irina fue amarse sin pensar en los demás, fue un amor de esos que narraban en las novelas y en los teatros, algo parecido a las obras de Shakespeare, donde lo improbable era realmente imposible, donde se masca la tragedia desde el primer acto.

El entorno que rodeaba sus vidas fue al que ellos estaban acostumbrados, desgracias, injusticias, abusos, pobreza y desidia, pero el halo de felicidad que les proporcionó el amor también les cegó la cruda realidad, y aquella fantasía desapareció como por arte de magia, los deseos se volvieron creíbles, hasta que la tozuda miseria de sus vidas les puso los pies en la tierra. Él era un desecho de la sociedad y ella, mujer, prostituta, extranjera, víctima de trata de blancas, o sea, lo más ínfimo y ruin de una sociedad que ignora todo aquello que le puede dañar la imagen de su ideal mundo feliz.

Romeo quiso reunirse con Juan Urbina, deseaba hablar con él para compartir una última acción, antes de desaparecer de su vida y dejar de ser un estorbo para el antiguo policía. De nuevo quedaron en la calle Juan Bravo, en el habitual restaurante El Hórreo.

Después de esperar su llegada, tomándose un pincho y una cerveza, apareció Urbina. Su cara seria emanaba sorpresa por todo lo acaecido y por esta inesperada reunión.

—Tómese una, esta vez pago yo. Algún día tenía que ser el primero —le dijo con una sonrisa que le enseñaba la falta de un par de dientes.

—¿Cómo estás, Roberto? —esta vez no utilizó su apodo—. ¿Qué es eso tan importante a lo que solo yo te puedo ayudar? Pensé que con todo ese dinero ya estaba claro que no deberíamos vernos más.

—Solo usted puede ayudarme, porque quiero enviar la mitad de la parte de Boris a la familia de la señorita Noelia—. Romeo esperó a ver su reacción. Como siempre le había pasado en la vida, seguro que le criticaría y pondría pegas a su decisión.

—Lo que quieres hacer te honra como persona, pero ella ya mandó mucho dinero a su gente, no lo necesitan—. Y ahora que ella había muerto Don Pablo había desistido, y no usaría ninguna influencia ni artimaña para amargarles la vida a aquella familia.

—No creo que haya dinero suficiente en el mundo, para compensar la muerte de un ser querido, al menos no debería de ser así. Jefe, solo necesito que usted se encargue de hacerle esa transferencia, no sé cómo hacerla, una herencia, algo comercial, lo que usted considere, hable con algún abogado, pero que sea legal, yo solo me fio de usted, es la persona más recta que he conocido en mi vida.

Juan lo miró y sonrió por primera vez.

—¿Te das cuenta de que unas veces me tuteas y otras me hablas de usted?

—Es que en las cosas importantes uno tiene que otorgar la categoría que se merece el interlocutor —y le dio el sobre con el resto del dinero acordado.

—Sabes que no me puedo negar, sobre todo cuando es por una causa en la que tú crees. Está bien, así lo haré, pero a cambio me contestarás a una pregunta, que me viene reconcomiendo.

—Dispare.

—¿Qué le dijiste al oído a Boris cuando lo tenías atado al radiador de tu casa? Noté en sus ojos que se cagó encima.

—Lo que le dije, lo que le di a entender fue el motivo por el que lo iba a matar. Sé que hasta ese instante no me creía capaz de hacerlo, primero porque se sentía superior a mí. y segundo, porque siempre me consideró una piltrafa, un paria incapaz de hacer algo, que solo está reservado a los verdaderos malvados. Aunque no se arrepintió de nada en ningún momento, sé que eso le cambió la opinión sobre mí, descubrió que si sería capaz.

EL PECADO DE ROMEO

En la misma tienda, donde hacia unas semanas se compró ropa usada pero digna con aquellos primeros cien euros que le adelantó Urbina, Romeo le enseñó un fajo de billetes al dueño y dependiente porque buscaba algo para defenderse y que fuera muy eficaz. Pasó a la trastienda, dado que los del barrio se conocían entre ellos y sabían de qué pie cojeaba cada uno. La conversación fue breve. En estos casos es lo mejor, cuanto menos sepan unos de otros, mejor. Así se hizo con aquella pistola.

Ya era tarde y Romeo dormía cuando los nudillos de Boris llamaban a su puerta.

Romeo se despertó. La desconfianza le hizo recelar de aquella visita. Cogió de su mesita de noche su arma y se fue a la puerta, no quiso abrirle, le dijo que se fuera a vigilar, era su turno y ahora le tocaba descansar a él, le maldijo con insultos y las palabrotas más malsonantes que se le ocurrieron en ese momento, hasta que oyó cómo sus pasos se alejaban en dirección a la escalera. Casi por intuición dejó la pistola en el mueble del recibidor.

Aún no había dado dos pasos hacia su dormitorio cuando la cerradura de la puerta saltó por los aires, aquella bestia se plantó a medio metro de distancia de su nariz y le preguntó: "¿Quieres sufrir?".

Romeo recibió varios puñetazos en sitios clave de su cuerpo, perfectamente dirigidos para causarle daño y a la vez dejarlo noqueado. Su cuerpo tropezó con el mueble del recibidor y, como por instinto, agarró el arma antes de caer como un muñeco de trapo al suelo. Los golpes le habían quitado el aliento y le costaba respirar. Boris se sentó a horcajadas sobre su abdomen y empezó a hablarle con parsimonia: primero le explicó cómo moriría si no le daba el dinero, su excusa barata era que él había hecho ya el trabajo y quería todo el dinero para irse a Rusia. Después le contó cómo fueron los últimos minutos de Irina.

−Fue un ejemplo para las demás. La puta estaba embarazada, y al resistirse y no querer abortar al médico le dio un ataque de moralidad y decidió irse sin practicarlo. Tú eras un puto viejo a su lado, te dejaría en cuanto se sintiera segura, si no te ponía los cuernos antes con medio Madrid. ¿Qué pensabas hacer con ella, ignorante? Tenías que haberla oído suplicar cómo quería tener a su bebe, me maldijo, pero con mi primer bofetón se apaciguó. Estaba buenísima, y cuando intenté follármela empezó de nuevo a resistirse, así que la golpeé de nuevo hasta que no tuvo más remedio que ceder −Boris soltó una carcajada−. La zorra creería que la iba a perdonar.

Entonces Boris notó un pinchazo como el de un escorpión y todo se volvió negro.

Cuando abrió los ojos estaba de rodillas totalmente inmovilizado, unas bridas de plástico le amarraban las manos a un radiador y otras los pies. Romeo lo inmovilizó como había visto hacer en una película. Puso una cuerda con un nudo corredizo desde los pies hasta el cuello, de manera que, si estiraba las piernas, ese nudo se cerraba sobre su garganta, una garganta taponada con un trapo que le llenaba toda la boca, sujeto con una cinta adhesiva.

Ahora era Romeo el que le preguntaba cosas sobre Irina y Boris quien negaba con la cabeza, lo que acababa de decir sobre ella.

Pero antes de todo, antes de inyectarle aquella porquería en su vena, señalándole con la Taser si prefería otro chute, le quiso explicar las conversaciones que tenían los dos, que lo suyo no era solo sexo, que aquel fin de semana que estuvieron juntos llegaron a quererse tanto que era imposible que él lo entendiera, la química que se había creado entre los dos era algo que nunca comprendería, su amor era puro y verdadero, y si ella se había acostado con otros hombres él también lo había hecho con otras mujeres, y si le llevaba catorce años eso no quería decir que no fuera capaz de saber hacerla feliz el resto de su vida. Se habían contado todo de sus desgraciadas vidas: lo joven que se quedó huérfana, cómo cayó en las redes de la trata de blancas rusas, y de lo felices que se sentían soñando con liberarse de aquella plaga que era ser esclava de la prostitución. Y cuando Urbina le apuntó con la pistola, antes de hacerle desistir, sabía que el siguiente disparo podría ir a su cabeza, y no le importaba morir después de lo de Irina. Y aunque él era parte del equipo que había cagado la operación, sabía que el Jefe siempre se había portado bien con él y era una buena persona.

Se agachó al oído de Boris y le dijo:

—Irina solo tenía sexo sin protección conmigo —dejó unos segundos para que asimilara la información—. La mataste a ella y al hijo que esperábamos, mi hijo.

Juan Urbina, le aceptó el reto de hacer llegar el dinero a la madre de Noelia, posiblemente a través de alguna empresa ficticia o por algún paraíso fiscal.

Después llamó al inspector que llevaba el caso de Boris y le comentó que a través de soplos que le llegaban de contactos de la calle, ese ruso era el responsable de la muerte de la mujer del parque y del ataque al hombre que quedó malherido. Se destapó así como el anónimo que había dejado el recado a través del forense.

—No puedo decirte más, pero es lo que se comenta. Y aunque no lo puedo asegurar, es probable que sea el responsable, hace un tiempo, de la muerte de una prostituta, cuyo cadáver apareció en la Cañada Real.

Como viejo compañero del policía este le contestó.

—Ya lo sabemos, lo tenemos grabado en una cámara de un cajero, al menos cómo pasan los tres por delante en la misma dirección a pocos segundos unos de otros. Lo de la puta, solo sé que no tenía ninguna otra marca que la identificara como una yonqui. ¿Quieres contarme algo más?

—No, solo era por ayudar. ¿Cerráis el caso entonces?

—Tú trabajas para el exnovio de Noelia, ¿está implicado?

—Por supuesto que no, hacía semanas que lo habían dejado. En todo caso la despechada era ella, Pablo Aguirre va a contraer matrimonio muy pronto con su actual prometida.

—Pues que sean muy felices, parece que la mierda, cuando salpica, nunca llega tan alta —su voz trasmitía un tono de sarcasmo y a la vez de resignación.

EL PECADO DE ROCÍO

Había pasado un año y pocos meses desde su vuelta de Madrid con Rodrigo. Se habían vuelto a ver en varias ocasiones, pero lo suyo, como ella lo llamaba, ya no era igual, incluso pensaba que podría estar acabado. Solo quedaba una amistad inquebrantable, y ella habría rechazado cualquier intento de unión que viniera de la mano de la lástima o por compromiso.

Rocío había acabado de leer los diarios y no hizo caso del consejo de Rodrigo, quería guardarlos, no sabía por qué, pero quizá porque era lo único que unía a aquellos antepasados. Tras la pérdida de su abuela Puri solo quedaba su madre Reme, que no conoció a su abuelo Pedro, que murió cuando ella tenía 3 años, pero sí a Fuensanta, ya madura, y a su hija Josefa, a las que llamaba tía y abuela, por no tener otra familia.

Se dirigía paseando tranquilamente hacia el hotel La Plaza, había quedado con Falak para tomarse una cerveza, hablar de sus cosas y preguntarle si le podría ayudar en su casa. De paso quería ver desde otra perspectiva el sitio donde anteriormente vivieron y trabajaron sus bisabuelos. Quizá en este lugar, después de tantos años, todavía había algo de aquella mujer que se llamaba Santi, la hermana de su bisabuelo, la que crio a su manera a su abuela Puri desde que perdiera a su madre Dolores con 6 años y su hermano Pedro con 8, la que hizo de madre y los educó como mejor supo, la que tuvo que sacar adelante un negocio y una familia solo con sus agallas, y sin la ayuda de nadie más, al contrario, con la rémora de su hija Josefa y otros que se fueron subiendo a un carro del que solo ella era la que tiraba.

Así lo había descubierto en los diarios de Josefa. Y aunque estaban escritos bajo, supuestamente, la imparcialidad, Rocío intuía que se decantaban hacia la subjetividad, para quedar su autora como inocente o al menos no responsable de los actos de su madre.

Pero aquello era otra historia, otros textos, incluso otros tiempos. Su prima Puri había crecido y los diarios databan de otra época, de otras penurias, distintas, sí, pero no por eso menos interesantes. Ya no había hijos sin padres, era todo lo contrario, eran padres sin poder tener hijos. ¿A caso algún castigo divino, que los humanos éramos incapaces de comprender, había caído, como una plaga bíblica, sobre aquella familia? ¿Pagarían aquellos descendientes los pecados de Fuensanta?

Se preguntaba si le hubiera pasado lo mismo en estos días en su mismo pueblo. ¿Aquella mujer habría sido comprendida, o por el contrario todos esos prejuicios sobre una madre soltera seguirían vigentes en las mentes obtusas del pecado?

Era evidente que de aquella fonda no quedaba nada. Ahora era un hotel, moderno, y su cafetería no era una cantina; su decoración, su aire acondicionado, sus empleados y todo lo que lo componía correspondía a nuestros tiempos. Incluso la plaza de toros ya no recibía tanta clientela de aficionados al toreo, solo durante las fiestas se llenaba, por tradición, y se veían vaquillas, y los padres autorizaban a los hijos a que fueran a ver aquellas actuaciones.

Se paró ante la fachada del hotel, la observó unos segundos y se preguntó si esta sería la misma que narraban los diarios, o por el contrario también sería nueva, como el resto del edificio. Con estos pensamientos entró al local. Falak la saludó con la mano desde la mesa, para luego acercarse y estrecharse las dos en un abrazo. Acto seguido, se agachó para hacerle mimitos al niño que llevaba Rocío en su carrito de bebe.

Documentos consultados

Consultas: Revolución de Asturias de 1934.

Mariano García de las Heras González. *La revolución de Asturias ¿primer acto de la Guerra Civil?*

Valentín Arrieta Berdasco. *Patrimonio de Gijón: cafés históricos de Gijón.*

Los primeros anuncios de preservativos en España. J.L. Guereña. "Elementos para la historia del preservativo en la España contemporánea"

Antonio Marín Muñoz. *La Guerra Civil en Jaén (1936-1939)*

Galey. Bailen Diario: apellidos bailenenses en 1764.

Wikipedia Pistolerismo: Fue una práctica que tuvo lugar en España bajo la monarquía de Alfonso XIII, entre 1917 y 1923 utilizada principalmente por empresarios. Consistía en contratar a pistoleros y otros "matones" para matar a destacados sindicalistas y trabajadores, para así frenar sus reivindicaciones. Los trabajadores respondían a su vez con la formación y contratación de hombres armados (…)

Nota del autor

Me he tomado la libertad literaria de conceder la presencia de Manuel Jiménez Moreno, *Chicuelo II,* en la plaza de toros del pueblo, cosa que dudo que ocurriera.

El diario que está escrito en francés es un homenaje al primer apellido de mi suegra y segundo de mi mujer.

No importa el nombre del pueblo que narro en esta novela, pudieron ser tantos que estos personajes ficticios hubieran podido existir en cualquiera de ellos. Incluso la provincia de Jaén no fue la única que resistió hasta el final, dominada por la zona que defendía a la República. Quizá porque no tenía grandes fábricas o minas, ni puertos ni aeropuertos, la pobreza de sus gentes en aquel tiempo no la hacía un objetivo militar preferente, y pudieron resistir, no como otras zonas más industrializadas, que si fueron objetivo para cambiar el rumbo de la guerra.

Sin embargo, la represión contra sus dirigentes e ideólogos fue igual que en el resto de la nación, no hubo misericordia con los vencidos. Están documentados los fusilamientos en los muros de los cementerios de muchos pueblos jienenses.

Aquellos que con énfasis promulgaban el nacionalcatolicismo, su defensa y expansión sobre la parte de la sociedad incrédula y agnóstica, sabían que olvidaban ese undécimo mandamiento que nos intentaron inculcar desde pequeños: "Amarás al prójimo como a ti mismo" (inocente de mi). Una quimera que solo unas pocas, pero grandes mentes, son capaces de cumplir. En la naturaleza humana hay otros rasgos más poderosos en el corazón: la envidia, la venganza, el odio, la codicia, el poder, pero solo los verdaderamente elegidos, tienen la facultad de poder perdonar y seguir amando a los demás, como si nada les hubiera sucedido.

Solo me queda la duda de saber si desear lo intangible, el amor, la felicidad, la paz, puede convertirse en envidia y por tanto querer poseerlo, codiciarlo por encima de todo, incluso de uno mismo.

Agradecimientos

Para mí es muy gratificante que los que habiendo leído mí anterior y primera novela, me hayáis dado el ánimo para que siguiera escribiendo. Gracias por el empujón que da compartir vuestros comentarios y críticas, porque al fin y al cabo siempre han sido constructivas.

Pero esta vez quiero agradecer los consejos y correcciones de Iván García Esteve, filólogo, intelectual, poeta y mi amigo, que desinteresadamente ha ejercido con su sabiduría, de consejero y corrector. Llenándome de la ilusión necesaria para sentirme orgulloso de mi trabajo. Él ha sido el artífice de darle el toque correcto al lenguaje. "Gracias a ti he aprendido a ver mis fallos y espero corregirlos en mi próximo trabajo.

También quiero agradecer a mi mujer y familia la oportunidad que me han dado su apoyo y su tiempo. A mi tía Isabel que a sus 91 años me ha dado su visto bueno y su ilusión igual que hizo con *Sálvame la vida*.

Soy consciente de lo mucho que os debo a todos. A unos desde hace cincuenta años y a otros desde semanas, pero con todos compartiendo lectura y sueños.

ÍNDICE

Introducción 7

PECADO CONSUMADO 13

LAS MUJERES 17

LOS DIARIOS DE LA ABUELA 21

OJALÁ DESPERTARAS 25

EL GRAN DESPERTAR 34

LOS DIARIOS MALDITOS 38

AÑO 1915. DIARIO 1 43

ROCIO Y FALAK 51

AÑO 1918, DIARIO 2 56

EL VIAJE DE RODRIGO 69

AÑO 1923, DIARIO 3 75

NOELIA 102

AÑO 1926, DIARIO 4 110

MADRID Y EL AMOR *123*

AÑO 1930, DIARIO 5 .... *129*

DE TRIPAS CORAZÓN *142*

AÑO 1931, DIARIO 6 .... *153*

EN LA ENCRUCIJADA *162*

AÑO 1933, DIARIO 7 (Cartas) *173*

COVA DESCUBIERTA *190*

EL OJO DE LA PATRONA *193*

ALVARO Y SUS GESTIONES *197*

LA IRA DE PABLO *200*

AÑO 1936, DIARIO 8 (I) *207*

LA VUELTA A LA VIDA *219*

AÑO 1936, DIARIO 8 (II) *223*

PABLO Y NOELIA *233*

AÑO 1938, DIARIO 9 .... *237*

ROMEO.................................. *243*

LA ÚLTIMA CENA........................... *251*

AÑO 1939, DIARIO 10 (I).................. *256*

EL ADIOS DE PURI......................... *268*

ROMEO Y EL TRABAJO................... *272*

AÑO 1939, DIARIO 10 (II)................ *278*

LA SALIDA DE NOELIA................... *288*

BORIS Y ROMEO............................. *291*

LA DESPEDIDA DE ROCIO............. *300*

AÑO 1939, DIARIO 10 (III)............... *306*

SATUR (hojas sueltas)........................ *315*

RAFAEL (hojas sueltas)..................... *319*

BOCANEGRA (hojas sueltas)............ *324*

PABLO *328*

JUAN URBINA................................. *331*

EN LA CASA (hojas sueltas) *337*

14. *ANGELITA (hojas sueltas)* *343*

AL ABRIR LOS OJOS *345*

EL ÚLTIMO PECADO *352*

EL PATIO DE MI CASA *357*

EL PECADO DEL AMOR *361*

EL PECADO DE ROMEO *364*

EL PECADO DE ROCÍO *369*

Documentos consultados *372*

Nota del autor *373*

Agradecimientos *375*

Printed by Amazon Italia Logistica S.r.l.
Torrazza Piemonte (TO), Italy

45200621R00219